A wizard of dragon

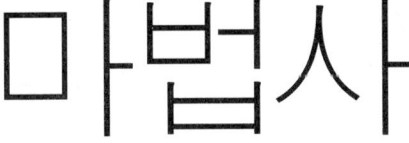

4

드래곤의 마법사 4

김종휘 판타지 장편 소설

초판 1쇄 찍은 날 § 2001년 11월 27일
초판 1쇄 펴낸 날 § 2001년 12월 7일

지은이 § 김종휘
펴낸이 § 서경석

편집장 § 문혜영
편집책임 § 박영주
편집 § 장상수 · 김희정 · 권민정
마케팅 § 정필 · 강양원 · 김규진

펴낸곳 § 도서출판 청어람
등록번호 § 제1081-1-89호
등록일자 § 1999. 5. 31
어람번호 § 제1-0173호

주소 § 경기도 부천시 원미구 심곡1동 350-1 남성B/D 3F (우) 420-011
전화 § 032-656-4452   팩스 § 032-656-4453
E-mail § eoram99@chollian.net

ⓒ 김종휘, 2001

값 7,500원

ISBN 89-5505-151-4 (SET)
ISBN 89-5505-222-7 04810

김종휘 판타지 장편 소설

드래곤의

A wizard of dragon

마법사

제2부 **4** 부부 싸움

도서출판
청어람

CONTENTS

사라토 산맥에는 대륙에서 유일한 다원소 드래곤인 로노와르의 레
어가 있다.

보통의 드래곤들의 레어에 사는 오크와는 달리 이곳의 오크들은 한
시도 조용한 날을 보낼 수 없었다.

자신들의 주인인 로노와르가 하찮은 인간과 정식 결혼한 지 어언
100년이 지났건만 이 둘은 하루 한시도 싸우지 않은 날이 없었기 때문
이다.

재수없으면 근처에 노닐던 오크들은 별의별 마법과 원소 자체를 소
멸시키는 다원소 드래곤의 무시무시한 브레스에 맞고 흔적도 없이 세
상을 하직하고, 숨어 있으면 찾아서 화풀이한답시고 죽이고, 아무리 종
족 번식이 빠른 오크들이라고는 하지만 연 평균 사망자 4,200여 명이
라면 불안할 만도 할 것이다.

오늘도 예외없이 둘은 이상한 문제를 가지고 싸우고 있었기 때문에 사라토 산맥의 오크들은 이번에 로노와르의 화풀이로 희생될 오크를 선출하는 데 여념이 없었다.

단상에서 무기명 투표로 나온 표를 일일이 체크하며 적기를 반복하던 사라토 산맥의 오크 족장 루반테는 헛기침을 몇 번 하고는 주위에 모여 있는 오크를 향해 결과를 발표했다.

"꾸룩꾸룩, 앙그로 1,501표, 꾸룩꾸룩, 피로우 1,499표, 꾸룩꾸룩, 벨론데 10,234표로 이번에 희생될 오크는 벨론데로 결정났다."

"여보!!"

"자기야! 어떡해!!"

아무리 일부다처제의 오크 사회라고는 하지만 아내를 23명이나 가지고 있던 벨론데는 남성 오크들 사이에서 미움을 받고 이번에 희생될 오크로 결정되었고, 그의 부인들은 하나같이 울부짖으며 이 사태를 슬퍼하고 있었다.

"치사한 녀석들… 꾸룩꾸룩."

벨론데는 너무 잘생겨 다른 오크들에게 시기를 받은 것을 분하게 여기며 이렇게 잘생기게 낳아준 엄마를 원망했다.

하지만 어떡하랴! 로노와르 레어의 오크 헌법에 결정된 대로 그는 화풀이 희생 양으로 끌려가야만 했다.

"내 아내들아, 남은 아이들을 잘 키우구러……."

벨론데는 눈물을 흘리며 23명의 아내와 340명의 새끼들에게 작별의 인사를 하고 로노와르의 레어로 힘없이 올라갔다.

[크어어엉!!]

레어 입구의 근처에 다다랐을 때 로노와르의 피어가 천지를 진동하

듯 울렸고, 벨론데는 공포에 질려 자리에서 주저앉고 말았다.

'흑흑흑, 넘 무섭다……'

일단 작별의 인사를 하고 마음을 굳세게 먹고 온 벨론데였지만 잔혹한 다원소 드래곤에게 어떻게 죽을지 무서움이 밀려왔다.

하지만 자신이 가지 않는다면 아내와 자식들 중에 누군가가 희생될 수도 있기 때문에 가장의 입장으로 눈물을 흘리며 레어 안으로 갈 수밖에 없었다.

"드래곤 피어 따위에 내가 질 것 같으냐! 휴먼피어다! 우와악!!"

인간의 목소리. 이제 벨론데는 그 인간의 목소리에도 공포를 느낄 지경이 들었다. 하체를 가린 사슴 가죽이 젖어가기 시작했다.

"도대체 왜 안 된다는 거야!! 네 녀석이 원하는 대로 인간의 자식도 낳아주고 집 나갈 때까지 잘 키워줬으면 내 부탁도 들어줘야 하잖아!!"

"그게 잘 키운 거냐!! 쓸데없이 로망스 소설이나 잔뜩 읽혀서 커가지고 한다는 짓이 영웅은 부모가 죽는 시련을 겪어야 하니!! 부모한테 죽어달라는 소리나 하는 자식이 잘 키운 거냐고!!"

"흥! 그러니까 인간이지. 어차피 인간 녀석들은 이기심 덩어리잖아! 내 말대로 하면 분명히 이번에는 착한 녀석이 나올 거라니까!!"

"싫다, 싫어!!"

말다툼 소리가 가득한 레어. 벨론데는 떨리는 가슴을 진정시키고 레어 안으로 들어갔다. 레어 안에서는 폴리모프한 다원소 드래곤 로노와르가 인간의 마법사와 서로 삿대질을 하며 싸우고 있었다.

"왜 싫다는 거야! 지금까지 해달라는 거 다 해줬잖아!"

"흥! 해츨링은 1,000살 넘을 때까지 안 돼!!"

"말도 안 돼! 인간 새끼는 꽃다운 나이 600살에 낳게 해놓고 해츨링은 왜 안 된다는 거야!!"

"생각해 봐라! 어미랑 700살밖에 차이가 안 나는 드래곤이 세상에 어딨어! 나이 차이가 너무 안 나서 나중에 오이디프스 콤플렉스 같은 것에 걸리면 니가 책임질 거야!!"

오이디프스 콤플렉스는 어머니를 이성으로 사랑하는 콤플렉스를 말하는 것이다. 인간 마법사는 일만 년 이상을 살 수 있는 드래곤을 낳기에는 로노와르가 너무 젊다고 반대하고 있었다.

하지만 정말 그럴까?

"거짓말!! 드래곤의 모습으로 폴리모프해서 밤을 지내자는 게 이상하다고 그런 거잖아!!"

사실이었다. 해츨링을 낳으려면 드래곤의 모습으로 일을 치러야 하는데, 인간 마법사는 덩치 큰 드래곤의 모습으로 일을 치르는 게 이상했고 운치도 없다고 생각하고 있었다.

또 폴리모프한다고 해도 에이션트 드래곤의 몇 배의 덩치를 가진 로노와르에 비해 자신의 폴리모프한 덩치는 보통 드래곤의 크기인지라, 상상해 보면 엄마 품에 안긴 애기 같은 모습이 되는 것이 아니겠는가? 이런저런 이유 때문에 그는 결사 반대하고 있었던 것이다.

"어차피 보통 인간은 폴리모프한다고 해도 해츨링을 못 낳잖아!! 그냥 300년만 기다리면 안 돼?"

"흥! 보통의 마법사야 그렇지! 천신 레이뮤의 힘에 11서클까지 바라보는 반신에 가까운 마법사 루드웨어가 폴리모프하는 것은 완전체라서 상관없다는 것쯤은 나도 알아!"

"……."

로노와르의 정면에 있는 마법사, 그는 바로 드래곤의 마법사인 루드웨어였다. 마신 크레이져의 권능을 몸으로 받고 거의 대부분의 힘을 잃었던 루드웨어는 100년 간 수련을 마치고 돌아와 많은 드래곤들의 축복 속에 다원소 드래곤인 로노와르와 결혼하여 어언 100년이 넘는 신혼 생활을 하고 있었다.

그동안 인간 아이도 한 명 낳고 그럭저럭 잘 싸우면서 살고 있었는데, 이번에는 좀 상황이 달랐다. 잘 키운 인간 아이 볼 것 없다는 드래곤 사회의 명언에 따라, 어려서부터 로맨스 소설을 주로 읽던 아이는 커서 로맨스에 나오는 영웅들은 하나같이 부모가 죽는 시련을 겪어야 한다는 허무맹랑한 소릴 하더니 얼마 안 있어 음식물에 극독을 타고 도망가 버렸다.

현실과 픽션을 구별하지 못하고 열두 살의 나이에 이런 범죄를 저지르고 도망간 아이를 보며 극독에도 끄떡없는 두 사람은 할 말을 잃어버렸다. 역시 그 후로 인간 아이는 키운 보람이 없다며 해츨링을 낳자고 로노와르가 극구 주장하고 있는 것이다.

"무슨 말을 해도 소용없어!!"

루드웨어가 좀처럼 자신의 소원을 들어주지 않자 로노와르는 울분이 터져 나오기 시작했다. 해츨링이었을 때 마누라 삼는다고 끌고 가서는 다른 드래곤에게 시집도 못 갈 만큼 이상하게 만들어놓은 주제에 이제는 보통 여성체 드래곤이 갖는 병범한 소원조차 들어주지 않는 루드웨어가 야속하게 느껴졌다.

로노와르의 눈에는 왕방울만한 눈물이 떨어지기 시작했다. 인간형으로 폴리모프한 로노와르의 모습은 하늘의 여신이 내려온 것처럼 아름답기 그지없었다.

로노와르가 슬픈 얼굴로 눈물을 흘리자 루드웨어의 가슴도 아파오기 시작했지만 정말 드래곤의 모습으로 일을 치르는 것은 싫었기 때문에 모른 척할 수밖에 없었다.

"나… 나… 바람 필 거야!!"

"……!!"

로노와르의 선언에 루드웨어는 당황되었지만 꾹 참기로 했다. 어차피 돌연변이 다원소 드래곤이 돼버린 로노와르였고, 자신의 아내라는 것을 아는 이상 어떤 드래곤도 감히 로노와르를 건드리지 못할 것을 알고 있었기 때문이다.

"…바람피워도 안 들어줄 거야?"

로노와르의 떨리는 목소리에 루드웨어는 단호하게 고개를 끄덕였고, 가슴을 복받쳐 올라오는 울분을 느끼며 엉엉 울면서 로노와르는 레어 안 깊숙이 들어가 버렸다.

로노와르가 사라지자 루드웨어는 푸~ 하고 한숨을 쉬더니 생각에 잠겼다.

'이번엔 어떻게 풀어주지…….'

지금까지 로노와르가 삐치면 별의별 방법을 다 동원해서 화를 풀어주었던 루드웨어였지만, 이번에 사태는 만만치 않다고 느끼고 있었다.

'오랜만에 둘이서 다른 차원계로 신혼 여행이나 가볼까?'

만 년 이상을 사는 드래곤들 사이에서 500년까지는 아직 신혼. 루드웨어는 멋진 신혼 여행을 꿈꾸며 로노와르가 사라진 레어 안으로 그녀를 부르며 걸어갔다.

"로노와르! 로노와르! 여보! 하니! 자기야~!"

하지만 로노와르의 모습은 어디에도 보이지 않았다. 가슴이 섬뜩해진 루드웨어는 널찍한 레어를 바쁘게 뛰어다니며 찾아보았지만 그녀의 흔적조차 찾을 수 없었다.

이미 용언을 사용하여 어디론가 사라진 것이다.

"젠장!"

루드웨어는 로노와르를 잡지 못했던 자신을 욕하며 주저앉았다. 레어의 보물 창고에는 여기저기 손댄 흔적이 뚜렷이 나타났다. 루드웨어는 그녀가 가기 전에 몇 가지를 챙겨간 것이라고 생각했는데…….

"헉……!"

한순간 루드웨어는 일이 꼬였다는 것을 느낄 수 있었다. 레어의 보물 창고 안에는 봉인 상자가 하나 있었는데, 그것의 봉인이 뜯겨 있었기 때문이다.

"설마……."

두려운 마음이 들었다. 로노와르가 그가 생각하고 있는 물건을 들고 갔다면 일은 대책없이 흘러갈 것이 분명했기 때문이다.

루드웨어는 떨리는 마음을 진정시키고 봉인이 뜯겨진 보물 상자의 뚜껑을 조심스럽게 열었다.

그리고 그는 자리에서 주저앉고 말았다.

"러… 러브즈 데거……."

죽고 싶었다. 로노와르는 바람피우러 나간다는 말과 함께 궁극의 아이템인 러브즈 데거를 들고 사라진 것이다.

러브즈 데거는 5서클의 기브 미 러브 마법이 걸려 있어 자신을 싫어하는 사람도 사랑하게 만들 수 있는 큐피드의 화살 버금가는 아이템이었다. 이것을 다원소 드래곤인 로노와르가 사용한다면 하늘의 신이라 할지라도 로노와르를 사랑하게 돼버릴 것이다.

로노와르는 정말로 바람을 피울 철저한 준비를 하고 기출을 해버린 것이다.

"으악!!"

이럴 때가 아니었다. 정말 바람 핀다면 그건 큰일이기 때문이다. 이럴 줄 알았으면 그냥 해츨링 하나 낳게 해주는 것인데라는 뒤늦은 후회를 한 루드웨어는 급히 통신 구슬을 찾기 시작했다.

"아! 아! 여기는 총회주. 여기는 총회주. 칠인회 정보통신부장은 답하시오."

"칠인회 정보통신부 부장 리오노프입니다. 누구를 연결시켜 드릴까요?"

"2회주 라디안! 빨리 부탁해!!"

"예, 잠시만 기다리십시오."

라디안은 헤른드가 죽은 후 칠인회의 2회주 직을 맡고 있었다. 현재 나이가 130살이 넘어가는 고령이었지만, 루드웨어를 제외하고 인간이 오를 수 없는 9서클 마스터에 처음 오른 후 어느 정도 수명이 늘어난 상태였다.

"2회주 라디안입니다. 루드웨어님, 무슨 일이십니까?"

30대 초반의 얼굴을 하고 있는 라디안은 통신 구슬을 부여잡고 눈물을 펑펑 흘리고 있는 루드웨어를 보며 어안이 벙벙해져서는 물었고, 루드웨어는 울부짖는 목소리로 소리쳤다.

"라디안, 어떡해! 로노와르가 가출했어!!"

"로노와르님이요? 벌써 백 번도 넘게 가출하셨는데 뭐가 걱정이세요. 일주일 정도만 지나면 거의 돌아오셨잖아요."

"아니야, 아니야. 이번엔 나한테 바람피운다고 하고 가출했단 말이야! 그것도 러브즈 데거를 들고 말이야!!"

"예?!"

라디안은 루드웨어가 소장하고 있는 러브즈 데거의 악명을 알고 있었기 때문에 놀라지 않을 수 없었다. 한번은 루드웨어와 로노와르 사이에서 난 아이가 영웅은 호색이라며 러브즈 데거를 들고 설치는 바람에 칠인회 여자 마법사 200여 명이 꼬마를 사랑하는 불상사를 겪은 적이 있었다. 다행히 자신과 루드웨어가 나서서 마법을 해제해 주었기 때문에 일은 무마됐지만, 안 그랬다면 사상 최초로 열 살도 안 된 꼬마에게 200여 명의 마누라가 생길 뻔했던 것이다.

"어떡해! 어떡해!"

로노와르의 외도를 걱정하는 루드웨어의 모습은 거의 팔불출에 가까웠기 때문에 라디안은 잠시 흐르는 땀을 닦고 말했다.

"7인회 각 지부에 연락해서 로노와르님의 수색에 나서겠습니다."

"부탁하네, 라디안. 내가 이렇게 부탁할 사람은 이제 자네밖에 없지 않겠나."

"별말씀을요. 그럼 차후에 연락드리겠습니다."

"부탁하네, 라디안⋯⋯."

통신이 끊기자 루드웨어는 안절부절못하고 레어를 돌아다니다가 더 이상 참지 못하고 보물 창고로 들어가 물건을 몇 개 들고는 레어 밖으로 나섰다.

자신이 직접 로노와르를 찾아 나서려고 하는 것이다.

루드웨어까지 밖으로 나가자 벨론데는 이 엄청난 사태에 눈물이 흘러나왔다. 자신의 목숨이 되살아난 것을 물론이요, 이제 몇 년 간은 오크들의 죽음이 없을 것이라 생각되었기 때문이다.

"크허헝헝~! 난 살았다."

사형장에서도 한번 사형이 실패하면 목숨을 살려주는데 오크 헌법에도 희생 양으로 갔다가 살아나면 평생 희생 양이 되지 않아도 됐기 때문에 벨론데는 기쁨의 눈물을 흘리고 있는 것이었다.

"난 살았다!!"

벨론데는 기쁨의 눈물을 흘리며 하늘을 향해 소리쳤는데…

"시끄러워, 이 자식아!! 가뜩이나 열받아 죽겠는데!!"

갑자기 날아온 단검 하나. 멀리서 벨론데가 기뻐 소리치는 것을 보고 열받은 루드웨어가 품에 있던 단검을 던졌고, 벨론데는 순식간에 죽임을 당하고 말았다.

'오크들의 속담에 승리에 자만하지 말라. 자만하는 순간 너에게 패배가 다가올 것이다' 라는 말이 딱 들어맞는 순간이었다.

프롤로그 2

　"야호!!!"

　운석군. 수많은 운석들이 모여 있는 우주의 한복판에서 한 척의 우주선이 날아다니고 있었다. 정식 명칭으로 부르면 에스크라사에서 제작한 1인용 항성 운항선 TD-11형으로 반중력장 엔진과 워프 엔진, 우주 항해용 레피드 엔진을 가지고 있고, 에테르 레이저 2문 탑재, 외문 에테르 레이저 2문 등등, 총 13개에 달하는 공격용 무기가 탑재되어 있으며, 순수 100% 가죽 소파를 갖추고 AI기능을 가지고 있는 슈퍼콤 VT-III형을 탑재한 초고급 우주선으로 일부 돈이 남아돌 대로 남아도는 부호들이 사용하는 순수 레저용 우주선이라 할 수 있었다.

　물론 순수 레저용에 13개나 되는 공격용 무기를 탑재했다는 것이 조금 아이러니하지만 말이다.

　운석과 운석 사이를 아슬아슬하게 넘나드는 이 우주선 안에는 올해 나이 17살의 검은 머리의 소년이 타고 있었다.

소년의 이름은 김준호. 카르타고 성계에서 가장 큰 무역 회사라고 알려져 있는 김가일맥사의 회장 김근성의 손자로 현재 유인 행성 아르타스에 살고 있다.

현재 그는 아르타스 국립 고등학교에 1학년으로 재학 중인 비행청소년이었다.

한창 수업을 듣고 있어야 할 시간 준호는 수업을 빼먹고 워프를 통해 미개척 우주로 나와 놀고 있었다.

청소년들 사이에는 일인용 우주선으로 미개척 우주를 돌아다니는 것이 유행이었는데, 가끔 자원이 풍부한 무소속 행성을 발견한다 치면 순식간에 엄청난 부자가 되기 때문이다.

하지만 그러한 행동은 상당히 위험한 행동이라 할 수 있는데 가끔씩 미개척 우주로 가다가 블랙홀이나 우주 자장 폭풍에 휩쓸릴 경우 좌표를 상실하고 우주에서 미아가 되기 싶기 때문이다.

그 때문에 우주법에는 20세 이하의 청소년들에게 미개척 우주로 나가는 것을 금지하고 있었는데, 돈 많은 갑부집 아들내미 준호는 그런 것은 싹 무시하고 운석군 사이를 누비며 한참 스피드를 즐기고 있는 중이었다.

"역시 기분이 꿀꿀할 때는 스피드를 즐겨야 한다니까."

사실 준호은 자신의 소꿉 친구인 민정이라는 갈색 머리의 소녀에게 사귀자고 말했다가 멋지게 차인 후 기분 풀이로 우주로 나온 것이다.

"이 멋진 남자를 왜 싫어하는 거지?"

괜히 민정이 미워지는 준호였지만, 원래 그런 것에는 별로 신경을 쓰지 않는 성격인지라 스피드를 즐기는 것에만 몰두하려고 하고 있었는데, 원래 안 좋은 일은 연이어 생긴다더니 준호의 앞날을 재수없게 꼬아버릴 일이 생기고 말았다.

[마스터, 전방에 차원 왜곡 현상이 일어나고 있습니다.]

"응?"

차원 왜곡은 차원 이동이 있을 시 생겨나는 현상으로 무한정으로 빨아들이는 블랙홀과는 달리 이곳으로 빨려 들어가면 차원과 차원 사이를 이동함으로써 알 수 없는 곳에 빠져들게 된다. 아직 과학적으로 밝혀진 것은 없지만 일종의 시간 이동이 가능하다는 학설도 있었다.

대충 차원 왜곡이 뭔지는 알고 있는 준호였기에 급히 우주선을 돌리려고 했지만 광범위하게 펼쳐진 왜곡은 이미 준호의 우주선을 빨아들인 후였다.

"앙!! 살고 싶어!!"

차원 왜곡이 에테르 에너지를 사용하고 있는 전자 기기의 작동을 멈춰 버리게 한 것이다.

1장 결투 중에 나타난 이계의 인간

루아네드 평원. 이곳은 로아냐드 제국의 전체 식량 생산의 삼 분의 일을 차지하는 곡창 지대로 제국 백성의 삼분의 일이 이곳에서 나오는 곡식으로 연명하고 있다고 해도 과언이 아니었다.

그런만큼 루아네드 평원은 로아냐드의 중요 영토 중 하나로 남아 있었고, 대대로 황제 직할령 이외에는 어느 누구의 영지로도 하사된 적이 없던 땅이었다.

하지만 이 중요 평원의 식량 생산을 반 이하로 줄여 버리는 악마와 같은 자들이 있었으니, 인간들에게서는 드래곤이라고 알려져 있는 콜리드 데라이토스와 실레이드 파릴레스가 바로 그들이었다.

물론 드래곤들의 사회에서도 이들은 이단아로 평가되어 있다. 콜리드 데라이토스, 그는 7,000여 년 전에 대륙에서 완전히 사라져 버린 고 오크였다.

고오크는 대륙의 창세 때부터 존재해 왔던 오크의 한 종족으로 인간과 버금가는 지능과 오우거에 맞먹는 힘을 지녔다고 하는 전설의 종족이다.

예로부터 오크를 다스리는 왕이나 로드의 직위는 모두 고오크 종족이 차지하고 있었다.

하지만 이러한 고오크의 힘은 대륙의 균형과는 맞지 않는 능력이었기에 마족들에 의해 멸종을 당하고 말았다.

콜리드 데라이토스는 올해로 1만 살이 넘는 유일하게 남아 있는 마지막 오크였다. 신마전쟁 당시 천신 레이뮤가 이끄는 신계에 상당한 도움을 주어 그 상으로 하나의 소원을 받게 되었는데, 그는 그때 신계로 찾아온 드래곤 로드의 모습을 보고는 드래곤의 능력을 달라는 터무니없는 소원을 빌게 되었다.

1급 신의 권능으로 드래곤의 능력을 얻기는 했지만, 그 때문에 마족에게 공격당하는 고오크 종족들을 도와줄 수 없다는 제약을 받았다.

세계의 질서를 넘어서는 그를 마족과의 전쟁에 참여하게 할 수는 없었던 것이 신계의 입장이었기 때문이다.

그 때문에 현재 남아 있는 고오크의 마지막 하나인 그는 에이션트 드래곤에 버금가는 힘을 지닌 오크, 즉 에이션트 오크가 되어버린 것이다.

실레이드 파릴레스. 그가 드래곤인 것은 분명한 사실이었다. 하지만 그의 나이는 측정 불가했다. 창조주가 만드신 최초의 생명체라 알려져 있으며, 적어도 몇십만 년 이상은 살아왔다는 것이 드래곤 사가(史家)들의 일반적인 주장이다. 물론 확인되지 않은 사실이지만 적어도 10만 년 이상은 대륙에서 존재했다는 것은 부정할 수 없는 시각이다.

그가 이렇게 오랜 시간을 살아올 수 있었던 이유는 단 하나, 창조주가 그에게 내려주신 하나의 능력 때문이었다. 실버 드래곤 실레이드는 다른 드래곤들의 폴리모프와는 다르게 하나의 형체에서만큼은 완벽을 자랑했다.

그 형체는 다름 아닌 검. 실버 드래곤 실레이드는 창조주가 이 땅에 내려오셨을 때 생물을 만들고 그것을 다스리기 위하여 만든 무기, 바로 창조주의 검으로 폴리모프할 수 있는 능력을 지닌 것이다.

이러한 이유로 그는 다른 타 종족으로 폴리모프하는 것은 자제하고, 오직 창조주의 검 형태로만 폴리모프를 했고, 이러한 무생물적 폴리모프가 그의 터무니없는 수명을 가능하게 했다고 믿고 있다.

물론 이러한 일은 일만 년 전 한 존재를 만남으로써 달라졌다.

바로 콜리드라는 터무니없는 오크를 만났기 때문이다.

이 두 종족인 콜리드와 실레이드는 서로 일만 년 이상을 같이 지내온 사이이기는 하지만 오크와 드래곤이 마음이 맞을 리는 없었고, 이런 이유로 200년 전 마신 크레이져의 기운이 느껴져 창조주의 검의 상태에서 깨어났던 실레이드가 폴리모프에서 풀린 후 계속 싸움을 하고 있었다.

처음에는 간단하게 말싸움 정도로 시작되었지만, 현재에 와서는 대륙의 재앙이라고 일컬어질 정도였고 이번 싸움터는 바로 대륙의 주 식량 생산지인 루아네드 평원이 된 것이다.

드래곤과의 차별성을 꾀한다고 에이션트 오크인 콜리드가 레어를 만든 곳은 평원 한가운데 파놓은 널찍한 구덩이었고, 거기에 대항이라도 하는 듯이 실레이드는 근처의 작은 산에 레어를 만들어놓고 있었다.

서로 간의 앙숙인 그들은 매번 싸움을 했고 열받은 콜리드는 실레이드가 살고 있는 작은 산에 있는 오크들을 고오크의 권위로 추방시켰다.

그 때문에 실레이드는 거의 한 달여 간을 굶고 아사 직전까지 몰렸지만, 우연히 찾아온 골드 드래곤 켈드에 의해 구조, 콜리드의 가증스러운 음모를 알게 되었다.

열받은 실레이드는 즉시 레어를 옮겨 평원에 한가운데 자리를 잡고 녀석과 대치했다.

지치면 가겠지 하고 생각했던 콜리드는 녀석이 자신이 가꾼 밀밭을 어디 외출이라도 하면 브레스로 태워먹기에 그에 이어 자신도 아사의 위기에 처하고 만 것이다.

이에 폭발한 콜리드는 실레이드와의 전면전을 개시하고 말았다.

"희멀건 대가리를 어디다 내밀고 지랄이야!!"

"오크 주제에 얌전히 먹힐 것이지 왜 개겨!! 오호! 그리고 보니 생각나는군. 주제에 드래곤이랑 결혼했다가 니 자식한테 먹힐 뻔했다며?"

실레이드의 말을 들은 콜리드는 간신히 잊었던 추억이 생각나자 열이 뻗쳤다. 사연인즉슨 드래곤의 힘을 받은 콜리드는 드래곤과 살림차리는 것도 별로 나쁘지 않다고 생각하고는 블랙 드래곤 블라이아나와 결혼했다.

둘 사이는 초반에는 사이가 좋아 얼마 후 해츨링까지 낳았지만 문제는 거기에 있었다. 자신의 아버지가 오크인 줄 모르는 해츨링 콜바이나스가 레어 안에서 낮잠을 자고 있는 건방진 오크 한 마리를 발견하고는 다리를 씹어 먹어버리려고 했는데 그것이 바로 콜리드였다.

낮잠 자다 자식한테 먹혀 버릴 뻔한 콜리드는 큰 충격을 받았지만 정작 더 큰 충격을 받은 것은 해츨링 콜바이나스였다.

아버지를 먹어버릴 뻔한 것도 충격적인데, 거기다가 아버지가 오크라는 것은 아직 성격 형성이 안 된 해츨링에게는 큰 충격이었다.

아버지의 동족을 먹고 자란 콜바이나스는 그 후로 오크를 먹을라치면 아버지의 생각에 차마 입을 못 대고 있다가 해츨링 역사 처음으로 영양 실조에 아사까지 몰릴 뻔했다.

이런 비참한 사실에 놀란 그의 아내 블랙 드래곤 블라이아나는 정식으로 콜리드와 이혼하고 아이를 데리고 처가로 돌아가고 말았다.

해츨링 콜바이나스는 그 후로도 계속 오크를 먹을 수 없었고, 5,000살이 넘는 지금까지 손에 오크의 피 한 방울 묻힌 적이 없었다고 한다.

블랙 드래곤 사상 최초로 초식 드래곤이 되어버린 것이다.

이러한 일련의 사건은 콜리드에게서는 굴욕적이었는데, 그것을 실레이드가 들추고 나선 것이다.

"치사하게 남의 아픈 과거를 들추다니… 용서하지 않겠다!"

"그건 내가 할 말이다. 오크 주제에 지 아들놈에 이어 나까지 아사를 시키려 하다니… 네 녀석을 통구이로 만들어 먹어주마!"

"죽어라, 드래곤!!"

"너나 죽어라!!"

서로 한 치의 밀림도 없던 둘은 상대에게 브레스를 써가며 공격하기 시작했다.

뭐, 실버 드래곤 실레이드의 브레스야 미관상 별문제없다고 생각하지만 오크인 콜리드의 경우에는 조금 추한 면이 있었다.

생각해 보라! 1미터를 약간 넘는 오크의 입에서 뿜어 나오는 거대한 불의 브레스를. 판타지 역사상 가장 희귀한 장면이 이 루아네드 평원에서 보여지고 있는 것이다.

현재까지의 브레스 현황은 전장 300미터를 넘어서는 드래곤과 1미터를 간신히 넘는 오크의 브레스가 막상막하의 힘을 보여주고 있었다.

하지만 이 막상막하의 브레스 대결로 인하여 벌어지는 사태는 그냥 넘어가기에 조금 심했다.

브레스의 마찰로 인한 폭풍은 곡창 지대를 날려 버리고, 돌풍은 물론 여기저기 커다란 화재가 일어나며 동시에 사상 최초로 한여름에 얼어죽는 곡식들도 여기저기 널리기 시작했다.

서로 간의 브레스가 통하지 않는다는 것을 안 두 녀석은 이어 마법을 난사하기 시작했고, 마법 난사로 인해 평원은 자연 재해가 아닌 오크 재와 용 재로 수난을 받기 시작했다.

불타고, 얼고, 지지고, 녹이는 이 처참한 광경을 멀리서 지켜보고 있던 농부들은 일 년의 노력이 산산이 부서지는 것을 보며 눈물을 흘리고 있었다.

이미 예상되는 수확량은 예년에 비교한다면 십 분의 일가량이 줄었을 것이라 예상되고 있는 가운데 두 녀석은 새로운 방향으로 공격 방법을 전환했다.

"너를 상대하기 위해 준비해 둔 것이 있지!"

마법 난사를 멈춘 콜리드가 이를 갈며 소리쳤고 이에 맞선 실레이드 역시 이를 갈며 대꾸했다.

"흥! 나 역시 준비해 둔 것이 있지. 삭오해라!!"

브레스와 마법의 난사로 마나량이 조금밖에 남아 있지 않은 둘은 최후의 마법을 준비했다.

"받아라! 하이퍼 파이어 스톰 볼!"

실레이드의 용언 마법이 터지자 엄청난 고열의 파이어 볼이 날아갔다. 보통 파이어 볼과는 다른 이 하이퍼 파이어 스톰 볼은 헬파이어의 위력을 내장하며 익스플로전 및 파이어 볼의 특성까지 겸비하고 있어 보통 파이어 볼의 수천 배에 달하는 위력을 가지고 있었다.

실레이드의 마법이 날아오자 콜리드도 준비해 두었던 마법을 사용했다.

"죽어라, 슈퍼 호밍 미티어 스트라이크!"

콜리드가 사용한 것은 미티어 계열의 변형 마법이었다. 실레이드의 용언 마법에 대항하기 위해 오크언(오크틀) 마법을 사용하여 날린 이 미티어는 보통의 미티어 계열이 일정 범위의 무작위 운석 난사인데 비해 한곳만을 집요하게 때리고, 또 때린다는 사악한 생각에서 나온 무시무시한 마법이라고 할 수 있었다.

이 집요함에는 이 마법의 진실을 알게 된 신조차 눈물을 흘릴 정도였다고 한다.

"끄악!"

먼저 마법에 당한 것은 콜리드였다. 그는 실레이드의 하이퍼 파이어 스톰 볼을 실드로 막기는 했지만, 엄청난 파워에 견디지 못하고 날아가 버리고 만 것이다.

콜리드가 날아간 곳은 순식간에 깊이 30미터 가량의 계곡을 만들어 나가며 콜리드를 밀어갔고 거의 3킬로미터쯤에 가서야 겨우 멈출 수 있었다.

엄청 맷집이 강한 콜리드조차 이 마법에 항거하지 못하고 땅속에 박힌 채 기절하고 말았다.

이 상황을 기뻐해야 할 실레이드였지만, 애석하게도 그의 상황 역시 콜리드와 다르지 않았다. 재차 콜리드를 공격할 여유도 없이 실레이드는 하늘에서 날아오는 운석에 머리를 연신 강타당해야 했기 때문이다.

처음 이 마법을 우습게 본 실레이드는 텔레포트를 하며 운석을 피하려고 했지만, 말 그대로 슈퍼 호밍인지라 그것조차 마음대로 되지 않았다.

운석 주제에 레어에 숨을라 치면 커브로 돌아서 날아오고, 다른 대륙으로 텔레포트하면 운석 주제에 텔레포트까지 하며 정확히 실레이드의 머리를 강타하고 있는 것이다.

이 마법의 마지막에 왜 스트라이크가 들어가는지 이해가 가는 실레이드였다.

실레이드는 한 방에 기절하지 못하는 자신의 엄청난 맷집을 욕하며 기절해 있던 콜리드를 깨울 수밖에 없었다.

[이 멍청한 오크야! 이것 좀 멈춰봐!!]

실레이드의 처절한 외침에 정신을 차린 콜리드는 아직도 충격이 가시지 않은 듯 멍한 표정으로 앉아 있다가 조금 후에야 현재의 상황을 파악할 수 있었다.

평원 한가운데 만들어진 거대한 크레이트 밑에는 아직도 운석에 머리를 강타당하며 실레이드가 점점 지하 깊숙이 박혀 들어가고 있었기 때문이다.

"아우… 더럽게 아프네… 멍청이 드래곤이 괜찮은 마법 하나 만들었군."

허리를 삐끗했는지 연신 허리를 주무르던 콜리드는 크레이터의 가상자리에서 실레이드를 향해 소리쳤다.

"어이! 아직 견딜 만한가?"

콜리드가 미소를 지으며 약 올리듯 외쳤기에 실레이드는 분통이 터질 수밖에 없었다.

[내… 큭! 생전 이렇게… 큭! 집요한 마법은… 큭! 처음… 큭! 본다! 큭!! 어쨌든… 큭! 내 마법에 기… 큭! 기절까지 했으니… 큭! 비겼다는 것… 큭! 알면 이것 좀 …큭! 멈추라고!]

계속적으로 운석에 머리를 강타당하면서도 끝까지 자기 할 말을 다 하는 실레이드를 보며 콜리드는 웃음을 참지 못하고 말았다.

"크하하하하! 알았네, 알았어."

그렇게 말한 콜리드는 슈퍼 호밍 미티어 스트라이크의 디스펠 매직을 외우려고 했다. 그때 생전 본 적이 없던 운석이 떨어지는 것을 볼 수 있었다.

"어라? 저게 뭐지?"

콜리드의 손짓에 실레이드는 고개를 들어 하늘을 쳐다보았다. 지금껏 머리 위로 떨어진 수많은 운석들을 본 그는 생전 처음 보는 은백색의 운석이 자신의 머리로 날아오는 것을 볼 수 있었다.

[저게…… 꾸액!!]

실레이드는 뭐라고 말하려고 하다가 안면에 정통으로 은백색의 운석을 맞았다. 안에는 비어 있는 듯했지만 굉장한 내구력을 가진 듯했기에 은백색의 물체는 실레이드의 안면에 지금까지와는 엄청 다른 충격을 안겨주며 떨어지고 말았다.

"디스펠 매직!"

마법을 디스펠한 콜리드는 쓰러져 있는 실레이드를 대충 집어 던지고 은백색 물체를 향해 뛰어갔다.

생전 처음 보는 물체에 흥미가 생겼기 때문이다.

실레이드 역시 잠시의 충격이 사라지자 얼굴을 쓰다듬으며 물체 쪽으로 걸어갔다. 실레이드가 운석들 위에 떨어진 은백색 물체 쪽으로 걸어가자 거대한 몸의 이동으로 지면이 흔들려 은백색 물체가 밑으로 떨어지려고 했다. 콜리드는 얼굴을 일그러뜨리며 실레이드를 향해 소리쳤다.

"이 멍청한 드래곤아! 몸집 좀 줄이라고!!"

멍청이란 말이 기분 나쁘긴 하지만 자신의 몸 때문에 은백색 물체가 떨어지려고 하자 실레이드는 투덜거리며 폴리모프 주문을 외웠다.

잠시 후 푸른색의 빛과 함께 은백색의 머리칼을 가진 미남 청년으로 변한 그는 미스터리한 물건 쪽으로 걸어갔다.

은백색 물건에 가까이 간 두 사람은 그것이 지성을 가진 존재가 만든 물건임을 알 수 있었다.

"지성을 가진 인간이 만든 것 같은데?"

"음… 그렇군."

콜리드의 말에 실레이드는 고개를 끄덕이며 동조했다.

"한번 열어볼까. 아이스 볼!"

실레이드는 아이스 볼로 은백색의 물체를 깨보려고 했지만 꽤나 단단한 내구력을 가지고 있는지라 찌그러지기만 했는데, 더욱 놀라운 것은 그것마저 조금 시간이 지나자 원상태로 복귀되고 있는 것이었다.

"어라? 엄청난 내구력에 원상 복귀까지 되네? 이거 이계의 물건 같은데?"

"무슨 광석으로 만든 거지?"

콜리드는 궁금한 듯 머리를 갸우뚱거리며 가까이 다가가 살펴보려고 했는데 그때 이상한 소리를 내며 은백색의 물건의 일부가 갈라지기 시작했다.

"아이고……."

은백색 물건의 뚜껑이 열리면서 안에서 한 사람이 모습을 드러냈다. 열일곱 정도의 청년으로 머리는 검은색으로 보아 유온 족 계열의 동방 쪽이었고, 말은… 콜리드와 실레이드로서는 알아들을 수 없는 말이었다.

"헉! 씨부렁 씨브렁(해석:헉! 돼지새끼가 서 있다)."

만 년 이상을 산 둘이었지만 이 은백색 깡통에서 나온 인간의 말은 처음 듣는 말인지라 고개를 갸우뚱거릴 수밖에 없었다.

"실레이드, 어느 나라 말 같냐?"

"글쎄, 유온 족하고 비슷하게 생기긴 했는데 언어는 전혀 다르군……."

생전 처음 보는 깡통에서 나온, 생전 처음 보는 언어를 구사하는 청년을 보며 콜리드와 실레이드는 한참 생각에 잠겨 있었다.

깡통에서 나온 청년, 그는 다름 아닌 준호였다. 우주 공간에서 차원 왜곡에 빨려 들어가서는 알 수 없는 행성에 불시착을 한 직후라 정신이 없었다.

차원 왜곡 내에서는 우주선의 주 에너지원인 에테르 에너지를 쓸 수 없었기 때문에 안전백이 터지지 않았고, 그로 인해 강한 충격을 먹은 것이다.

다행히 내구력이 좋은 데다 운전석 쿠션마저 좋은 고급 우주선이었기에 목숨은 건지기는 했지만, 머리 위를 돌아다니는 행성들 때문에 눈이 돌아갈 지경이었다. 어느 정도 지난 후 간신히 정신을 차리고 우주선에서 나올 수 있었는데, 자신의 앞에 서 있는 두 사람을 보며 놀라지 않을 수 없었다. 절세미남의 청년까지는 이해했지만, 돼지가 서서 말을 하자 볼을 꼬집어볼 수밖에 없었다.

'난 자고 있다. 난 자고 있다. 이건 절대 꿈이다……'

이 어이없는 현실에 준호는 수업 시간에 배운 마인드 컨트롤로 현 사태를 꿈으로 바꾸기 위해 엄청난 노력을 했지만, 볼에서 통증이 느껴지는 것으로 보아 절대 꿈이 아니라는 것을 알 수 있었다.

'젠장……'

민정이에게 채이고부터 재수없는 일이 자꾸 벌어지는 것을 무시한 벌이었다. 괜히 머피의 법칙이란 것이 생겼겠는가.

무턱대고 나왔음에도 불시착한 혹성에 공기가 있었기 때문에 살 수 있었다는 데 조금 감사한 준호는 스위치를 조작하여 우주선의 동력을 에테르 에너지에서 반중력 엔진으로 바꾸었다.

[지잉!]

드디어 내장된 슈퍼콤이 가동되자 준호는 현 위치를 물어보았다.

"이 행성의 위치를 알 수 있나?"

[죄송합니다. 차원 왜곡에 빠진 후 좌표 값이 흐트러져 현재의 위치를 파악할 수 없습니다.]

눈물 흘리고 싶었다. 소문으로만 듣던 우주 미아가 된 것이다.

한편 앞에 있는 소년이 무엇인가를 만지작거리자 이상한 소리가 나더니 안에 있는 은백색의 운석에서 여자의 목소리가 들리자 둘은 당황하기 시작했다.

"설마……"

실레이드의 등에선 굵직한 땀이 흘러내렸다.

"뭔가 알아낸 거야?"

실레이드의 모습에 콜리드는 궁금하다는 듯이 물어봤는데, 그는 진지한 얼굴로 이마에 흐르는 식은땀을 닦으며 조용히 말했다.

"저… 저 녀석은… 변태다……."

"……!"

있을 수 있는 일이었다. 아까 은백의 운석에서 들린 목소리로 미루어보아 여자는 운석 어딘가에 갇힌 것이 분명했다.

약간의 울림이 있는 것으로 보아 약 5미리 정도의 강한 경도를 가진 금속 상자 속에 갇혀 있으며, 그렇게 갇혀 있는데도 말에 떨림이 없는 것으로 보아 꽤 오랫동안 갇혀져 이제는 익숙해진 것 같았다.

어떻게 할 것인가. 저 평범한 청년을 없애고 여자를 구할 것인가. 아니면 변태의 모습을 구경할 것인가의 고민에 빠진 실레이드. 그런 그를 보며 뒤통수를 때리는 이는 바로 콜리드였다.

"왜 때려 이 먹잇감아!"

"등신, 그럼 에고 소드 들고 다니는 놈은 검 속에 여자를 가두어놓는 변태들이냐!!"

"설마… 에고 소드의 정체가……!"

실레이드의 무식함에 의해 에고 소드의 정체가 밝혀지는 순간이었다. 다만 그 좁은 검 속에 어떻게 여자를 가두어놓는가가 문제였지만, 그 문제는 쉽게 해결되었다. 페어리 정도면 충분히 들어갈 수 있다고 생각했기 때문이다.

다시 허망한 상상 속에 빠지는 실레이드를 보며 한숨을 쉰 콜리드는 자신의 앞에 서 있는 이계의 평범한 청년에게 다가갔는데, 콜리드가 다가서자 청년은 흠칫하며 뒤로 물러서더니 기역 자로 된 쇳덩어리를 들고 콜리드의 얼굴에 겨누었다.

"뭐야?"

소년이 놀라는 것을 보자 콜리드는 당황할 수밖에 없었다.

그것을 본 실레이드가 재밌다는 듯이 크게 웃으며 말했다.

"하하하! 당연하잖냐! 오크가 면상을 갖다 대는데 놀라지 않는 인간이 있을 수 있겠냐?"

말은 거칠긴 하지만 틀린 말은 아닌지라 콜리드는 폴리모프 셀프를 사용하여 모습을 바꿨다.

푸른색 섬광과 함께 바뀐 콜리드의 모습은 붉은 머리의 마른 몸매를 가진 날카로운 눈의 용병이었다.

"너의 미적 센스를 알게 해주는군."

"뭐 이 정도면 미남이잖아. 인상도 좋구."

평소 두루뭉실에 어정쩡한 표정이 특기인 콜리드는 자신과 정반대의 이상형의 모습으로 변한 것이다. 대충 이 정도면 됐다고 생각한 그는 검은 머리 청년에게 다가갔다.

가까이 다가간 그는 랭귀지 마법을 사용하여 말이 통하게 했는데, 그 순간 알아들을 수 있는 말이 여과없이 자신의 뇌리를 직통하고 말았다.

"다가오지 마! 이 돌연변이 돼지야!!"

랭귀지 마법을 건 순간 여과없는 욕이 정통으로 콜리드의 여린 가슴을 헤집고 들어갔고, 그 말에 실레이드는 킥킥거리며 웃음을 터뜨리며 말했다.

"큭큭큭, 돌연변이 돼지… 하하하하! 맞는 말이군, 맞는 말이야."

하지만 콜리드는 자신이 평범한 고오크는 아닐지라도 돌연변이라는 소리를 들을 정도는 아니란 생각에 좌절감에 무릎을 꿇을 수밖에 없었다.

콜리드가 잠시 패닉 상태에 빠지자 실레이드가 미소를 지으며 검은 머리 청년에게 다가가 말을 걸었다.

"어이, 변태 친구. 무서워하지 말게."

"누가 변태야!"

변태라는 말에 발끈한 준호는 들고 있던 레이저 건을 실레이드에게 들이댔다.

"응?"

자신에게 들이댄 쇳덩어리가 궁금한 실레이드는 무슨 물건인지 확인하려고 다가섰는데 그 순간 붉은색의 빛이 쇳덩어리에서 뻗어 나오더니 실레이드의 오른쪽 뺨을 스치고 날아갔다.

"헉……"

상처난 자신의 볼에서 흐르는 피를 보며 실레이드는 그제야 청년이 들고 있던 것이 마법 무기라는 것을 알 수 있었다.

"음… 엄청난 고열의 집합체가 빛의 형태로 뻗어 나갔군. 대단한 무기야. 이런 건 처음 보는데?"

패닉 상태 중이던 콜리드는 실레이드의 뺨을 스치고 지나간 빛을 보며 정확히 성분을 분석하고 있었다.

아무리 폴리모프한 상태라곤 해도 철면피인 실레이드의 뺨에 상처를 낼 정도라면 굉장한 마법이라고 할 수 있었기 때문이다.

분노한 실레이드는 자신의 앞에 있는 청년을 보며 몸서리치면서 말했다.

"이… 변태!!"

자신의 연약한 피부에 상처를 내는 것을 즐기는 것 같은 청년에게 내리는 실레이드의 평가였다.

지금까지 야한 생각으로 가득 찼다는 소리는 많이 들어봤지만 변태라는 소리는 처음 들었던 준호는 계속되는 변태의 낙인에 숨이 넘어갈 지경이었다.

하지만 이 둘 사이의 긴박한 상황을 타파해 준 사람이 있었으니 바로 에이션트 오크 콜리드. 그는 점잖게 헛기침을 몇 번 하더니 둘 사이를 갈라놓고 말했다.

"흠흠… 실레이드, 나이도 많이 먹은 녀석이 그 정도도 못 참나. 그리고 자네, 우리가 자네에게 해코지한 일도 없는데 마법 무기를 난사하다니 어찌 그리 예의가 없나."

실레이드는 콜리드의 말에 자비의 실버로서 참아주기로 했고, 준호도 아무 잘못도 없는 사람한테 레이저 건을 발사한 것은 실수라고 생각했는지 한참을 가만히 있다가 둘은 서로에게 사과했다.

"미안하다. 처음부터 변태라고 한 거."

"저도 실례했습니다. 처음 보는 분에게 레이저 건으로 상처를 입히다니 말입니다."

이렇게 둘이 화해를 하자 콜리드는 만족한 웃음을 지으며 준호에게 말했다.

"하하하, 사과했으니 다행이네. 아참, 소개가 조금 늦은 것 같군. 난콜리드 데라이토스라고 하네."

"난 실레이드 파릴레스라고 한다."

"전 김준호라고 합니다."

서로 자기소개를 한 세 사람은 그간의 오해를 약간의 웃음으로 때우고 궁금한 것을 물어보기 시작했다.

"그런데 아까는 돼지의 모습이었는데 어떻게 변신한 거죠?"

"응?"

콜리드는 자신의 정체를 인간에게 밝힌다면 놀랄 것은 뻔하기 때문에 일단은 인간 행세를 해야겠다고 생각하고 말했다.

"지내기 편한 모양으로 마법으로 변신한 거네. 오크의 모습이라면 빌어먹을 드래곤 녀석들과 인간들을 제외하고는 해코지할 녀석들이 별로 없거든."

"응? 그게 무슨 말이냐? 너, 원래 오크였잖아?"

눈치도 없는 실레이드는 콜리드의 말에 반박하며 말했고, 그 말에 준호는 이해할 수 없다는 듯이 고개를 갸우뚱거렸다. 자신의 의도가 실레이드에 의해 박살나자 분노에 떨리는 주먹으로 잠시 실레이드의 입을 막은 콜리드는 만족한 웃음을 지으며 텔레파시로 실레이드에게 말했다.

[이 멍청이 드래곤아! 오크라고 하면 보통 인간들하고 대화하기가 어렵잖아!]

텔레파시를 듣고서야 콜리드가 인간이라고 말한 이유를 짐작하고는 고개를 수긍하며 실레이드는 자리에서 일어났다.

"허허, 내가 잠시! 헛소리를 했나 보군."

하지만 잠시란 단어 다음에 실레이드의 복수의 주먹이 있었기 때문에 콜리드는 바닥에 쓰러져 있었다.

"그건 그렇고 말야, 자네가 타고 있는 은백색 마차가 궁금하군. 하늘에서 떨어진 것은 둘째 치고 이런 물체에 에고를 담을 수 있다니 놀랍군. 이걸 만든 마법사는 도대체 누군가?"

"예? 에고는 뭐고 이걸 만든 마법사라니요?"

"그럼… 이걸 만든 사람이 마법사가 아니란 말인가? 누군가? 드워프? 엘프?"

정교한 기계 장치라면 드워프나 엘프가 생각하며 다시 물었지만 준호는 드워프나 엘프의 존재도 모르기 때문에 고개를 돌렸다.

"도대체 이 세계는 어디죠? 마치 판타지 세계 같잖아요."

검과 마법, 드워프나 엘프 같은 이 종족이 존재하는 이계.

준호는 동화나 영화에서만 존재하는 세계에 빠진 듯한 느낌이 들었다.

"역시 이계인이로군."

"이계인이요?"

"그래. 자네는 이곳과 완전히 다른 차원계에서 온 것일세."

콜리드는 준호가 마계나 천계 같은 다른 곳이 아닌 그보다는 본질적으로 세계가 다른 곳에서 온 사람이라는 것을 눈치 챌 수 있었다.

한편 이 시간 우주선 안의 슈퍼콤은 이 상황을 이해하지 못하고 있었다. AI기능이 있어 스스로 성장하는 이 슈퍼콤은 상당한 데이터를 소장하고 있었는데, 그 데이터에도 나와 있지 않은 말들이 여기저기서 들려왔다. 한데 자신의 주인은 알아듣지도 못하는 말을 하는 사람과 대화를 하고 있는 것이 아닌가?

[초자연적 현상이다!]

소문으로만 저장되어 있던 이러한 현상은 슈퍼콤의 데이터를 어지럽히기 충분했고, 데이터는 급히 이 말도 안 되는 현상을 해석해 나가기 시작했다. 몇십만 년 전의 고대 문자도 해석하는 슈퍼콤은 어설픈 대화에서 나오는 단어를 등록, 언어를 해독하기 시작한 것이다.

다행히 주인의 말은 자신이 알아들을 수 있는 언어이기에 추정하여 해독하는 것은 어느 정도 가능했다.

하지만 아직 몇 마디 나오지 않은 상황인지라 완전한 해독은 불가능했고 계속 단어의 데이터만을 등록시키고 있었다.

[슈퍼콤 표류 일기 $$년 %%월 &&일:변신하는 돼지와 전설에 등장하는 용이 실재하는 초자연적인 세계에 불시착한 후, 주인님은 돼지와 용과 의사 소통을 하는 초자연적인 현상을 겪게 되신다. 주인님의 안전에 위협되는 자들이 아님을 판단한 본 슈퍼콤은 이 알 수 없는 현상을 해석하기 위해 노력을 했지만 데이터의 부족으로 해석이 불가능한 상황에 빠지고 말았다.]

수퍼콤이 혼잣말로 중얼거리며 열심히 데이터를 등록시키고 표류 일기를 만드는 등 난장판을 피우는 것을 잠시 멍하니 지켜보고 있던 준호는 이마에 흐르는 식은땀을 닦으며 녀석에게 이야기했다.

"슈퍼콤… 너, 이 두 사람의 말을 해석할 수 없는 거야?"

[예, 주인님. 제가 듣기에는 어느 항성계에서도 존재하지 않는 말을 두 존재가 하고 있음에도 주인님께서 알아듣는 듯이 보입니다. 마치 아카로이드 성계의 원주민들의 텔레파시와 같은 효과를 주인님에게 주는 것 같습니다.]

아카로이드 성계는 인간들이 우주에서 찾아낸 첫 유인 행성으로 사이코 에너지를 사용하는 이들은 의사 소통을 텔레파시로 하기 때문에 지구인과의 의사 소통이 가능했다. 몇 번의 전쟁이 있었기는 했지만 현재에 와서는 전 우주의 인간형 6종족, 다족형 3종족 중에서 가장 인간과 친한 종족이 되어 있었다.

"두 사람의 사이코 에너지는 어느 정도지?"

[본 슈퍼콤의 측정으로는 둘 모두 보통 아카로이드 성계인의 수백 배에 달하는 사이코 에너지를 지니고 있는 것 같습니다.]

"음……."

슈퍼콤이 말하는 사이코 에너지의 측정 수치는 혼자서 충분히 나라 하나를 말아먹을 수 있을 정도의 초능력을 발휘할 수 있는 수치였기 때문에 긴장하지 않을 수 없었다.

과연 자신은 이 상황을 어떻게 빠져나갈 것인가. 준호는 고민되기 시작했다.

"콜리드, 난데없이 나타난 이계의 인간에 대해서 짐작 가는 것이 없나?"

"글쎄, 내가 쓴 미티어에 떨어지는 걸 봤으니 미루어 짐작해 볼 순 있겠지."

미티어. 우주 공간에서 운석을 찾아 소환, 우주 공간에서 지상으로 낙하시키는 마법의 총칭이다. 미티어 계열의 마법은 운석을 찾는 디텍트 마법을 장시간 사용하는 마법이기에 운석 하나 찾는 데 상당한 시간을 소비하게 되어 보통의 마법사들이 사용하려면 상당한 수준의 마법사 몇십 명이 한 달 이상을 허비하는 것이 대부분이다.

하지만 콜리드의 경우에는 이러한 시간을 단축시켜 차원 밖의 운석을 찾아 소환하기 때문에 그 지속 시간은 상당히 단축된다고 할 수 있었다.

콜리드가 생각해 보건대 운석과 함께 떨어신 준호의 경우는 운서군 사이에 있다가 차원에 쓸려 내려왔다고밖에 생각할 수가 없었다.

운석군 사이에서 미티어에 휩쓸릴 이 확률은 몇억조 분의 일의 몇억 배에 달하는 확률보다 더 떨어지는 확률이었기에 한마디로 준호는 재수 더럽게 없는 경우라고 할 수 있었다.

"돌아갈 방법은 없겠습니까?"

"솔직히 미티어 마법이 차원을 통해 낙하시킨 좌표는 무작위라고 할 수 있기 때문에 자네가 떨어진 곳의 좌표를 찾는 것은 불가능할 수밖에 없네."

콜리드의 설명을 들으며 준호는 좌절할 수밖에 없었다. 세상에 마법이란 것이 있다는 것도 놀라웠지만 그런 흔하지 않은 마법에 쓸려온 자신은 더 흔하지 않은 경우였기 때문이다.

이 넓은 우주 공간에서 자신과 같은 경우를 겪은 사람이 존재하기라도 하겠는가? 준호는 허탈감에 그 자리에서 쓰러지고 말았다. 슈퍼콤은 생명 보호 장치를 사용하여 안정제를 투입했지만, 좀처럼 준호는 패닉 상태에서 벗어나지 못하고 있었다.

당신이 만약 이런 경우라면 어찌 패닉 상태에 빠지지 않을 수 있겠는가?

"돌아갈 방법이 없는 겁니까……?"

준호는 떨리는 목소리로 다시 물었는데 한참을 생각하던 실레이드가 준호에게 희망의 한마디를 전했다.

"그러고 보니 다른 차원계에서 넘어오거나 다니는 사람이 없는 것은 아니군."

"예?"

준호는 하나의 희망이 솟아오르는 것을 느낄 수 있었다. 만약 그러한 사람들이 있다면 자신도 돌아갈 수 있는 방법이 있을 수 있기 때문이다.

"실레이드, 누구 생각나는 사람이 있나?"

"딱 두 사람이 준호 청년을 돌아가게 하는 방법을 조금 알 것 같군."

"두 사람이라면?"

콜리드는 그러한 사람이 있다는 것에 궁금증을 느끼며 물었다.

"한 명은 자네도 알고 있는 사람이네. 인간계 최고의 마법사이자 드래곤의 마법사라고 일컬어지고 있는 사람이지."

"아! 루드웨어."

"그래, 그는 페어리계까지 돌아다닌 사람이니 무슨 방법을 알고 있겠지."

"음… 녀석이라면 가능할 수 있겠군. 그래, 또 한 사람은?"

"그는 다른 차원계에서 이곳에 자력으로 넘어온 사람이지."

"자력으로?"

루드웨어 외에 그러한 능력이 있는 사람이 있다는 말을 처음 들었기 때문에 콜리드는 놀랍다는 표정을 지으며 말했다.

"자칭 도가의 도사라고 하는 사람인데 말이야, 뭐 도가가 뭔지 모르지만……."

"잠깐요! 도가요?"

도가라는 말에 놀란 준호는 슈퍼콤에게 도가의 데이터를 찾게 했다.

[도가. 구 지구 시대에 있던 사상 체계 중 하나로 제자백가 시대의 장자가 만든 학문의 한 계통입니다.]

구 지구. 준호가 살고 있는 시대는 은하 개척 시대로 구 지구는 지구 온난화 현상과 몇몇 재해로 인하여 수많은 사람이 죽어서 은하 개척 시대가 들어서기 전의 지구를 말하는 것이었다.

"자칭 '차원도사'라고 하는 사람인데… 이름이 뭐였더라… 천우랬던가?"

"헉!"

준호는 놀라지 않을 수 없었다. 이 대륙의 이름이 아닌 동양계 지구인의 이름 계통이었기 때문이다.

이곳을 빠져나와 고향으로 갈 수 있다는 희망이 생겼다. 하지만 이어진 실레이드의 말은 다시 한 번 그를 좌절에 빠뜨리기에 충분했다.

"그렇지만 루드웨어의 경우에는 요즘 마누라가 가출했다고 어디론가 사라져 있고, 차원도사의 경우에는 한곳에 붙어 있는 경우가 드무니 찾기는 조금 힘들 것 같군."

"예?"

"차원도사가 왜 차원도사겠는가? 그는 여러 차원을 돌아다니며 도가의 완성을 꿈꾸고 있다고 들었는데… 뭐, 도가의 완성이 뭔지 알아야지."

실레이드는 다른 차원의 철학에 대해서 아는 것이 없는지라 무어라 말해 줄 건덕지가 없었다. 두 사람을 찾기 힘들다는 말에 조금 실망이 되었던 준호였지만 어쨌든 단서가 나왔기 때문에 지체할 시간이 없었다.

"어쨌든 저를 고향으로 보내줄 수 있는 사람이 생겼다니 다행입니다. 슈퍼콤, 이 행성의 대륙 지도를 만들어볼 수 있겠어?"

[잠시만 기다리십시오.]

슈퍼콤은 준호의 말을 듣고 소위성을 하늘로 쏘아 올려 보냈다. 소위성은 지구 궤도를 돌며 데이터를 슈퍼콤에게 전해줄 것이다.

얼마 지나지 않아 준호가 가지고 있는 화상기에 대륙의 모습이 나타났다. 그것을 보고 있던 실레이드와 콜리드는 탄성을 지르며 그 모습을 지켜보고 있었다.

"굉장한 물건이군. 평면이 아닌 지도라니……."

"정교하기도 하구만. 누가 이런 지도를 그릴 수 있겠는가?"

보면 볼수록 굉장한 물건이기에 조금은 탐이 나긴 했지만 자신들의 실수로 청년을 이곳에 떨어뜨린지라 뺏기는 뭐했기 때문에 입맛만 다실 수밖에 없었다.

"두 분의 도움은 감사합니다. 이제부터 전 루드웨어란 분과 차원도사란 분을 찾아 돌아갈 방법을 찾아봐야 하겠군요."

준호는 실레이드와 콜리드에게 감사의 말을 하고 떠나려고 했는데 콜리드가 나서며 말했다.

"혹시 도움은 필요없나?"

"도움이요?"

"그래. 어차피 자네의 랭귀지 마법은 일주일 정도 가고 끝날 텐데 그때는 말도 통하지 않게 되지 않겠는가?"

"그렇군요."

준호는 이 세계를 돌아다니기 위해선 제일 먼저 의사 소통이 되어야 한다는 것에 찬성할 수밖에 없었다.

"당분간 할 일은 없으니 우리가 자네를 도와줌세."

"예? 정말이십니까?"

준호는 두 사람이 도와준다는 말에 기쁨을 감추지 못했다. 이 정도의 사이코 에너지를 가진 사람이라면 미지의 행성에서 일어나는 위험에서도 큰 도움이 되기 때문이다.

[무슨 소리야? 귀찮은 걸 우리가 왜 하는데?]

콜리드의 도와준다는 말에 실레이드는 귀찮다는 말로 빠져나오려고 했지만, 이어지는 콜리드의 이야기를 들은 후 고개를 끄덕이며 수긍했다.

[이 바보 드래곤아! 저 녀석이 자기 고향으로 돌아갈 수 있다면 도와

준 우리에게 떡고물이 떨어질 것 아니야. 아까 그 마법 광선 무기나 지도 같은 것 정도는 사례로 받을 수 있는데, 자네 그런 것에 관심없나?"

드래곤은 탐욕의 생물이었다. 금이나 보석, 마법 무기들은 큰 유혹으로 다가왔기 때문이다. 물론 힘으로 뺏을 수는 있지만 다른 차원계의 생물을 강제로 끌고 와서 물건을 뺏는다는 것은 조금 찔리는 일이었기 때문에 포기하고 있었다. 하지만 사례로 준다면 그건 얘기가 다르기 때문에 콜리드의 말에 넘어갈 수밖에 없었다.

"뭐, 당분간 여행하는 것도 나쁘지는 않겠지."

"실레이드, 뭐 단서 될 만한 것이라도 있나?"

무작정 찾아간다는 것은 조금 무리였기 때문에 콜리드는 실레이드에게 물어보았다.

"음… 그 차원도사라는 녀석이 내가 잘 알고 있는 골드 드래곤 켈드와 조금 면식이 있다고 하니 그를 찾아가면 단서가 있겠군."

"골드 드래곤 켈드라… 일단 로안 왕국으로 가야겠군."

"로안 왕국이라면?"

준호의 질문에 콜리드는 삼차원 입체 영상으로 나와 있는 대륙의 지도 중 한 부분을 손가락으로 가리키며 말했다.

"로아냐드 서북의 작은 왕국이네. 도보로는 한 삼 주일 정도 걸리는 거린데, 걸어가면서 사람들에게 차원도사에 대해서 물어보며 갈 수밖에 없겠군."

차원도사쯤 되면 대륙의 사람들에게 소문으로 전해지는 사람이기 때문에 물어보며 가는 것이 나을 것이라고 생각한 콜리드는 도보 여행을 준호에게 권장했고, 일리있는 말에 준호도 고개를 끄덕이며 말했다.

"그렇군요. 잠시 기다려 주십시오."

준호는 자신의 우주선을 조작했다. 일단은 우주선이기는 하지만 미개척 탐사에 이용되기도 하는 다목적 레저 우주선이었기 때문에 지상용으로도 변형이 가능했기 때문이다.

준호가 몇 가지 조작을 하자 우주선은 반중력장을 이용한 낮은 비행이 가능하게 변형되었다.

실레이드와 콜리드는 은백색의 물건이 변형하는 것을 보며 탄성을 내지를 수밖에 없었다. 견고한 금속이 자유자재로 모습을 바꾸고 있었기 때문이다.

"참 보면 볼수록 굉장한 마법 기계로군."

"드워프들이 보면 무슨 수를 써서라도 차지하고 싶어하겠는데?"

변형이 끝나자 준호는 두 사람을 보며 우주선에 타라는 손짓을 했다. 실레이드와 콜리드는 떨리는 마음을 가다듬으며 우주선에 올라탔고, 두 사람이 올라타자 우주선은 부드러운 움직임을 보이며 크레이트에서 상승하여 주변의 지상에 부드럽게 안착했다.

"와! 흔들림도 없군. 말로만 듣던 레간자 형의 마차인데!"

레간자 형의 마차는 마법으로 마차가 운행할 때 흔들림이 없게 만든 것으로 한 나라의 왕 정도 되는 사람 이외에는 살 수 없을 정도의 고가의 마차였다.

실레이드는 이 물체가 레간자에서도 감출 수 없는 작은 흔들림마저 없다는 것을 느끼며 탄성을 내지를 수밖에 없었다.

"마차 밑 좀 보라고! 지상에서 30센티미터 가량 떠서 움직이는 것이 어떤 방식인지 신기하다니까!"

"일종의 자기 부상입니다. 행성은 전체적으로 보아 하나의 자석과 같다고 할 수 있는데 그것을 이용하여 일정 높이로 선체를 떠 있게 할 수 있는 것이죠."

"음……."

자기 부상이란 말이 무엇인지는 모르지만 준호가 살고 있는 세계에서는 이러한 것이 상당한 발전을 이루었다는 것을 미루어 짐작해 볼 수 있었다.

"일단은 이곳에서 가장 가까운 마을로 향하도록 하겠습니다."

지도에서 나타나는 작은 마을을 확인한 준호는 슈퍼콤에게 명령하여 우주선을 그쪽으로 행하도록 지시했다.

콜리드와 실레이드는 생전 처음으로 산뜻한 여행을 하는 것 같아 푹신푹신한 좌석에 기대어 만족감을 표시하고 있었다.

"텔레포트하면서 다니는 것하고는 색다른 맛이 있군."

"그러게 말이야, 허허. 보아하니 자동으로 움직이는 것 같은데, 경치 구경이나 하면서 술이나 한잔할까?"

"그거 좋겠군."

콜리드는 자신의 레어 안에 숨겨놓았던 300년 된 와인을 소환하여 다른 두 사람과 여행 성공을 위한 축배를 들 수 있었다.

생전 처음 타보는 비행 물체에 둘은 흥분에 들떠 있는 것이다.

이 은백색의 물건이 사라지는 것을 보며 평원의 농부들은 눈물을 흘리며 쓰러진 작물들을 세우고 있었다.

"흑흑흑… 이런 재난이 나에게 닥치다니……."

"어서 밀을 세우기나 하게. 저런 썩을 녀석들은 밀 같은 것이 그냥 자라는 줄 아는 바보들이니 우리가 참아야지."

판타지 세계나 현실이나 고생하는 것은 농부들밖에 없기 때문에 눈물이 흘러나오는 현장이었다.

마음 같으면 모든 것을 때려치우고 싶은 농부들이었지만, 떡두꺼비 같은 아들과 마누라를 위해 어찌 때려치울 수 있겠는가.

이러한 실레이드와 콜리드의 행동은 후에 농민들의 사회 참여를 가속화시켜 이곳에서 대륙 최초로 대농모, 즉 대륙 농민 모임이라는 거대한 농민 조직을 낳게 되고, 드래곤들에 의한 농작물 파괴를 막는 결사대가 조직되기도 한다.

2장 사건의 시작

"뭐야?!"

라디안은 갑작스럽게 날아온 보고에 당황하지 않을 수 없었다. 있을 수 없는 일이 벌어졌기 때문이다. 자신의 스승인 헤른드 라비에타가 북극의 땅에서 봉인해서 잡아온 컴플레이티니스 언데드의 연구 자료가 모두 사라졌다는 보고를 들었기 때문이다.

"말도 안 되는 소리! 그 자료는 칠인회 극비 자료실에 보관되어 있는 것이 아닌가! 극비 자료실의 소재는 7인의 회주 외에는 아무도 알지 못한다는 것을 잊었는가!"

"그, 그것이 3회주 칼루안디스님이 그 사실을 확인하고는 급히 라디안님께 보고를 하라시며 저를 보냈습니다."

"칼루안디스가?"

칼루안디스는 7인회의 3회주 신분을 가진 현재 45세의 중년 마법사로 7서클 익스퍼트 정도의 마법 실력을 지니고 있다. 회주 직을 수행하기에는 다소 낮은 마법 실력을 지니고 있었지만 타 학문, 즉 고고학이나 연금술학, 수학 등에는 탁월한 재주를 지니고 있는 인물인지라 루드웨어에 의해 3회주 직에 발탁된 마법사였다.

칼루안디스가 확인한 사실이라면 틀림없다고 생각했다. 칼루안디스의 월등한 기억력은 몇백 년의 세월을 가진 7인회에서 모아진 수많은 극비 자료를 모두 외우고 있을 정도이기 때문이다.

"칼루안디스 회주는 어디 있는가?"

"극비 자료실을 잠시 조사하신 후 10여 명의 마법사들과 함께 범인을 잡겠다고 나가셨습니다."

"음… 7인회 전 지부에 당분간 대외 활동을 금지하게 하고 칼루안디스 회주의 수사에 적극 협조하라 지시해라."

"예."

라디안의 명령을 받은 마법사는 인사를 하고 급히 2회주실을 빠져나왔다.

"컴플레이티니스 언데드라……."

사실 이 언데드 자체는 별문제가 없었다. 헤른드 라비에타의 연구로 완벽하게 퇴치할 수 있는 대체 마법을 완성하고 그것을 마법서에 써두었기 때문에 다시 한 번 녀석들이 나타난다고 해도 큰 피해를 입지 않고 처리할 수 있었지만 그것이 문제는 아니었다. 헤른드 라비에타의 연구는 10년이란 긴 시간을 허비했고 그동안 많은 시행착오도 있었다. 그리고 그 시행착오 중에 만인에게 공개되어야 할 연구 자료가 극비로 돌려질 수밖에 없었던 하나의 시행착오가 있었다.

헤른드 라비에타. 라디안의 스승인 천재 마법사는 그 시행착오로 인해 반신불수가 되었다. 하지만 반신불수가 된 후에도 연구를 계속한 헤른드는 컴플레이티니스 언데드를 상대할 수 있는 대체 마법을 완성했지만 우연히 나온 시행착오를 버리지 못하고 연구서에 남겨놓았다. 그리고 그 시행착오에 대처할 수 있을 마법을 만들다가 명을 다한 것이다.

'만약 그것이 네크로멘서의 손에 들어간다면……'

네크로멘서. 시체를 조종하는 마법사 아닌 마법사들을 말한다. 그들은 죽은 자를 소환하여 자신의 종으로 만드는 등 온갖 사악한 짓을 그것이하는 관계로 대륙의 마법사들에게 배척을 받고 있는 자들이었다.

헤른드 라비에타가 연구 도중 겪은 시행착오. 그것을 네크로멘서가 알게 된다면 대륙을 혼란에 빠뜨릴 엄청난 사태를 일으키게 될 것이다.

"으어엉엉……."

너무 서러웠다. 해츨링 시절부터 따랐던 루드웨어는 자신의 마음을 너무나 몰라주었기 때문이다. 마신 라스타가 죽고 그가 힘을 되찾을 때까지 100년의 시간을 루드웨어만 생각하며 지내왔는데, 그는 그런 자신의 마음에 보답도 해주지 않는 것이다.

물론 받으려고 한 기다림은 아니었지만 루드웨어의 행동이 너무 야속했기 때문에 로노와르는 울음을 멈출 수가 없었다.

"으아아앙~! 할머니!"

이제는 고인이 돼버린 자신의 할머니 프로란스가 생각났다. 루드웨어와 결혼한 후 얼마 되지 않아 정령의 문으로 들어선 프로란스는 마지막 유언으로 루드웨어와 잘 살고 해츨링 열 마리만 낳으라는 유언을 하고 죽었다.

할머니의 유언을 지켜 해츨링 열 마리도 낳고 싶었다. 사랑하는 할머니의 유언을 지키고 싶은 것이 로노와르의 손녀된 마음이었기 때문이다.

"지금부터 낳아도 열 마리 채우기도 힘든데! 으앙앙……."

종족 번성의 최고봉이 될 나름대로의 야심을 가지고 있던 로노와르의 절망감을 누가 이해해 주겠는가. 물론 드래곤이 해츨링을 열 마리나 낳으려고 한다는 것은 판타지 세계의 절대무이한 야심이다.

하지만 계속 울고 있을 수만은 없는 로노와르는 소매로 흠뻑 젖어버린 눈 주위를 닦고 주위를 살펴보니 어두컴컴한 동굴에 질퍽한 땅이 가득했다. 물론 질퍽한 것은 로노와르의 눈물 때문이다.

로노와르는 시간을 대충 짚어보니 적어도 한 달 이상은 운 것 같은 기분이 들었다. 물론 실제로는 일주일 정도밖에 울지 않았다.

"딴 드래곤한테 바람 펴서라도 해츨링을 낳고 말겠어!"

역시 드래곤 사상 처음으로 바람난 드래곤 부인이 되려는 로노와르는 간간이 생각나는 루드웨어를 가슴속 깊은 곳에 처박아 넣고 전의를 다듬으려 했다.

열 마리의 해츨링을 위해 못할 것이 없다라는 굳은 결의로 로노와르의 눈은 무지갯빛으로 환하게 빛났다. 물론 다원소 드래곤은 어두운 곳에 있으면 무지갯빛으로 눈이 자동으로 빛나지만.

로노와르는 품에서 한 장의 양피지를 꺼내 들었다. 로노와르가 이날을 위해 준비한 비장의 자료, 그것은 바로 대륙에 흩어져 있는 총각 드래곤들의 명단이었다. 이미 로노와르는 바람 필 준비를 하고 있었던 것이다.

"루드웨어… 반드시 복수하고 말겠다!"

순진한 드래곤을 이상하게 만들어 버린 루드웨어가 벌을 받는 순간 왼손에는 양피지 드래곤 명단이, 오른손에는 러브즈 데거를 들고 있는 풍운의 마담 로노아르, 그녀의 일대기가 시작되려고 하는 판이었다.

"후우, 로노와르, 뭐 하는 짓이냐?"

"바바라 언니?"

바바라는 블랙 드래곤의 일족 중 한 명으로 로노와르보다는 3,000살이나 더 많은 중년 여성 드래곤이었다. 불행히도 불임 드래곤이라는 천에 하나 있을까 말까 한 드래곤이었기 때문에 어렸을 때부터 로노와르를 이뻐했다.

현재 로노와르가 있는 이곳은 바바라의 레어였다.

"네가 아무리 화가 났다고 해도 드래곤이 바람을 핀다고 하다니… 정말 많이 타락했구나……."

"……."

바바라의 말에 로노와르는 아무 말도 할 수가 없었다.

"해츨링 열 마리 낳는다는 거야 그냥 넘어갈 수 있지만, 총각 드래곤을 꼬시는 꽃뱀 드래곤만은 절대 용서할 수 없단다."

"그런……."

로노와르는 바바라의 미움을 받는다는 것은 생각할 수가 없었다. 할머니 프로란스가 죽은 후 루드웨어와의 잦은 부부 싸움에 속이 상할 때면 매번 그것을 풀어주던 드래곤이 바로 바바라였기 때문이다.

현재의 바바라는 로노와르가 루드웨어 말고 마음을 기댈 유일한 인물이었다.

"차라리 유희를 즐기는 게 어떠니?"

"유희요?"

"그래. 드래곤이 유희 즐기다가 타 종족에게 바람피우는 거야 늘상 있는 일이니 상관없잖아. 물론 인간인 루드웨어라면 조금 열이야 받겠지."

인간인 루드웨어의 정조 관념은 드래곤 일족과 다르기 때문에 유희 중에 눈 맞는 것도 큰 충격일 것이다.

"하지만… 겨우 명단도 구했는데……."

힘들게 구한 명단이 조금 아까운지 망설이고 있는 로노와르를 보며 바바라가 가까이 다가가 안아주며 말했다.

"만약 드래곤을 유혹한다면 넌 공식적으로 루드웨어와 파혼을 하게 된단다. 로노와르, 루드웨어가 밉긴 하지만 싫은 건 아니잖니?"

"응."

"다른 드래곤의 해츨링을 낳은 것에 분노한 루드웨어가 파혼하자고 하면 어떻게 할 거야?"

"그건……."

루드웨어와의 파혼. 생각지도 않은 문제였다.

"대충 루드웨어를 골탕 먹이렴. 그럼 루드웨어도 너의 소원을 들어줘 해츨링을 낳게 해줄 테니까."

"휴~ 예, 바바라 언니."

로노와르가 자신의 말을 듣자 미소를 지으며 그녀는 로노와르의 손을 잡고 말했다.

"그럼 이 언니랑 여행을 가자꾸나. 언니가 루드웨어를 골탕 먹이는 걸 도와줄 테니까."

"정말요?"

"그럼. 폴리모프해서 인간들을 유혹하는 꽃뱀 듀어가 되는 거야!"

"꽃뱀 듀어!!"

로노와르에겐 이제 새로운 앞날이 환하게 펼쳐지고 있는 것이다. 드래곤 사상 처음으로 등장하는 장편 판타지 꽃뱀 드래곤 소설. 로노와르의 꽃뱀 일기, 그 찬란한 서장이 시작되고 있었다.

한편 이 시간 루드웨어는 여기저기 대륙의 레어들을 살피며 로노와르의 이름을 부르며 울부짖고 있었다.

"로노와르! 로노와르!"

"거참, 시끄러워 죽겠네! 왜 하필 남의 레어에서 소리 지르고 야단이야!"

레드 드래곤 시크라. 프로란스가 죽은 이후 드래곤 로드와 함께 에이션트 드래곤의 반열에 오른 괴짜 드래곤이었다.

물론 실레이드가 에이션트 급이기는 하지만 누구도 그를 에이션트 급이라 말하는 이는 없었다.

한참 동면에 빠져 있던 시크라는 친구인 루드웨어가 자신의 레어에서 마누라를 찾는다고 소리를 지르고 있었기에 잠이 깨버린 것이다.

"시크라, 혹시 로노와르 못 봤냐?"

"거참, 니 마누라를 내가 어떻게 알아! 그리고 하필 왜 남의 레어에 들어와서 마누라를 찾는 거야! 이쪽으로 올 턱이 없잖아!"

"아니야, 아니야!"

루드웨어가 시크라의 레어로 온 것에는 나름대로의 이유가 있었다. 시크라는 괴짜였기 때문에 드래곤들의 맞선에서 줄곧 딱지 맞기가 일수였다.

그런 이유로 아직까지도 총각의 신세를 면치 못하는 드래곤이었기 때문에 바람 핀다며 나간 로노와르가 이쪽으로 올 가능성이 있다고 생각했다.

"시크라, 나 어떡하냐……."

"도대체 무슨 일이 있었던 거야?"

갑자기 루드웨어가 울먹이면서 하소연하자 당황한 시크라는 자초지정을 물어 들을 수가 있었는데 모든 것을 다 들은 시크라는 레어 안에서 뒹굴며 웃기 시작했다.

"하하하하하… 드, 드래곤이 바람 핀다고 나갔다고? 하하하하!"

오랜 시간을 살아온 시크라로서는 생전 드래곤이 바람피운다고 나갔다는 소리는 처음 들었기 때문에 웃지 않을 수 없었다.

"장난이 아니라고! 이성을 현혹시키는 아이템인 러브즈 데거를 들고 있단 말이야! 러브즈 데거! 현재 로노와르의 마나 정도라면 일급 신이라도 유혹할 수 있단 말이야!"

"응?"

그제야 시크라는 사태의 심각성을 알 수 있었다. 보통 드래곤이라면 유부녀 드래곤이 유혹한다고 넘어가지는 않겠지만 그러한 아이템을 가진 로노와르라면 충분히 가능성이 있기 때문이다.

"그렇다면 큰일 아닌가!"

만약 수많은 총각 드래곤들이 로노와르에게 유혹낭한나면 조싱 드래곤들을 볼 낯이 없겠고, 로노와르 덕에 노처녀 신세를 면치 못하게 되는 많은 여성체 드래곤들은 분노로 발광할 것이 분명했다. 가뜩이나 총각 드래곤들도 적은 대륙에 무슨 일이 벌어지겠는가! 여성체 드래곤들은 로노와르의 행동을 답습해 모두 꽃뱀 드래곤으로 변할 것이 확실했다.

"일났어… 어떻게 하나!"

"어떻게 하긴, 빨리 찾아 막아야지!"

시크라는 레어의 여기저기를 돌아다니며 여행을 나설 준비를 했다. 하지만 갑자기 무슨 생각이 들었는지 멈추고는 생각에 잠기기 시작했다.

'만약 로노와르가 총각 드래곤들을 모두 유혹한다면… 흐흐흐, 남은 여성체 드래곤은 유일하게 남은 나의 차지가 될 것이 아닌가? 그렇다면 나의 드래곤 할렘이야, 할렘!!'

노총각 드래곤 시크라는 로노와르가 할 행동으로 자신에게 돌아올 이득을 생각하며 온몸을 부르르 떨고 있었다. 하지만 문제는 있었다. 자신의 뒤에 있는 로노와르의 남편 루드웨어. 만약 그가 로노와르를 찾아 그것을 막는다면 드래곤 할렘의 꿈은 접을 수밖에 없었다.

'크크크… 루드웨어, 미안하지만 너에게 로노와르를 찾게 해줄 수는 없을 것 같다.'

오랜 우정을 자신의 할렘을 위해 짓밟은 시크라. 과연 루드웨어는 로노와르를 찾아 그녀의 행동을 막을 수 있을까.

[슈퍼콤 표류 일기:마스터는 호의적인 두 외계 생명체와 함께 이 미지의 행성의 로안 왕국이란 곳으로 향했다. 평균 속도는 시속 200킬로미터를 유지한 채 안전 운행을 했으며 4시간 23초 23에 외계 생명체가 다수 살고 있는 거주지에 도착할 수 있었다.

앞서 두 생명체와는 다르게 이 거주지에 살고 있는 자들은 마스터와 같은 신체 구조를 지닌 인간형으로 아직 생체 성분 조사를 하진 못했지만 모든 기관은 인간과 동일한 것으로 나타났다. 사이코 에너지 또

한 보통 인간의 수준으로 두 생명체와 다르게 마스터에게 위험을 줄 만한 요소는 없다고 판단했다.]

준호는 실레이드와 콜리드와 함께 우주선을 저공 운행하여 여행을 했다. 여행 4시간여째 가까운 마을의 위치를 파악한 준호는 자신을 도 와줄 사람인 차원도사라는 자의 소문을 듣기 위해 마을에 들르기로 결 정했다.

"두고 가는 건가?"

"예. 보아하니 이 행성엔 우주선이 없는 것 같으니까요. 괜히 시선 끌 필요는 없잖아요?"

그 말에 콜리드와 실레이드는 고개를 끄덕였다. 준호는 가벼운 복장 을 하고 몇 가지 장비와 레이저 건만을 들고 우주선에서 내렸다.

"아까보단 간소한 복장이지만 그래도 눈에 조금 띄는군. 마을에 가 서 옷이라도 한 벌 사서 입는 게 낫겠어."

콜리드의 의견에 준호 역시 동감했다. 로마에 가면 로마법을 따라야 한다는 옛 성인의 말에 따라 괜히 눈에 띌 필요는 없고, 이곳의 복장을 한번 입어보고 싶은 마음도 있었기 때문이다.

"자, 가죠."

준호 일행이 도착한 마을은 실비안이란 이름을 가진 마을로 현재 주 민은 뱃속에 있는 아이를 제외하고, 물론 이것은 슈퍼콤의 탐지 센서로 알아본 숫자이다. 정확히 1,301명이 살고 있는 작은 마을이었다.

다행히 로아냐드 국경에 위치한 마을로 간간이 장사꾼들이 들르기 때문에 차원도사의 대한 소문이나 필요한 몇 가지 장비 및 식량을 충 분히 살 수 있다고 생각되었다.

"이곳의 주점에서 파는 양고기 스튜는 꽤 먹을 만한데. 어떤가, 일단 식사부터 하는 것이?"

"괜찮겠군요."

우주선 안에도 상비 음식이 있긴 하지만 건량 비슷한 우주식이라 제대로 된 음식이 먹고 싶었던 준호는 콜리드의 의견에 동의하며 주점으로 향했다.

사랑의 한잔이라는 최대의 유치한 이름을 간판으로 내걸고 있는 술집은 이층의 작은 건물 안에 위치해 있었지만 안에는 꽤 많은 사람들이 대낮부터 앉아 술을 마시고 있었다.

준호 일행이 들어오자 사람들의 시선이 모였는데 준호가 입고 있는 옷이 희한하기 때문인 것으로 보였다.

"자네의 옷이 조금 눈에 띄나 보군."

"그렇군요."

실레이드의 말에 대충 대답한 준호는 가까이에 비어 있는 자리에 앉았다. 준호 일행이 앉자 15살가량의 갈색 머리의 소녀가 메뉴판을 들고 일행에게 다가와 말했다.

"어서 오세요."

소녀는 미소를 지으며 인사하고는 메뉴판을 건네주었지만 실레이드는 메뉴판을 볼 생각도 하지 않고 주문했다.

"양고기 스튜하고 본 스테이크, 디저트로 딸기 푸딩에 이곳에서 가장 비싼 와인 한 병."

"예, 잠시만 기다리세요."

준호는 주위에 있는 사람들을 둘러보고는 콜리드에게 물었다.

"사냥꾼들이 꽤 많네요."

"국경 외곽이라 숲이 넓어 사냥감이 꽤 많은 편이지. 또 이곳에선 농사를 지을 수가 없어 농부가 없다네."

"농사를 지을 수가 없다니요?"

"이곳 땅은 작물을 심어도 제대로 자라지 않는다네. 그러니 누가 농사를 짓겠나."

"이상하네요? 숲이 있는데 왜 작물이 자라지 못하나요?"

"제국의 멍청한 귀족들이 이곳에서 전쟁을 하면서 엄청난 짓을 저질러 버렸지. 바로 마법으로 이곳의 농경지를 모두 파괴해 버린 거지."

"농경지를 파괴해요?"

"그래. 이곳으로 적군이 들어오기 위해선 산맥을 넘어야 되기 때문에 보급로가 원활하지 않지. 그래서 식량 수급은 이곳에서 이루어져야 하는데, 제국의 망나니들이 마법으로 농경지를 모두 숲으로 바꾸어 버렸네. 그 덕에 적군의 침입로가 바뀌기는 했지만 이곳 주민들이 농민에서 사냥꾼으로 직업을 바꾸게 만들었지."

콜리드의 말에 사냥꾼이 많은 것을 수긍할 수는 있었지만 대낮임에도 불구하고 작은 마을에서 사냥하러 나가지 않는 것이 이상했다.

지금 시간이면 한창 일을 해야 될 시간이 아닌가?

그런 준호의 의문을 알기라도 한 듯이 콜리드의 말이 계속 이어졌다.

"원래 농경지였던 곳이 숲으로 바뀌고 전쟁이 일어나지 않자 많은 생물들이 이곳으로 이주해 왔는데, 그중 이 마을의 가장 골칫거리가 된 녀석은 오크였지."

"오크요?"

"그래. 자네를 만나기 전에 내가 폴리모프하고 있었던 모습. 그 녀석들은 상당히 호전적인 종족인 데다 머리도 나쁘기 때문에 주업은 여행자들의 약탈이지. 이런 작은 마을의 사냥꾼들이라도 충분히 잡을 수 있는 녀석이긴 하지만 워낙 숫자로 덤벼대는 녀석들이라 사냥꾼들도 많은 숫자를 이루어 움직일 수밖에 없네. 아마 술집에 있는 사냥꾼들은 다른 사람을 기다렸다 일을 나가려 하는 것 같군."

"그렇군요."

일행들이 계속 이야기하는 사이에도 사냥꾼들이 계속 술집 안으로 들어오고 있었다. 준호 일행이 들어왔을 때 7명 정도였던 것이 음식이 나올 때가 되자 14명 정도로 늘어나 있었다.

"카이토스 녀석은 아직도 안 왔나?"

"마누라한테 또 뜯기나 보지. 20분 정도만 기다리면 온다고 했는데?"

자리에 앉아 술을 마시고 있던 사냥꾼들이 아직 오지 않은 카이토스란 사람의 이야기를 하고 있었는데 호랑이도 제 말 하면 온다고, 술집 안으로 사냥꾼 한 명이 헐레벌떡 들어왔다.

대략 190 정도의 거한이었는데 얼굴에 여기저기 손톱 자국이 나 있었고 머리도 헝클어져 있는 것으로 보아 꽤 뜯긴 듯 보였다.

주점 안에 있던 사람들은 그의 모습을 보고는 크게 웃기 시작했다.

"하하하하! 호랑이 같은 마누라한테 또 뜯겼나?"

"걸작이다, 걸작!"

사람들의 웃음에 창피한 듯 카이토스는 자신의 얼굴을 가리며 방금 전 이야기하던 사람들의 옆에 앉고는 한숨을 쉬었다.

"후… 미치겠군."

"오늘은 또 뭔 일 때문에 뜯긴 거야?"

"몰라! 몰라!"

말하기 부끄러운 듯 카이토스란 사람이 손을 내저으며 말하자, 앞에 앉아 있던 마른 체구의 사냥꾼이 다 알고 있다는 듯 미소를 지으며 혼 잣말하듯 말했다.

"덩치만 산만하면 뭐 하나, 밤일이 성치 못한데……."

"펜!"

펜이란 사내의 말에 카이토스는 얼굴이 시뻘게지며 소리쳤고 다른 사람들은 박장대소하기 시작했다.

"의원한테 가보지 않았나?"

펜이 웃음을 멈추고 묻자 카이토스는 한숨을 쉬며 말했다.

"가봤지. 가봤는데… 역시 비아그라 풀이 필요하다고 하더군."

"아! 비아그라……."

비아그라는 이 지역의 숲에서만 자생하고 있는 약초였다. 일종의 돌 연변이 풀로 마법으로 만든 숲에서 보통의 약초가 변형을 일으킨 약초 다. 일종의 성 기능 장애 치료제로 쓰이는 이 풀은 사사로운 설명 할 것 없이 남자라면 다 알 수 있는 중요한 풀이었다.

"그동안 약초꾼들이 다 캐고 남아 있는 것은 오크들이 살고 있는 동 굴 근처밖에 없는데… 후우……."

오크 때문에 풀을 구할 수 없는 카이토스는 이 암담한 사태에 한숨 만 내쉴 뿐이었다. 한편 이들의 이야기를 듣고 있던 실레이드가 무슨 생각이 났는지 물었다.

"준호 군, 자네 마누라는 있는가?"

"예? 아직 열일곱밖에 안 됐는데 무슨 마누랍니까?"

"허허, 남자 나이 열일곱에 아직도 결혼을 못하다니 생각보다 능력이 없구만."

물론 이 시대는 조혼 풍습이 없었다. 하지만 실레이드는 자기는 이천 살이 넘어서야 결혼했으면서 인간은 열다섯 정도면 결혼해야 된다고 믿는 이상한 성격의 소유자였다.

"무릇 인간이란 것은 자기 새끼를 거느려야 진정한 삶을 알게 되는 거지."

"……."

실레이드의 설교에 민정을 생각한 준호는 눈물을 줄줄 흘리며 그의 이야기를 경청하고 있었다. 민정과의 일이 잘되기만 했었어도 김가일맥의 재력으로 지금쯤 떡두꺼비 같은 아들을 보고 있어야 했기 때문이다.

'민정아!'

실레이드는 준호에게 잠시 설교를 하고는 자리에서 일어나 카이토스의 앞으로 가더니 말했다.

"쯧쯧, 불쌍한 사람이군. 어떤가, 사냥꾼. 우리에게 의뢰를 하지 않겠는가?"

"의뢰요?"

듣도 보도 못한 낯선 은발의 사내가 갑자기 자신의 앞으로 오더니 다짜고짜 의뢰를 하지 않겠느냐는 말에 카이토스는 멍한 얼굴이 되어 되물었다.

"허허, 비아그라 풀이 필요하다 하지 않았는가? 그것을 우리에게 의뢰하게."

"예!?"

카이토스는 기뻤지만 이내 풀이 죽은 얼굴이 되어버렸다. 자신은 용병에게 그런 의뢰를 맡길 만큼 돈이 없었기 때문이다.

"저… 안 되겠습니다… 돈이…….."

"거참! 돈 걱정은 말게. 자네는 한 가지 일만 해주면 되니."

"한 가지 일이오?"

"그래. 나중에 가르쳐 줄 테니 우리가 비아그라 풀을 가져올 때까지 기다리기나 하게."

"그래 주신다면……."

도대체 이야기를 알 수 없는 장면이었다. 난데없이 술집에서 사냥꾼의 고민을 해결해 주는 해결사 노릇을 하려는 실레이드를 보며 준호와 콜리드는 멍한 표정만을 지을 뿐이었다.

"도대체 무슨 생각이냐?"

"허허, 나만 믿으라고."

괜한 설교로 준호의 마음을 미리 돌려놓고 일을 정해 버린 실레이드, 그가 과연 무슨 생각으로 비아그라 풀을 구하는 일을 하려는지 도무지 알 수가 없었다.

"도대체 여긴 어디야?"

루드웨어는 시크라가 이끄는 대로 길을 향하기는 했지만 생전 처음 와보는 곳이라 눈물이 날 지경이었다.

어두컴컴한 동굴 안 여기저기를 살펴보았지만 자연적인 동굴이 아닌 인위적으로 만든 것이라는 것 외에는 아무것도 알 수 없었다.

현재의 상황을 설명하면 로노와르를 찾아주겠다고 앞으로 나선 시크라는 몇백 년 동안 살아온 루드웨어도 모르는 곳으로 텔레포트하고는 당당하게 길을 나서고 있었다.

"나만 믿으라고!"

괴짜 드래곤 시크라. 좀처럼 루드웨어는 시크라의 말을 믿을 수가 없었지만 자신있어하는 시크라의 모습을 보며 로노와르를 찾을 아무 단서도 없는 루드웨어는 따라갈 수밖에 없었다.

하지만 루드웨어는 점점 밑으로 내려가는지라 의심의 마음을 버릴 수가 없었다.

이대로 내려가다간 지저 세계까지 내려갈 것 같은 시크라였기 때문이다.

하지만 이런 루드웨어의 고민과는 다르게 어느새 시크라는 자신이 생각하고 있던 곳에 도착해 있었다. 동굴 깊숙이 들어가자 넓은 방이 나왔다. 아무것도 없는 넓은 동굴의 끝에는 한 개의 거울이 서 있었는데, 그것을 본 시크라는 거울을 손가락으로 가리키며 말했다.

"저게 바로 궁극의 아이템 중의 하나인 진리의 거울이라네."

"진리의 거울!"

진리의 거울. 대륙 곳곳에 흩어져 있는 여러 신물 중 하나로 이 거울에는 하나의 에고가 있어 무엇을 물어봐도 그것을 알려준다고 했다. 소문이 무성한 이 거울을 많은 왕들이 찾아 나섰지만 아무도 거울을 찾지 못했는데 놀랍게도 시크라가 이 거울의 위치를 알고 있었던 것이다.

시크라는 거울 앞에 다가서더니 조용히 눈을 감고 주문을 외웠다.

"거울아, 거울아, 이 세상에서 누가 가장 예쁘니?"

"백설 공주."

시크라의 주문에 어느 동화책에서 나올 법한 대사를 말한 거울에는 검은색의 영이 드러났다.

[무엇을 원하는가?]

시크라를 보며 거울의 영은 음침한 목소리로 말했다.

"별거 아니고 로노와르라는 드래곤을 찾고 있는데 그 위치를 알 수 있겠는가?"

시크라의 질문에 한참 우웅 하는 하드 돌아가는 소리가 나더니 목소리가 들려왔다.

[로노와르라는 드래곤은 로아냐드 제국 황실에 있다.]

진리의 거울에서 답이 나오자 시크라는 뒤에 서 있는 루드웨어를 보고 크게 웃으며 말했다.

"하하하하. 봐, 쉽게 찾을 수 있다고 했잖아."

"고맙다, 시크라."

루드웨어는 시크라가 단번에 로노와르가 있는 장소를 알아내자 기쁨의 눈물을 흘리며 시크라의 바짓가랑이를 잡고 있었는데, 그런 시크라는 속으로 음침한 웃음을 지으며 생각하고 있었다.

'ㅎㅎㅎㅎ, 잘도 속는군, 바보 루드웨어. 이 거울은 사실 진리의 거울이 아니라 허망의 거울이다. 넌 로아냐드 제국의 황실에 도착하면 가장 허망한 일을 당하게 될 것이다. 푸하하하하!'

3장 실버 드래곤 실레이드의 딸

비아그라 풀의 채취를 위해 준호 일행은 숲에 들어섰다. 정글 모드로 우주선을 변형한 준호는 안전하게 숲으로 진입해 들어가고 있었는데, 군데군데 들어서 있는 나무들을 보며 이해할 수 없는 일이라 생각했다.

나무란 것은 기후에 따라 사는 곳이 다르기 때문이다. 활엽수는 따뜻한 곳, 침엽수는 서늘한 곳에서 자라나는데 이곳에는 북방에서만 볼 수 있는 침엽수와 열대의 기후에서만 자라나는 야자수까지 자라나고 있었기 때문이다.

"이계라 그런가?"

하지만 지금까지 지나온 숲에선 이런 현상을 본 적이 없었기 때문에 의아하게 생각되어 콜리드에게 물었다.

"자네, 마법을 알고 있는가?"

"마법이요?"

마법. 준호는 심심풀이로 배운 동전 묘기를 보여주었다.

아무것도 없는 손에서 갑자기 나타난 동전을 본 실레이드는 탄성을 지르며 말했다.

"굉장해! 이계에는 돈을 만드는 마법도 있다니. 자넨 돈 걱정은 없겠구만."

몇만 년 산 드래곤치곤 상당히 순진한 실레이드를 보며 콜리드는 잠시 한숨을 쉬고는 이마에 흐르는 땀을 닦았다.

"그건 마술이고, 마법이란 자연계에서 흐르는 마나의 형질을 변형시켜 유용한 수단으로 만드는 것을 말하는 것이네."

그렇게 말한 콜리드는 간단한 아이스 애로우 마법을 사용하여 준호에게 마법이 무엇인지 가르쳐 주었다.

[사이코 에너지로 만든 방법입니다. 공기 중의 습기를 모아 냉각시킨 후 발사한 것으로 보입니다.]

슈퍼콤은 콜리드가 만들어낸 아이스 애로우를 분석하여 준호에게 말해 주었다. 염동력이나 텔레파시 등과 같은 초능력은 몇 번 본 적이 있지만 이렇게 자연의 일부분을 이용한 마법을 본 그는 놀라움을 감추지 못하고 있었다.

"굉장하군요!"

"방금 내가 사용한 방법은 마법에 입문한 마법사가 기초 과정을 거치면 모두 사용할 수 있는 마법이네. 여기 이 숲의 경우에는 상당히 능력있는 마법사가 마법으로 만든 숲으로 자연계의 형질을 변형시켜 숲을 이루어낸 것이네. 그 덕에 이곳 주변의 마나 형질이 변이되어 기후와는 다른 나무들이 자랄 수 있는 것이지."

마법이란 것을 직접 보게 된 준호는 그 쓰임새에 놀라지 않을 수 없었다. 만약 이러한 방법이 지구에 도입된다면 사라진 자연을 충분히 되살릴 수 있기에 슈퍼콤에 자세한 데이터를 입력시키지 않을 수 없었다.

"그럼 혹시 오크라는 것도 마법으로 만든 생명체인가요?"

"응? 그건 무슨 소리냐?"

"저희 세상에는 오크라는 생명체가 없거든요. 물론 우주 시대를 열어가면서 많은 종족들이 늘어나긴 했지만, 한 행성 안에 이렇게 많은 종류의 이지를 가진 생명체가 있는 곳은 처음이거든요."

"그런가? 뭐, 자네의 궁금증을 해결해 준다면 오크는 창조주가 만든 생명체 중의 하나라네. 이 세계의 이지를 가진 생명체들을 열거하면 인간, 엘프, 드워프, 오크, 페어리, 드래곤 등이 있고 그 밖에 신계에 사는 신족과 마계에 사는 마족들이 있지. 이 모든 생명체들이 지상계에서 활동하고 있다네."

준호로서는 놀라운 일이었다. 일단은 이렇게 많은 이지적인 생명체가 있음에도 생각 외로 조용한 곳이라는 데 그 이유가 있다. 지구의 역사를 보면 민족, 종교가 다르다는 이유로도 수많은 전쟁이 일어나 많은 사람이 죽었기 때문이다.

"종족들 간의 전쟁은 없었나요?"

"왜 없었겠나. 다만 같은 종족 간의 싸움을 제외하고, 타 종족 간의 싸움은 인간을 빼고 생존 법칙을 제외하면 각기 천신이나 마신에 의해 중재가 되기 때문에 크게 싸움은 일어나지 않네. 오크의 경우에는 호전적이며 지능이 낮아 자급자족이 불가능한 종족이기 때문에 인간과 마찰이 있고, 또 다른 이지가 있는 마물의 경우에는 인간을 주식으로 하기도 하기 때문에 그런 경우에는 천신이나 마신이 관여하지 않네. 예를 들어, 이 세계에서 종족 중 가장 강한 개체인 드래곤의 경우엔 거의 주식이 오크라는 종족이기 때문에 생존의 법칙에 포함되는 것이지."

"음……."

이지적 생물을 먹이로 한다는 것에 대해선 상당히 이상한 감이 있었지만 그것이 이 세계의 질서라면 순응하는 것이 옳다고 생각하고 넘어가기로 했다.

"이번에 만날 오크는 사람을 잡아먹지 않나요?"

"글쎄, 두 개체 다 약간의 문제가 있어 서로를 먹지 않고 있네. 정확히 말하면 먹을 수야 있겠지만 오크의 경우에는 체내에 독이 있기 때문에 특수한 처리를 하지 않는다면 먹을 수 없고, 오크는 인간에게 냄새가 난다고 해서 먹으려 하지 않지."

"그렇군요."

일단은 호전적인 종족인만큼 만반의 준비를 해도 나쁠 것이 없다는 생각에 준호는 레이저 건을 꺼내 언제라도 사용할 수 있게 준비해 두었다.

한참을 숲을 뚫고 지나가자 작은 산의 모습이 드러났다.

"여긴가요?"

"그런 것 같군, 오크의 냄새가 나는 것을 보니."

콜리드의 말에 준호 역시 냄새를 맡아봤지만 애석하게도 산의 풀 냄새 외에는 오크의 냄새일 것이라는 특정적인 냄새는 맡을 수 없었다.

"꽤 후각이 좋으시네요?"

준호의 말에 콜리드는 잠시 헛기침을 하더니 말했다.

"마법으로 후각을 조금 발전시켰을 뿐이네."

일단은 자신이 오크라는 것이 발각돼서는 안 된다고 생각했기 때문에 그냥 얼버무리기로 했다. 보통 오크의 경우에는 인간보다 후각이 최고 10배 이상 발달해 있기 때문이다.

산 위로 조금 올라가자 작은 동굴이 나타났다. 준호는 우주선에서 내려 콜리드와 실레이드와 함께 조심히 동굴 쪽으로 접근해 갔다.

동굴의 입구에는 두 명의 돼지같이 생긴 오크가 나무 몽둥이를 들고 경계를 서고 있었다.

"일단은 입구 쪽의 두 명은 제가 처리하죠."

준호는 레이저 건을 스나이퍼 모드로 조절한 후 오크들을 겨누고는 연달아 두 방을 쐈다. 준호가 쏜 레이저는 두 오크의 머리를 뚫어버려 외마디 비명도 지르지 못하게 했다.

그것을 본 실레이드는 콜리드를 잠시 훑어보더니 안타깝다는 듯이 중얼거렸다.

"배신자 오크에 의해 죽어간 오크 동지들이 불쌍하군."

"……."

실레이드를 한 대 패주고 싶은 콜리드였지만 어떻게 하랴. 인간인 준호가 앞에 있었기 때문에 참기로 했다.

"배신자 오크라뇨?"

"허~ 별거 아니네. 이 녀석이 내가 오크로 폴리모프를 자주 하니까 그런 말을 하는 거니 개의치 말게."

뭔가 콜리드가 숨기고 있는 게 있다는 것을 어렴풋이 짐작해 볼 수 있었지만 자기를 도와주는 사람의 비밀을 캐물을 필요는 없다고 생각해서 그냥 넘어가기로 했다.

"피 냄새다!"

"아뿔싸!"

동굴 안에서 오크들의 목소리가 터져 나오는 것을 보며 콜리드는 자신의 실수를 눈치 챌 수 있었다.

"이거 실수로군. 오크들은 후각이 발달한 생물인데 피 냄새를 풍겼으니."

"그런가요?"

오크들이 후각이 발달했다는 소리를 처음 들은 준호는 레이저 건을 입구 쪽으로 돌리며 밖으로 뛰어나올 오크들을 쏘려고 했는데 콜리드가 손을 들어 그를 막고는 조용히 주문을 읊조리기 시작했다.

얼마 후 콜리드의 손에서 연분홍색의 안개가 피어 오르더니 동굴 쪽으로 밀려 들어가기 시작했고 동굴 안은 철푸덕거리는 소리와 함께 웅성거림없이 조용해졌다.

"수면 마법이네. 일단은 저들도 대륙에 사는 종족 중 하나이니 극단적으로 죽일 필요는 없다고 생각하네."

그 말에 준호 역시 고개를 끄덕였다. 이지가 있는 생명체인 이상 죽이는 것이 별로 마음에 들지 않았기 때문이다.

일행과 함께 동굴 안으로 들어간 준호는 예상외의 상황에 깜짝 놀랐다.

돼지같이 생긴 종족이었기에 동굴 안은 냄새로 가득 찰 것이라 생각했는데 상큼한 과일 향이 동굴에 가득했기 때문이다.

"의외군요. 생긴 것으로 봐선 동굴 안은 냄새로 가득할 것 같았는데 말이에요."

"허허, 그건 착각이네. 땅을 기는 뱀이란 동물도 어떻게 보면 지저분

할 것 같지만 깨끗한 것처럼 의외로 인간들보다 이런 종족들이 더 깨끗한 경우가 많지."

동굴 안에 쓰러져 있는 오크들을 넘어가며 안으로 들어가자 깨끗이 정리된 창고에 여러 가지 물건이 쌓여 있었다. 콜리드가 그중의 한 상자를 살펴보자 그 안에 말린 풀이 가득 들어 있었다.

"준호 군, 이 풀이 바로 우리가 찾는 비아그라란 풀이네."

"그렇군요."

머리가 떨어지는 종족인 오크가 비아그라란 풀을 말려 약초로 사용하는 것을 보며 의아하게 생각되었다. 약초를 말릴 정도의 지능을 가진 생물이 어떻게 자급자족이 불가능하단 말인가?

"오크들은 종족 번식이 빠른 종족이네. 그들에게서 자손을 낳는다고 하는 것은 중요한 일이기 때문에 비아그라 풀의 효능을 알고 번식기에 앞서 이렇게 준비해 놓은 것 같군."

생각을 읽고 있는 것처럼 말한 콜리드는 상자 안에서 한 움큼의 풀을 집더니 주머니에 넣으며 말했다.

"옛말에 '과한 것은 부족하니만 못하다' 했네. 이들도 이 풀을 사용해야 하니 이 정도만 들고 가세나."

"예."

간단히 대답은 했지만 준호는 콜리드의 말에 탐복하지 않을 수 없었다. 무릇 욕심이란 것은 어느 누구도 털어버리기 힘든 것인데, 콜리드는 이 정도의 효능을 가진 풀이라면 비싸게 팔 수 있음에도 자신에게 필요한 양만큼만 가져가고 오크들을 위해 남겨두었기 때문이다.

"빨리 나가세나. 지금은 성인 오크들이 일을 나가 많이 없는 시간이라 이 정도로 그쳤지만, 다른 오크들이 몰려오면 꽤나 성가실 테니 말이야."

"그러죠."

뒤를 돌아보니 실레이드가 무엇인가를 주머니에 가득 담고 있었는데 바로 비아그라 풀이었다.

"적당히 가져오라고."

"무슨 소리야. 나같이 정력이 왕성한 사람은 풀이 많이 필요하다고."

실레이드의 성격이 드러나는 순간이었다.

일행과 함께 나간 준호는 우주선을 비행 모드로 바꿨다. 일단은 오크들의 동굴을 찾느라 지상 모드로 해놓았지만 목적한 것을 찾은 지금 귀찮게 숲을 뚫고 나갈 필요는 없었기 때문이다.

마을에 도착한 준호 일행은 카이토스란 사냥꾼을 찾아 비아그라 풀을 건네주었고, 그는 얼굴에 웃음을 연신 띠며 고맙다는 인사를 했다.

"아이고, 고맙습니다. 여러분들은 저의 생명의 은인이십니다."

비아그라 풀을 가져다 준 것이 왜 생명의 은인이 되는지는 모르겠지만, 실레이드는 풀을 구하기 전에 요구했던 것을 말했다.

"자, 이제 풀을 구해주었으니 한 가지 일을 해주게."

"여부가 있겠습니까마는 일개 사냥꾼인 저에게 불가능한 것만은 사양합니다."

역시 따고 배짱인가. 풀을 얻고 난 카이토스는 배때기를 앞으로 내밀며 배짱을 약간 부렸다.

"거참, 자네에게 불가능한 것이라면 부탁하지도 않네."

그렇게 말한 실레이드는 잠시 카이토스의 손을 잡고는 어디론가 걸어갔다. 난 실레이드가 부탁하고자 하는 것이 무엇인지 궁금해서 슈퍼콤을 통해 도청을 했다.

"별거 아니고 말이야."

"예, 말씀하십시오."

"이 근처에 아이네스 여신의 신전이 있지 않았는가?"

"아이네스 여신의 신전이라면… 아, 레픈 신전을 말씀하시는군요."

"그래. 자네가 거기서 리안나라는 여신관을 불러다 주지 않겠나?"

"신관님이 제가 부르신다고 나오실까요?"

카이토스의 말에 실레이드는 작은 루비가 달려 있는 펜던트를 건네주면서 말했다.

"일단 이걸 건네주고 은룡이 만나러 왔다고 하면 나올 것이네."

"예, 그럼 한번 갔다 와보죠."

콜리드는 슈퍼콤에서 도청하는 소리를 들으며 뭔가 알겠다는 듯이 고개를 끄덕였다.

"오! 리안나!"

실레이드는 카이토스에게 부탁하여 신전에서 잠시 내려온 여신관을 보며 반갑게 다가섰다.

리안나라는 여신관은 긴 은발에 스물 정도의 젊은 여신관으로 성스러움과 함께 굉장한 미모를 지니고 있었기에 옆에서 구경하고 있던 준호는 자신도 모르게 옷매무새를 단정히 하고 있었다.

하지만 그 아름답고 성스러운 모습과는 달리 리안나는 실레이드가 다가오자 다짜고짜 발을 들어서는 실레이드의 안면을 차 쓰러뜨리고 넘어진 실레이드의 얼굴을 발로 밟으며 냉막한 목소리로 말을 이었다.

"아빠, 이젠 적당히 좀 불러내요."

"윽! 아빠?"

실레이드가 더 어려 보이는 외모임에도 리안나는 그를 아빠라고 부르며 계속 그를 짓밟고 있었다. 외모로 봐서도 믿기 어려운데 하는 행동은 마치 원수를 대하는 것 같은지라 준호의 데이터베이스에 혼란이 오기 시작했다.

이 세계는 부모에 대한 공경도 없단 말인가. 무너져 가는 부녀 간의 사랑에 슬퍼하며 눈물을 흘리려 할 때 콜리드가 자세한 내막에 대해서 이야기해 주었다.

"저럴 만도 하지."

"저럴 만도 하다니요?"

"자네도 실레이드와 내가 보통 인간이 아니라는 것쯤은 알겠지?"

"그럼요."

여행하면서 준호는 인간의 모습을 하고 있지만 콜리드와 실레이드가 이 세계에서 상당한 능력을 가진 종족이라는 것을 느낄 수 있었다.

"실레이드는 사실 드래곤이네."

"아! 드래곤이라면 오크를 주식으로 삼는다는 강한 종족을 말씀하시는군요."

"그렇지. 드래곤이란 녀석들이 몇만 년을 살다 보니 가끔씩 외유를 나가는 일이 있지. 그럴 때면 저렇게 인간형으로 변신해서 인간의 여자들을 꼬시기도 하는데, 리안나라는 여자는 그 외유 중에 생긴 딸이지."

"아무리 외유 중에 낳았다고는 하지만 아버지를 저렇게……."

"그게 아무리 외유라고 해도 자신의 딸로 인정해야 되는 경우가 있는데, 그것이 바로 하프 드래곤, 즉 드래코니안 유생체의 경우지."

"드래코니안이요?"

새로 나오는 단어인지라 준호는 슈퍼콤에 데이터 입력을 시키려고 드래코니안에 대해서 물었다.

"드래코니안이란 드래곤들의 인간형 전투 형태지. 가끔씩 인간과 드래곤들 사이에 태어난 하프 드래곤들이 이 드래코니안의 모습으로 태어난다고 하네. 인간인지 드래곤인지 분간이 안 가기는 하지만 성장하면 용언과 브레스도 뿜을 수 있기 때문에 드래곤 족에서는 자신의 일족으로 분류하고 있지. 그런데 저 망나니 드래곤 실레이드는 자신의 딸임에도 불구하고 벌써 100년째 딸을 신전에 맡겨놓고 있지. 의무를 저버렸다고나 할까? 뭐 거기까진 넘어갈 수 있다고 해도 십 년에 한 번씩 딸이 대신관으로 있는 신전에 와서 여신관들을 꼬시니 아무리 마음씨 좋은 아이라 해도 실레이드의 얼굴을 보면 이를 갈 수밖에."

참 희한한 일도 다 있구나 생각한 준호는 다시 한 번 리안나라는 여신관의 얼굴을 쳐다보았다. 겉보기에는 이십 대의 모습이 사실 100살이 넘은 할머니라니, 여자의 얼굴은 화장을 지우기 전에는 나이를 알 수 없다는 옛 성인의 교훈이 생각나는 순간이었다.

"흑흑, 아무리 아비가 미워도 발로 짓밟기까지 하다니……."

실레이드는 리안나의 발에 밟혀 자빠져 있으면서도 눈물을 흘리며 특유의 비참하고 비굴하기 짝이 없는 모습을 보였고, 그런 모습에 리안나는 한숨을 쉬며 발을 뗄 수밖에 없었다.

"또 뭐예요?"

"딸이 보고 싶어 온 아비의 마음을 어떻게……."

얼굴에 묻은 흙은 털어내며 리안나의 얼굴도 보지 않은 채 슬픈 목소리로 대답하는 실레이드. 하지만 리안나는 아버지가 자신의 얼굴을 보지 않고 이야기하는 이유를 알고 있었다.

"얼굴 보여주고 다시 한 번 이야기해 봐요."

"흑……."

실레이드는 워낙에 포커 페이스가 안 되는 녀석인지라 리안나의 얼굴을 보며 이야기한다면 슬픈 목소리와 함께 미소가 배어 나올 것은 뻔한 일, 주먹을 쥐며 자신의 패배를 인정하지 않을 수 없었다.

"졌다… 많이 늘었구나, 리안나."

"늘 것도 없어요. 100년 간 시달렸으니 이제 어느 정도 아버지의 생각을 읽을 수 있게 된 거겠죠."

리안나는 아버지를 지나쳐 콜리드와 준호가 있는 곳으로 걸어왔다. 콜리드의 앞에 선 리안나는 공손히 고개를 숙이며 인사를 했다.

"콜리드 아저씨, 오랜만이에요. 저희 철없는 아버지 때문에 고생 많으세요."

"허허, 역시 나의 고통을 알아주는 것은 리안나밖에 없구만."

리안나의 정말 옳은 소리에 감동한 콜리드는 만면에 웃음을 띠며 반갑게 리안나를 맞이해 주다 준호가 생각났는지 소개를 시켜주었다.

"내 이번에 같이 여행을 하게 된 청년을 소개하지."

콜리드의 말에 준호는 잠시 헛기침을 몇 번 하고 옷매무새를 정리하고 약간 목소리를 깔아 멋있게 만든 후 자신을 소개했다.

"처음 뵙겠습니다. 부친이신 실레이드님과 여행을 하고 있는 김준호라고 합니다."

"아이네스 여신을 모시는 레픈 신전의 대신관 리안나라고 합니다."

입가에 살짝 미소를 지으며 은 쟁반에 옥 굴러가는 소리처럼 영롱한 목소리와 함께 있는 힘껏 성스러운 미를 내뿜고 있는 리안나의 소개를 들으며 준호는 자신의 신형이 무너져 내리는 듯한 느낌이 들었다.

'나 사랑에 빠진 것 같아……'

지금까지 좋아했던 민정을 순식간에 잊어버린 준호는 남자는 다 그렇듯이 새로운 여성의 환상에 빠져 헤롱헤롱거리고 있었고, 그것을 본 콜리드는 불쌍하다는 듯이 고개를 젖고 있었다.

준호는 실레이드가 만들어놓은 함정에 한 치의 틈도 없이 걸려들어 버렸기 때문이다.

"그런데 준호님은 무슨 종족이신가요?"

"예? 전 그냥 인간인데요?"

"그럴 리가?"

리안나는 준호의 말을 믿을 수가 없었다. 결코 평범할래야 평범할 수 없는 실레이드와 콜리드와 같이 여행하는 사람이 마나의 기운도 잘 느껴지지 않는 평범한 인간이라는 것은 한마디로 불가능이었다.

마음에 안 들면 같이 여행하던 이라도 한입에 잡아먹는 괴이성을 띠고 있는 자신의 아버지인 실레이드가 이런 평범한 인간을 데리고 다니면서 무슨 짓을 할지 몰랐기 때문에 준호에 대한 측은지심이 생겨났다.

"아버지……"

리안나는 실눈을 뜨며 뒤쪽에서 딴 짓을 하고 있는 실레이드를 불렀다.

"응, 불렀냐?"

"도대체 무슨 속셈이시지요? 분명 이분에게 저를 소개시켜 주려고 불렀다는 것은 알겠는데 말이에요."

리안나의 말에 준호는 실레이드에게 속으로 천만 번이나 감사의 인사를 보냈다. 이렇게 어여쁜 딸을 자신에게 소개시켜 주려고 하다니란 생각으로 말이다.

하지만 실레이드는 드래곤답게 재물에 눈이 어두워서 한 행동이었으니 앞으로 어떻게 일이 풀려갈지는 아무도 모르는 일이었다.

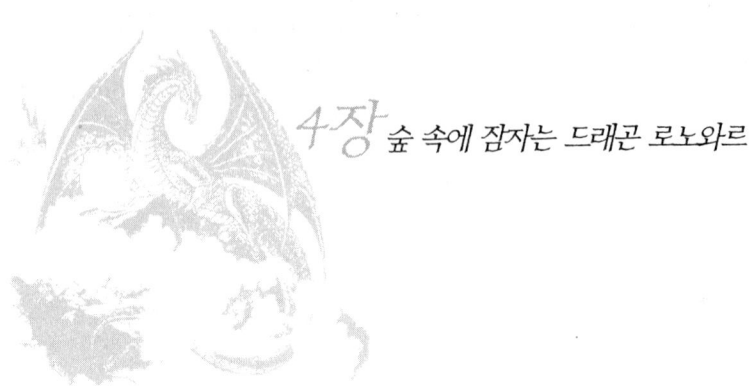

4장 숲 속에 잠자는 드래곤 로노와르

로아냐드 제국의 드미트리 황제는 언제나와 같이 몇 명의 기사들을 대동하고 황도의 숲으로 사냥을 나갔다.

어려서부터 검과 사냥을 좋아하던 드미트리 황제는 정치에 대해선 별로 관심이 없었지만 사냥은 일주일에 한 번씩 빠지지 않고 나왔다.

하지만 이번 사냥에서는 대단히 희한한 일을 겪고 말았다.

굉장히 아름다운 뿔을 가진 사슴을 쫓던 황제는 그것을 잡으려다 길을 잃어버리고 숲을 헤매고 있었다. 같이 대동한 기사들은 멀리 뒤처졌는지라 그들 역시 어디 있는지 알 수 없었던 황제는 갑작스럽게 안개로 뒤덮인 숲을 헤매며 대로를 찾고 있었는데, 그 순간 어디선가 슬프게 울고 있는 목소리가 들려왔다.

"무슨 소리지?"

궁금증이 생긴 황제는 말에서 내려 조용히 울음소리가 들리는 쪽으로 걸어갔는데 한참을 가자 작은 공터가 눈에 띄었다.

공터에서는 일곱 명의 드워프가 유리관 하나를 붙잡고 눈물을 흘리고 있었기에 그는 조심스럽게 드워프가 잡고 있는 유리관 안을 쳐다보았다.

그 순간 그는 경악에 아무 말도 할 수가 없었다. 관 안에는 웬만한 미인은 다 봤다는 황제조차 단 한 번도 보지 못했을 정도로 성스럽고 아름다운 여인이 잠들어 있는 듯 누워 있었다.

오색 빛깔로 빛나는 머리카락을 가진 그녀는 눈을 감고 조용히 누워 있음에도 사방에 찬란한 빛을 뿌려대고 있었다.

그 아름다움에 아무 말도 할 수 없어진 황제는 천천히 유리관으로 걸어갔는데, 그 모습을 본 드워프들이 등에 있는 배틀엑스를 뽑아 들고 소리쳤다.

"넌 누구냐?"

드워프들은 황제가 한 발자국이라도 가까이 다가서면 도끼로 내려칠 기세였기에 그는 마음을 안정시키고 조용히 드워프들에게 말했다.

"난 신성제국 로아냐드의 황제 드미트라."

"그럼 난 드워프의 왕 철의 할트다!"

말도 안 되는 소리로 맞대응하는 드워프를 보며 황제는 잠시 이마에 흐르는 땀을 닦으며 자신의 품에 있는 황제의 신물인 황패를 꺼내 그들에게 보여주었다. 그런데 그것을 본 자신이 드워프의 왕이라고 하는 할트라는 사내 역시 품에서 미쓰릴로 만든 정교한 조각 패를 꺼내 들었는데, 그것은 바로 드워프들의 왕의 증표라고 할 수 있는 미쓰릴 왕패였기에 황제는 잠시 할 말을 잃었다.

그냥 허세로 소리쳤다고 생각한 그가 정말로 드워프의 왕이라는 철의 할트였기 때문이다.

"…드워프의 왕을 이런 곳에서 만나게 될 줄 몰랐구려."

"나 역시 인간들의 제국의 황제를 만날 줄은 몰랐다."

"드워프의 왕이란 사람이 이곳에서 통곡을 하는 이유가 궁금하구려. 가르쳐 주시지 않겠소이까?"

"인간에게 우리들의 일을 알려주고 싶은 마음은 없다."

철의 할트는 드미트리에게 축객령을 내리고 있었지만, 이렇게 물러설 드미트리는 아니었다. 그냥 물러서기에는 조금 아깝다는 생각에 다른 방법이라도 생각하지 않는 이상 물러날 마음이 없었다.

"그렇다면 한 가지 청을 들어주시지 않겠소?"

"한 가지 청?"

"당신들이 통곡하고 있는 유리관의 여인을 한번 자세히 보고 싶구려. 보아하니 그 여인은 인간인 듯하니 드워프의 일이라고만은 할 수 없지 않소이까?"

밀고 밀리는 가운데 약간의 승기를 제압한 드미트리는 좀 더 힘을 가하기 시작했다. 할트는 자신이 밀렸다는 것을 알고 분통이 터졌지만 잠시 본다 해서 변하는 것은 없다 생각하고는 자리에서 물러서 주었다.

드미트리는 조용히 유리관으로 다가서 그녀의 모습을 자세히 살펴보았다.

멀리 있을 때도 그 아름다움에 입을 열 수 없을 정도였는데, 가까이에서 보니 그 충격은 더욱 크게 다가왔다. 자신도 꽤 많은 미녀를 알고 있다고 생각했지만 현재까지 알고 있는 어느 미녀도 유리관 안에 있는 여인보다 아름답지 못했기 때문이다.

자신도 모르게 유리관의 뚜껑을 연 드미트리는 조용히 그녀의 얼굴

에 손을 갖다 대었다. 차가웠다. 죽은 자의 몸같이 차가운 그녀의 몸에
안타까움을 느낀 드미트리였지만, 어쨌든 미인이라는 생각에 시체를
사랑하고픈 변태 같은 충동까지 생겨나는 건 어쩔 수 없었다.

조심스레 그녀의 얼굴을 들어 올린 드미트리는 그녀의 입술에 키스
를 하려고 했는데 그 순간 죽은 듯이 누워 있던 그녀가 기침을 하기 시
작했다.

"콜록콜록!"

"헉!"

그것을 보고 있던 다른 드워프들도 놀란 얼굴로 그녀를 쳐다볼 수밖
에 없었고, 이윽고 그녀의 입에서 한 개의 보석이 튀어나왔다.

정교하게 다듬어져 있으며 밑 부분에 은빛의 미쓰릴 장식이 아름답
게 꾸며진 보석이 땅에 떨어지자 드워프들은 탄성을 지르며 기뻐하기
시작했다.

"만세!"

"우리의 보물이 튀어나왔다!"

이 황당한 사태를 이해하지 못한 드미트리는 멍하니 그녀와 드워프
들의 행동을 지켜볼 수밖에 없었는데 땅에 떨어진 보석을 주워 든 할
트는 감격의 눈물을 흘리고 있었다.

"신이시여, 감사합니다. 드워프들의 보물인 여신의 눈물을 다시 돌
려주시다니…흑흑흑!"

여인이 살아난 것보다 보석을 다시 찾은 것에 감격하는 드워프들의
행동에 드미트리는 궁금증을 느끼며 물어보았다.

보석을 되찾게 해준 드미트리에게 고마움을 느낀 할트는 자세한 내
막을 이야기해 주었다.

이야기를 풀어보면 이 여인은 블랙 드래곤과 함께 나타난 여인이었다고 한다. 블랙 드래곤은 드워프들의 마을에 들어와서 천 년의 보물이라는 여신의 눈물을 강탈했고, 드워프들은 보물을 잃어버림에 분통의 눈물을 흘리고 있었는데 여인이 블랙 드래곤이 가지고 있던 여신의 눈물을 잠시 본다며 가져가더니 입에 집어넣었다고 한다.

하지만 문제는 그 후에 일어났다. 보석이 목에 걸린 여인은 그 자리에서 쓰러져 죽어버렸고, 블랙 드래곤은 너무 황당한 일을 겪은 탓에 아무 말도 못했다.

"허! 일을 어쩐단 말인가!"

드워프들은 블랙 드래곤이 그녀의 배를 갈라 보석을 꺼낼 줄 알았는데, 여인의 몸 이곳저곳을 두드리며 보석을 꺼내려 하기만 할 뿐 배를 가를 생각은 하지 않았다.

그것을 궁금하게 여긴 할트가 물어보았는데, 그녀는 자신도 손을 댈 수 없을 정도의 배후를 가진 여인인지라 그녀의 배를 갈랐다간 대륙이 무너질지도 모른다고 했다.

이런 연유로 보물을 가지지 못하게 된 블랙 드래곤은 그녀를 유리관에 넣어 숲의 공터에 놓아두고는 배후에게 알려주러 갔고, 드워프들은 이곳에 모여 여인의 몸속에 들어간 신의 눈물을 생각하며 통곡을 하고 있었던 것이다.

이 황당한 이야기에 할 말을 잃어버린 드미트리는 숨을 쉬기는 하지만 아직도 정신을 차리지 못하는 여인을 안은 채 식은땀을 흘리고 있었다.

도대체 밤톨만한 보석을 집어삼킨 그녀는 무슨 정신으로 그런 짓을 했단 말인가란 생각을 하며. 하지만 별문제는 없었다. 옛말에도 있듯이 예쁘면 다 용서되기 때문이다.

　로아냐드 제국의 황성으로 가던 루드웨어는 이제 조금 있으면 로노와르를 만날 수 있다는 생각에 기쁨에 가득 차 콧노래를 부르며 걸어가고 있었는데, 그의 머리 위로 갑자기 거대한 그늘이 생겨났다.

　"뭔 일이래냐?"

　위쪽을 쳐다본 루드웨어는 한 마리의 거대한 블랙 드래곤이 자신의 머리 위에서 내려오고 있는 것을 볼 수 있었는데, 그 블랙 드래곤은 루드웨어가 잘 알고 있는 드래곤이었다.

　"어라? 바바라 아냐?"

　로노와르를 이뻐하는 바바라가 다급하게 내려오는 모습을 보며 루드웨어는 이상한 기분이 들기 시작했다.

　블랙 드래곤 바바라는 루드웨어의 앞에 내려오더니 급히 폴리모프하여 인간 여인의 모습을 하고는 다급하게 루드웨어를 보며 소리쳤다.

　"루드웨어, 큰일 났어!"

　"뭔 일인데?"

　안 좋은 예감이었다.

　"그게……."

　바바라는 자초지종을 이야기해 주었다.

　로노와르가 자신의 레어로 찾아왔기에 바람피우려는 것을 대충 막아놓고 그냥 인간이나 꼬시자고 했단다. 그리고 출발하기 전 여행 자금을 모을 겸해서 드워프들을 협박하여 보물을 강탈하고 있었는데, 드워프들의 보물인 여신의 눈물을 발견한 로노와르가 탐이 나서 보석을 삼키려 하다가 숨이 막혀 죽었다는 말이었다.

그 순간 루드웨어는 억장이 무너지는 듯했다.

커다란 두 눈망울에는 끊임없이 눈물이 흐르고 있었고, 온몸은 슬픔에 덜덜 떨리고 있었다.

"흑흑흑, 로노와르!"

용언의 효력이 있는 바바라가 거짓말을 할 리는 없었기 때문에 루드웨어는 로노와르가 죽었다는 것을 믿을 수밖에 없었다.

이럴 줄 알았으면 그냥 해츨링을 낳게 해주는 건데라며 소 잃고 외양간 고치는 식의 정치인들의 발언을 잠시 생각하며 눈물을 흘리던 루드웨어는 마지막으로 로노와르의 얼굴이라도 보고 싶었다.

"바바라… 흑흑, 로노… 와르가 있는 곳으로 가자구… 흑흑……."

"…그래."

바바라는 루드웨어의 슬퍼하는 모습을 보며 로노와르가 누워 있는 유리관이 있는 숲으로 루드웨어를 안내했다.

로아냐드 제국 근처의 숲에 도착한 루드웨어는 바바라가 말한 공터로 향했지만 로노와르의 시체는 보이지 않았다.

"어떻게 된 거야?"

"이상하네? 드워프들에게 시체를 지키라고 했었는데?"

드워프들은커녕 흔한 동물 한 마리 보이지 않는 공터를 보며 바바라는 머리를 갸우뚱거리다가 말했다.

"아무래도 드워프 마을에 가야 되겠는데?"

굴러다니던 돌멩이 밑까지 찾아보던 루드웨어는 바바라의 말에 고개를 끄덕였다.

그리고 얼마 후 드워프 마을에 도착한 루드웨어는 충격적인 말을 들었다.

"뭐?! 화장했다구?"

"예. 갑자기 트롤들이 습격을 해서 시체를 지킬 수 없었던 우리 드워프들은 어쩔 수 없이 그분의 시체를 화장해서 보관할 수밖에 없었습니다."

"이런……."

그렇게 말한 드워프들의 왕 철의 할트는 정교하게 조각된 미쓰릴 항아리를 루드웨어에게 넘겨주었다.

루드웨어는 할트가 넘겨준 항아리를 보며 오열하고 있었다.

물론 드워프들의 왕 할트의 말은 사실 여신의 눈물을 빼앗기지 않으려고 한 거짓말이었다. 만약 로노와르가 살았다고 말한다면 욕심 많은 드래곤이 여신의 눈물을 다시 강탈해 갈 것이 뻔했기 때문이다.

어쨌든 로노와르의 죽음을 확인한 루드웨어는 슬픔을 가눌 수가 없었다. 그가 슬픔에 잠겨 오열하는 것을 보며 할트는 조금 꺼림칙한 마음이 있기는 했지만, 어차피 미천한 인간들이라는 생각에 시치미를 떼며 넘어가기로 했다.

제국에 도착하면 가장 허망한 일을 당하게 될 것이라는 허망의 거울의 예언이 맞아떨어진 것이다.

로노와르의 재가 들어 있는 항아리를 들고 루드웨어는 뒤로 돌아 걸어가기 시작했다. 시크라 역시 로노와르가 죽을지는 몰랐기 때문에 자신이 한 일을 후회했다.

"드래곤이 정령의 문으로 간 것은 기쁜 일이네."

"헉! 드래곤!"

시크라가 루드웨어를 위로하면서 한 말을 들은 철의 할트는 한순간

억장이 무너지는 느낌이 들었다. 설마 자신이 황제에게 넘긴 그 여인이 드래곤일 것이라는 건 생각지도 못했기 때문이다.

'이렇게 된다면 내 계산이 틀려지는 것이 아닌가?!'

보통 인간이라면 황제의 힘으로도 충분히 잡아둘 수 있었기 때문에 그 여인을 넘겨주면서 할트는 절대로 궁 밖으로 여인을 내보내지 말라는 조건을 걸었는데 드래곤이라면 이건 사정이 달랐다.

드래곤의 힘을 인간이 막아설 수는 없었기 때문이다.

'젠장! 지금 말한다면 드래곤들에게 이곳이 멸망당한다. 어쨌든 이들을 이곳에서 내보내고……!'

그때 바바라가 할트를 보며 말했다.

"그런데 말이야, 여신의 눈물은 어떻게 됐지? 화장을 했다면 보석은 남아야 하잖아?"

"허허, 원래 다이아몬드라는 것이 뜨거운 열을 가하면 보통의 석탄밖에 남지 않습니다."

"엥? 그런가?"

'휴……'

다시 한 번 그녀를 화장했다고 말한 것에 안심을 한 할트는 빨리 이들이 사라지기를 빌었다.

얼마 지나지 않아 그들이 모습을 감추자 할트는 곁에 있던 드워프들에게 지시했다.

"대대적인 이주 준비를 해라!"

"이주요?"

"그래. 드래곤들에게 거짓말을 했다는 것이 밝혀지면 이곳이 남아날 것 같은가! 종족의 삶을 위해서다! 오늘 안에 반드시 이주해야 한다!"

이날 로아냐드 제국에 있던 드워프들은 그 후 어느 드래곤에게도 발견되지 않을 미지의 나라로 이주를 했다고 한다.

한편 로노와르는 정신을 차리자 자신이 어느 침대에 누워 있다는 것은 알 수 있었다.

"여긴 어디지?"

머리가 아팠다. 무슨 생각이 날 것도 같았지만 그때마다 머리의 통증이 심해졌다. 오랜 시간 뇌에 피가 통하지 않았기 때문에 뇌 세포가 많이 죽었고, 그 때문에 로노와르는 기억 상실증에 걸리게 된 것이다.

누군가 자신의 마음속에 나타나고 있었지만 모습과 이름이 잘 생각나지 않았다.

"루… 루드……."

자신의 기억을 가득 메우고 있는 한 사람의 이름이었지만 생각나지 않았기에 로노와르는 머리의 통증과 함께 가슴이 미어져 왔다.

자신도 모르게 눈에서 눈물이 흐르기 시작했다.

로노와르가 눈물을 흘리고 있을 때 그녀가 있는 방으로 한 명의 남자가 들어왔다. 그는 로노와르가 일어난 것을 보며 기뻐했다.

"드디어 깨셨군요."

로노와르는 자신을 보며 기뻐하고 있는 남사의 얼굴을 쳐다보았다. 처음 보는 얼굴이었다. 하지만 그는 자신이 일어난 것을 한없이 기뻐하고 있는 것으로 보였다.

"누구세요……?"

미지에의 두려움으로 로노와르는 떨리는 목소리로 물었다.

"아! 소개가 늦었군요. 전 로아냐드 제국의 황제 드미트리라고 합니다.”

“제국의 황제 드미트리?”

처음 듣는 이름이었다. 황제라는 것이 무슨 직함인지도 잘 생각나지 않는 그녀는 어리둥절해 있었고 그런 그녀를 보며 드미트리는 미소를 지으며 말했다.

“당신의 이름을 알고 싶군요.”

“제 이름이요?”

로노와르는 자신의 이름을 생각해 보려 했지만 자신의 이름은 물론 살고 있던 곳조차 생각나지 않았다.

“모르겠어요. 아무것도 생각나지 않아요.”

그 말에 잠시 드미트리는 당황하는 모습을 보였지만 잠시 후 그 생각은 바뀌었다.

‘크크, 잘됐다. 만약 사랑하는 사람이나 남편이 있으면 어떻게 처리하나 고심했는데, 충격으로 기억을 잃은 것 같군. 이제부터는 내가 어떻게 하느냐에 달렸다 이거지. 크크크.’

드미트리는 절대로 이 기회를 놓칠 수 없었다. 대륙에서 가장 아름다운 여인을 손에 넣을 수 있는 기회를 왜 놓치려 하겠는가?

“충격으로 기억을 잠시 잃었을 수도 있습니다. 안정을 취하면 괜찮아지겠죠. 그나저나 아가씨의 이름을 모르니 어떻게 불러야 될지 모르겠군요.”

“에…….”

자신의 이름에 대해서 생각해 본 로노와르는 자신의 마음속을 가득 채우고 있는 하나의 이름을 생각해 보았다. 모두 생각나는 것은 아니지만 앞에 ‘루드’ 라는 두 글자가 생각났기 때문에 그것으로 자신의 이름을 생각했다.

"루드니아라 불러주세요."

"루드니아요?"

갑작스럽게 이름을 말한 그녀를 보며 드미트리는 잠시 당황할 수밖에 없었는데 이어져 들려온 그녀의 말에 조금 안심할 수 있었다.

"자세히 생각나진 않지만 루드라는 이름이 머리 속에서 어렴풋이 떠올라서요. 이 이름을 대신하면 기억이 떠오를까 해서 지어봤어요."

"하하하, 그렇습니까? 다행이군요, 루드니아 양."

촌스럽기까지 한 이름이었지만 어떡하랴. 앞으로 사랑해야 할 여인이 만든 이름인 것을. 드미트리는 대충 넘어가기로 생각한 후 말했다.

"여러 가지 부족한 게 많을 듯하여 몇 가지 옷과 장식품들을 준비했으니 받아주시지요."

그렇게 말한 드미트리가 손바닥을 한 번 치자 몇 명의 시녀들이 방안으로 들어와서는 수십 벌의 드레스와 액세서리를 들고 왔다.

루드니아는 시녀들이 가져온 드레스를 보며 놀라지 않을 수 없었다. 생각보다 황제라는 직업이 수입이 많은 직업이라는 생각을 했기 때문이다.

"하하하, 그럼 전 이만 물러나야겠군요. 숙녀 분께서 옷을 갈아입으셔야 되는데 계속 있을 수는 없으니까요. 3시간 후의 저녁 식사에 초대하고 싶은데 허락하시겠습니까?"

"예."

루드니아는 드미트리의 예의 바름에 감동해 있었다. 무의식적이지만 매일 자신을 괴롭히고 학대하던 루드웨어보다 드미트리의 이런 신사적인 모습이 가슴에 와 닿았기 때문이다.

드미트리는 루드니아란 여자의 미소 짓는 얼굴을 생각하며 기쁜 마음으로 집무실로 향하고 있었다. 그때 그의 앞에 한 청년 마법사가 나타났다.

"오! 레그르토!"

레그르토. 로아냐드 제국의 수석 궁정 마법사로 있는 그는 이십 대 후반의 젊은 마법사로, 8서클 마스터의 능력을 보유하고 있는 그의 실력은 제국 내에서 따를 자가 없을 정도였다.

젊은 나이에 맞지 않게 지략과 정치 공작에 뛰어난 그는 드미트리가 총애하는 신하 중 한 사람이었다.

"폐하께서 사냥을 다녀오신 후 보물을 주워 오셨다길래 궁금해서 왔습니다."

"하하하, 그런가? 보물은 보물이지. 오늘 저녁 식사에 초대했는데 어떤가, 레그르토. 자네도 오지 않겠는가?"

"폐하께서 초대만 해주신다면 어찌 참석하지 않을 수 있겠습니까?"

"하하하하, 기대하게, 기대해. 자네도 그녀를 보면 그 고귀한 아름다움에 입을 다물 수가 없을 것일세."

"기대하겠습니다."

드미트리는 만족한 웃음을 보이며 사라졌는데 뒤에 남아 있던 레그르토는 무엇인가 안 좋은 생각이 들었다.

"익숙한 기운이다. 설마 이 기운의 주인이 황제께서 데려온 여인에게서 나오는 것이라면 쉽게 간과할 수 없는 문제데……."

레그르토는 알 수 없는 두려움이 가슴속을 뒤덮고 있는 것을 느낄 수 있었다.

루드니아는 많은 시녀들의 시중을 받으며 목욕을 하고 있었다. 시녀들은 모두 그녀의 아름다움에 반해 있었다.

그녀의 고귀한 미모는 같은 여자들마저도 반하게 하기에 충분했기 때문이다.

"루드니아님은 정말 아름다우세요. 와! 이 피부! 부드럽기도 하지."

"몸매도 너무 아름다워요. 어떻게 사람의 몸이 이렇게 아름다울 수 있는지… 조각상 같다니까요."

그녀의 몸 여기저기를 만져 보는 시녀들 때문에 조금 힘든 루드니아였지만, 자신을 칭찬하는 소리라는 것을 알고 있었기 때문에 뭐라고 말도 못하고 그냥 인형처럼 가만히 있을 수밖에 없었다.

대충 시녀들의 극성스런 만지기 목욕 시간이 끝나자 향유와 향수를 온몸에 찐득찐득 바른 루드니아는 드미트리가 가져온 드레스들을 입어 보기 시작했다.

원래 미인이란 것이 뭘 거쳐도 아름다운 것처럼 옷걸이가 워낙 눈에 띄게 아름다운지라 거기다가 화려한 드레스까지 입히자 이건 눈이 똥 그래지게 변하고 말았다.

시녀들은 그녀의 몸이 빛나고 있는 듯한 착각을 일으킬 정도였고, 그 아름다움에 몇몇 시녀들은 실신까지 할 정도였다.

마치 여신이 하강하여 내려온 것 같은 미(美), 시녀들을 순식간에 레즈비언으로 탈바꿈시키는 루드니아는 한마디로 굉장한 여인이었다.

드미트리가 다녀간 지 세 시간 후 루드니아는 몇 명이 시녀들에게 안내를 받으며 황궁 식당으로 향했다.

식당으로 가는 동안 수십 명의 기사들과 신하, 시녀들을 만날 수 있었는데, 그들은 황제가 사냥에서 잡아온(?) 미모의 여인이라는 것은 알고 있었지만 그 실제의 모습을 대하자 그 아름다움에 모두 할 말을 잃고 말았다.

여차하면 루드니아를 빼앗기 위해 반란이라도 일으킬 것 같은 기세에 그녀는 잠시 놀랐지만, 괜히 이성을 가진 존재들이 아닌지라 그들은 꾹 참고 있었다.

'아름답다!'

'황제 봉 잡았다!'

'여신강림인가!'

워낙 아름다운지라 그들의 머리 속에 각기 딴생각이 흐르고 있었다.

얼마 안 있어 시녀들의 안내를 받으며 루드니아는 식당에 도착했다.

사각형의 긴 테이블 끝에는 드미트리가 앉아 있었고 중간쯤에는 흰색의 로브를 입고 있는 레그르토가 앉아 있었다. 드미트리는 그녀가 식당으로 오자 환하게 미소를 지으며 다가가 그녀가 앉을 의자를 뒤로 밀어주는 신사적인 행동을 보였다.

그리고 그 순간 레그르토는 할 말을 잃고 말았다.

자신의 머리 속에 생각나는 가장 두려운 인물 중 한 사람, 바로 어머니의 얼굴이 자신의 눈앞에 보였기 때문이다.

"어, 어머니……?"

레그르토, 그는 바로 루드웨어와 로노와르의 사이에서 태어나 판타지 영웅이 되고 싶다며 극독을 타고 도망간 그들의 아들이었기 때문이다.

5장 황제의 첩이 된 로노와르

어머니의 얼굴을 확인한 레그르토는 깜짝 놀라 벌떡 자리에서 일어났다. 그런 그의 모습을 보며 드미트리는 미소를 지으며 말했다.

"나참, 레그르토, 이 아름다운 여인을 보며 하는 말이 고작 어머니라는 말인가?"

드미트리는 그가 루드니아의 아름다움에 놀라 일어섰다고 생각하고 다시 자리로 돌아와서 말했다.

하지만 이 순간 레그르토는 아무 말도 할 수가 없었다.

냉철하게 돌아가던 그의 머리는 까맣게 먹칠을 해놓은 것처럼 아무 글자조차 쓸 수 없는 상태의 종이로 변해 있었기 때문이다.

'우연일까… 아니야, 절대로 어머니가 우연으로 내가 있는 이곳으로 찾아올 리가 없다. 드래곤인 어머니는 날 싫어했으니까… 아버지와 싸우고 화풀이로 황제를 꼬시려고 하는 게 틀림없다!'

하지만 그렇게 보기엔 어머니의 눈이 너무 흐려져 있었다. 자신이 알고 있는 다원소 드래곤 로노와르 자신의 어머니의 눈은 저렇게 흐려 있지 않았다. 물론 보통의 인간이 보면 반짝반짝하겠지만 인간계 최고의 마법사의 아들로 태어난 레그르토의 눈엔 분명 로노와르의 눈이 흐리게 보였다.

'병이라도 앓고 있는 건가? 텔레파시로 말을 전해야 하나 말아야 하나.'

그때 로노와르, 즉 루드니아가 드미트리를 향해 물었다.

"드미트리님, 저분은……?"

"아! 소개가 늦었군요. 저분은 현재 제국의 수석 궁정 마법사로 있는 레그르토 그리아넨 백작입니다."

그리아넨이란 성은 레그르토가 제국의 궁정 마법사로 들어오면서 드미트리 황제에게 받은 새로운 성이었다. 모든 것을 다시 시작하기 위해 성까지 바꾼 레그르토는 자신의 앞에 있는 가증스러운 미소를 지은 어머니를 보며 분노가 치솟아올랐다.

'아무리 독극물을 탔다 해도 어린 시절의 치기, 그 죄로 차마 돌아가지도 못하는 저에게 이렇게까지 해야 합니까, 어머니?'

레그르토, 그는 갑작스럽게 찾아온 자신의 어머니 로노와르가 자신을 몰락시키기 위해 찾아왔다고 생각했다. 그만큼 과거에 레그르토는 로노와르의 미움을 받고 살아왔던 것이다.

하지만 그런 레그르토의 마음을 아는지 모르는지 루드니아는 환하게 미소를 지으며 그에게 인사를 했다.

"루드니아라고 합니다."

"루드니아?"

물론 드래곤의 이름을 쓰지 않을 것이라고는 생각했지만 루드니아라니. 그것은 아버지 루드웨어의 이름에서 따온 것이 아닌가?

"현재 루드니아 양은 기억을 잃어버린 상태라네."

"기억 상실증?"

드미트리는 그렇게 말했지만 절대 믿을 수가 없는 사실이었다. 드래곤이 기억 상실증에 걸린다는 것 자체가 어불성설이었고, 유희 중에 어떤 환경을 만드느냐는 드래곤의 취향 나름이기 때문에 이것은 거짓일 확률이 높았기 때문이다.

'젠장! 아버지가 알면 난리날 텐데.'

아무리 드래곤의 마법사라고는 하지만 루드웨어는 인간이다. 유희 중의 일은 상관하지 않는 드래곤들과는 달리 아내가 바람피운다는 것은 용서할 수 없는 인간들의 사고방식에서 만약 자신의 어머니가 황제의 비라도 된다면 이건 엄청난 문제를 야기시키는 것이다.

자칫 잘못하다가는 분노한 아버지가 제국을 무너뜨릴 위험도 있었기 때문에 아버지에게 알리는 것은 일단 보류할 수밖에 없었다.

어머니를 아는 체하기에도 조금 문제가 있었다. 유희 중에 방해라고 한다면 언제 뭐가 날아올지 모르는 성격의 어머니였기에 일단은 지켜보는 수밖에 없었다.

하지만 황제의 비는 될 수 없었다. 그렇게 된다면 자신은 물론 황제까지 불행의 늪으로 빠지는 것은 당연지사. 레그르토는 죽는 한이 있어도 그것은 막아야 한다고 생각했다.

"황제 폐하의 말씀대로 정말 아름다운 분이군요."

"과찬의 말씀이십니다."

평상시의 어머니와는 다르게 예의까지 차리는 것을 보아 단단히 작정하고 유희를 즐기고 있는 것임에 틀림없다. 천상천하 유아독존의 두 사람을 잘 알고 있는 레그르토였기에 이런 결론을 낼 수 있는 것이다.

일단은 아무 말도 하지 않고 식사에 전념할 수밖에 없었지만 이건 상에 차려진 진수성찬이 뭐 같은 느낌으로 씹히고 있는지라 도저히 밥을 먹을 수가 없었다.

'젠장!'

정말 평생 도움을 안 주는 부모라고 생각할 수밖에 없었다.

저녁 만찬이 끝난 후 황제와 루드니아, 즉 레그르토의 어머니 로노와르는 정원으로 가벼운 산책에 나섰고, 레그르토는 자신의 방에 돌아가 어머니의 유희에 대처할 방법을 생각할 수밖에 없었다.

"칠인회에게라도 도움을 요청해 볼까?"

아버지가 창건한 마법 조직 칠인회는 현재 대륙에서 내로라하는 조직으로 발돋움한 상태. 창건자의 아들이라면 충분히 도움을 받겠지만, 만약 부부 싸움 중에 도망쳐 온 것이라면 분명 아버지가 알게 될 터였기 때문에 칠인회의 도움도 거절할 수밖에 없었다.

"젠장……."

한참을 고민하고 있을 때 문이 열리면서 한 명의 꼬마가 들어왔다.

"레그르토, 뭐 해?"

"아! 스베안 황태자님."

스베안 황태자. 현재 나이 12살의 어린 소년으로 죽은 리샤 황비의 아들이었다.

아름다웠던 리샤 황비가 죽은 뒤 드미트리 황제는 새로운 황비를 맞아들이고 있지 않기 때문에 황태자는 자신의 지위를 계속 유지할 수 있었다.

'스베안 황태자를 이용한다면?'

충분히 가능한 일이다. 평소에도 드미트리 황제는 스베안 황태자를 이뻐하고 있었기에 어쩌면 황태자가 어머니인 로노와르를 내쫓는 데 도움이 될 수 있으리라 생각했다.

"아무것도 아닙니다. 뭐, 좀 고민되는 것이 있어서 말입니다."

"고민?"

"예. 사실 황제 폐하가 데리고 오신 여자가 있는데 평범한 여자가 아닌 것 같습니다."

"평범하지 않다면?"

"…바로 마녀입니다."

"헉!"

자신의 어머니를 순식간에 마녀로 만드는 레그르토였다. 스베안은 레그르토의 말을 듣고 놀라지 않을 수 없었다. 동화책에서 나온 마녀는 착한 공주를 잡아다 죽이려 하고, 왕들을 괴롭히는 나쁜 역할을 주로 하는 여자들이었기 때문이다.

"그럼 가만히 있을 수 없잖아!"

스베안은 허리에 차고 있던 롱 소드을 뽑아 들고는 외쳤다.

스베안 황태자는 어린 나이에도 불구하고 검의 재능을 타고나서 상당한 실력을 가지고 있는 겁없는 소년이었던 것이다.

"아버지를 현혹하는 나쁜 마녀를 잡으러 가야지!"

생각 외로 좋은 반응을 보이는 스베안을 보며 레그르토는 다소 안심이 되었다. 하지만 이대로 그를 보냈다간 자신이 마녀라고 했다고 말할 것이 분명했기에 막을 수밖에 없었다.

"정면으로 마주치시면 안 됩니다. 현재 마녀는 폐하를 현혹한 상태이니까요. 아마 황제 폐하는 황태자 폐하까지 없애려 하실 겁니다."

"엥? 그럼 어떻게?"

"일단은 평상시와 같이 행동하십시오. 마녀가 옆에 있다 해도 검을 뽑아 들고 찌르는 행동은 하지 마시고 천천히 기회를 보다가 저와 함께 마녀를 쫓아내는 겁니다."

"음… 잘 될지 모르겠지만 레그르토가 도와준다면 충분히 가능하겠지."

레그르토는 스베안 황태자의 스승도 겸하고 있었기 때문에 상당한 신임을 받고 있었다. 만족한 웃음을 지은 그는 스베안 황태자에게 신신당부를 했다.

"절대로 폐하 앞에서 마녀의 정체를 말하셔서는 안 됩니다."

"알았어. 마녀의 약점을 찾을 때까지 조용히 있을게."

"역시 영민하신 황태자 폐하십니다."

레그르토, 그는 이제 자신의 어머니를 내쫓을 방법을 천천히 구상할 수 있게 되었다.

"이제~ 가면~~ 언제~ 오나~~"

"어~ 야~ 디~ 야~"

사라토 산맥의 다원소 드래곤 로노와르와 루드웨어의 레어. 그곳에서는 슬픈 곡소리가 가득 차 있었다.

아름답게 꾸며진 관을 든 수십 명의 마법사들이 장송곡을 부르며 천천히 앞으로 걸어가고 있었고, 그의 뒤를 이어 로노와르의 어머니 드래곤과 루드웨어, 그 밖의 떨거지 드래곤들이 곡을 하며 따르고 있었다.

루드웨어는 삼베옷으로 흐르는 눈물을 닦으며 간들어지게 부르는 장송곡을 따라 천천히 관을 따라 걸어갔다.

"아이고… 아이고……."

루드웨어의 곡이 시작되자 뒤에 있던 로노와르의 어머니 드래곤이 따라 곡을 하고 이어 뒤에 있는 드래곤들도 따라 곡을 하기 시작했는데, 루드웨어는 모르겠지만 뒤에 따라가던 드래곤들은 재밌어 죽으려 하고 있었다.

원래 드래곤들이야 정령의 문으로 사라진다면 그냥 소멸되는 게 보통이지만, 비명횡사한 경우는 육체가 남아 있다.

뭐, 비명횡사의 대부분이 드래곤 슬레이어가 보쌈해 가는 것이 보통인지라 시체는 남아 있지 않은 경우가 대부분이어서 이런 장례식은 처음 해보는 것이었다.

게다가 지금 루드웨어가 하고 있는 장례식은 로아냐드 제국에서도 먼 동쪽의 작은 나라 고리아에서 행하고 있는 정통 장례로 대륙을 돌아다니면서 여러 가지 장례식을 보아온 루드웨어가 가장 슬픔이 가슴에 닿는 장례식이라면서 이것을 진행하고 있었다.

상여 위에 올라 선창하는 인물은 드래곤 로드 이스타나스. 그는 루드웨어가 가르쳐 준 요령과 양피지에 쓰여 있는 글을 낭랑한 목소리로 선창하고 있었다.

'도대체 이건 무슨 놀음이냐!!'

하지만 일단은 드래곤의 일족 중 하나가 죽었으니 조의를 표하는 것이 당연했고, 지금 루드웨어에게 이런 짓 안 하겠다고 따지다간 드래곤 레어 몇 개는 부서져 나갈 기세인지라 차마 안 한다는 말도 못하고 있었다.

'휴~ 로드 인생이 어쩌다 이렇게 험하게 변했냐…….'

자신이 로드인 것을 후회하고 있는 이스타나스였다.

한편 한참 뒤에서 상여를 쫓아 걸어가는 세 마리의 드래곤이 있었으니…….

"거참, 잠시 안 본 사이에 로노와르가 죽었구만."

"그나저나 이건 무슨 놀음인 거야. 재미는 있어서 조금 따라하긴 하지만 말야."

"루드웨어가 멀리 동방에서 본 장례식을 흉내 낸 거라 하더군."

"아무리 그래도 그렇지, 죽었는데 노래를 부르다니. 이건 죽은 자에 대한 모독이라고!"

"그런가?"

하지만 언제나 그렇듯이 그들의 뒤에는 똑똑한 미식가 드래곤이 자리 잡고 있었다.

"허허, 이걸 단순한 노래라고 생각하다니, 어찌 그리 무식한가."

"아니, 그럼 이게 단순한 노래가 아니란 건가?"

"잘 들어보게. 한 소절 한 소절에서 느껴지는 슬픔을 말일세. 사랑하는 나의 님이 갔을 때의 그 고통을 저렇듯 길게 늘어뜨리는 것을 보아 죽은 자를 놓치고 싶지 않은 사람의 애절한 마음이 표현되고 있지 않은가? 앞에서 선창을 하면 뒤에서 그것을 따라하는 것은 죽은 자를 보내는 마음은 모두가 같다고 하는 자애와 평등의 진리가 보이지 않는가? 동방의 작은 나라에서 이렇듯 죽은 자에 대한 애절한 마음을 표현할 수 있는 장송곡이 나오다니… 루드웨어 굉장한 사람이야……."

미식가 드래곤의 말을 들으니 어쩐지 그 마음에 느껴지는 것 같은 두 마리 드래곤은 눈물을 펑펑 흘리며 말했다.

"과연 알고 들으니 이렇듯 슬픈 장송곡은 처음 듣는군. 흑흑흑."

"한 소절 한 소절마다 이렇듯 가슴을 쑤시다니… 그 나라에 한번 가 봐야겠군. 아마도 슬픔의 미학을 아는 사람들만 살 거라 생각되네. 흑 흑흑."

"우리 언제 한번 고리아로 가보세. 듣자 하니 요즘은 고리아 방문의 해라고 해서 해외에서 오는 사람들을 친절히 안내해 준다고 하더군. 흑흑."

고리아에 대한 환상을 꿈꾸며 세 마리 드래곤들은 장례식과 함께 해 외 여행의 꿈을 안게 되었다.

"이런… 재밌는 걸 놓쳤군."

실레이드는 통신 구슬을 들고는 안타까운 듯이 혀를 차며 말했다.

"무슨 일인데?"

콜리드가 궁금한 듯이 묻자 실레이드는 아쉽다는 듯이 한숨을 쉬며 말했다.

"다원소 드래곤 로노와르가 죽었다고 하는군. 그래서 루드웨어가 고 리아 식 장례식으로 한바탕 재밌게 놀고 있다는데 말이야."

"로노와르가 죽어?"

"응. 얘기를 들어보니 보석이 목에 걸려 숨 막혀 죽었다는군."

"음… 그래도 가장 드래곤답게 죽었구만. 그런데 말이야 ……."

"뭐가?"

"어떻게 루드웨어가 멀쩡한 거지?"

콜리드의 말에 실레이드는 이해하지 못하는 표정을 지으며 말했다.

"로노와르가 죽었으니 루드웨어는 자살이라도 해야 된다는 건가?"

"그게 아니라, 분명 루드웨어는 천신 레이뮤의 대리자가 아니었나?"

"그렇지."

"그리고 로노와르는 대리자의 심장을 받은 드래곤."

"그렇지?"

"심장을 받은 이가 죽으면 대리자도 소멸되는 것이 창조주가 만드신 대리자의 법칙이 아니던가?"

그 순간 실레이드의 머리에는 엄청난 고압의 전류가 휘몰아치듯 밀어닥쳤다.

"그렇군! 그렇담 로노와르는 살아 있다는 거 아냐?"

"살아 있는 드래곤에게 장례식이라니… 흠, 놀이는 언제까지 한다고 그러던가?"

"적어도 삼 일은 할 거라고 하던데 말이야. 말해 줘야 하나?"

"냅두고 우리도 가서 놀자고."

"엉?"

"언제 이런 기회가 있겠어. 이럴 때 잘 놀고 천천히 가르쳐 주자고."

"그런가? 하하하하!"

둘이 잘 놀고 있을 때 뒤에서 두 연인이 천천히 걸어오고 있었다. 연인의 정체는 이계에서 온 방랑자 준호와 딸을 이용하여 이계의 보물을 가로채기 위해 재물로 바쳐진 리안나였다.

"호호호, 그런 일이 있었군요. 제가 미안해지는걸요. 두 분의 싸움에 괜히 아무 상관 없는 분이 말려들었으니 말이에요."

"하하하, 별말씀을. 뭐, 두 분 다 열심히 도와주시니 괜찮습니다."

준호는 리안나에게 헤어 나오지 못하는 불쌍한 남자가 되어버렸다. 그런 둘을 보며 실레이드는 음모의 미소를 지었고, 콜리드는 측은지심을 느낄 수밖에 없었다.

"준호 군, 잠시 어디 좀 들렀다 가지 않겠나?"

"어디요?"

"친구 장례식이 있어서 말이야."

"아! 그런가요? 그럼 당연히 가야죠. 잠시만 기다리세요."

준호는 자신의 우주선으로 급히 뛰어가서 차비를 했다. 리안나는 우주선을 처음 타보는 것이라 설레임이 가득했다. 이계의 마차라는 것을 어느 누가 쉽게 타보겠는가?

"이제 타세요."

네 사람이 타기에는 조금 비좁기는 했지만 어쨌든 사람들이 다 타자 준호는 우주선을 이륙시켰다. 지금까지는 지상용으로만 움직였지만 실제로 하늘을 날자 안에 있던 일행 등은 탄성을 질렀다.

"과연 레간자 형 마차군! 하늘로 치솟는 데도 기압 차를 전혀 느낄 수가 없군!"

"중력을 조종해 주는 장치가 있으니까요. 지도를 보시고 목적지를 지정해 주세요."

준호의 말에 입체 영상으로 뜨는 지도를 한참 보던 시레이드는 로노와르의 레어가 있는 사라토 산맥의 한 부분을 손가락으로 눌렀고, 그 순간 우주선은 부드럽게 날아가기 시작했다.

"음……."

준호의 뒤에는 리안나가 있었는데 우주선이 너무 비좁은 관계로 찰싹 들러붙어 있었기 때문에 준호의 입에선 자신도 모르게 신음 소리가 흘러나왔다.

"준호 씨, 어디 불편하신가요? 그럼 제가 신성 마법으로……."

"아니에요. 하하하."

괜히 쑥스러워지는 준호였다.

레어 안에 남아도는 천으로 대충 천막을 만든 루드웨어는 여기저기 상갓집에 온 드래곤들을 접대하고 있었다.

물론 음식은 칠인회 소속의 불쌍한 마법사들이 다 만들고 있었기 때문에 나오는 음식 여기저기에는 눈물의 짠맛이 다소 나는 기이한 현상을 자아내고 있었는데, 가끔씩 연금술부에서 나온 마법사들이 맛이 좋을 거라며 희한한 약품을 첨가하는 관계로 쓰러지는 드래곤도 가끔씩 나와 상갓집에 또 하나의 상갓집을 차리고 있는 분위기가 되어버렸다.

미식가 드래곤은 두 친구 드래곤과 함께 자신의 앞에 있는 음식을 뚫어지게 쳐다보고 있었다.

미식가 드래곤이 음식에 손을 대지 않자 이상하게 생각한 드래곤 한 마리가 물었다.

"자네가 음식을 보고만 있다니 희한한 일이군. 무슨 일인가?"

"아무래도 이 음식에 조금 문제가 있는 것 같군."

"문제?"

문제라는 말을 들은 드래곤이 고개를 갸우뚱하자 미식가 드래곤은 헛기침을 잠시 하고는 말했다.

"이 음식의 이름은 오크 순살 스테이크라고 하는 것으로 드래곤들의 일반적인 주식이라네. 소스로는 오크의 피와 함께 잘게 썬 양파, 당근, 마늘을 불에 잘 섞어 만들었고 독특한 양념으로는 독초라고 알려져 있는 아크린 풀이 약간 들어 있네. 물론 잘 숙성 처리한 아크린 풀은 독성이 사라진 상태지만 말이야."

"그럼 먹을 수 있다는 것 아닌가? 도대체 무슨 문제가 있다는 거야?"

"먹음직하긴 하지만 아무래도 이상해. 보라고, 일류 요리사에게서나 느낄 수 있는 부드러운 향기와 함께 먹음직한 갈색 빛을 띠는 소스를. 이건 일반적인 마법사가 만들었다고 보기에는 힘든 수작이네. 그래서 문제라는 거지."

"잘 만들었는데 뭐가 문제야?"

되묻는 드래곤들을 무시하며 미식가 드래곤은 근처에서 음식을 나르고 있는 오크 한 마리를 불렀다. 가뜩이나 서빙 때문에 열받아 죽겠던 오크는 얼굴을 일그러뜨리며 미식가 드래곤에게 걸어왔다.

"쿡쿡, 무슨 일이냐. 쿡쿡."

"일하느라 수고하네. 그래서 말이야······."

미식가 드래곤은 자기의 앞에 있는 오크 순살 스테이크를 내밀었다. 동료의 살인지도 모르는 오크는 음식이 앞에 나오자 입이 벌어졌다.

"잠깐만 쉬게 해주고 싶어서 말이야. 자, 음식 좀 들게."

"쿡쿡, 나 드래곤들을 쿡쿡, 다시 보게 되었다. 쿡쿡."

만족한 미소를 지으며 오크는 나이프와 포크를 들고는 스테이크를 한입 들어갈 수 있게 베어 입에 집어넣었다.

입 안에 상큼하게 도는 아크린 풀의 향기 때문에 서빙 오크는 두 눈을 감고 환상에 잠겨 있었는데, 삼십 초가 지나고, 일 분이 지나고, 삼십 분이 지나도 서빙 오크는 환상에서 빠져나올 생각을 하지 않았다.

옆에 있던 드래곤 한 마리가 오크의 맥을 짚어보고는 말했다.

"절명했군."

"너무 맛있어서 죽은 건가?"

미식가 드래곤은 환상에 빠져 죽은 오크의 눈을 잠시 살펴보고는 결론을 내릴 수 있었다.

"역시……."

"역시라니?"

"아무래도 환각제가 다수 첨가된 것 같군. 아크린 풀의 향기를 더욱 자극시키기 위해 환각 성분을 첨가한 것 같은데, 드래곤들을 상대로 해 환각제가 조금 많이 첨가된 탓에 오크는 견딜 수 없었던 것 같군."

그 말을 들은 드래곤들은 음식에 환각제를 첨가하여 맛을 숨기려 하는 칠인회 마법사들의 음식 솜씨에 탄복하지 않을 수 없었다.

"굉장한 방법이군."

"음식을 맛있게 만드는 일차적인 방법을 넘어선 새로운 조리 방법이지."

미식가 드래곤을 포함한 다른 드래곤들은 칠인회의 가증스러운 암수를 정말 좋게 평가하고 있었다.

환상에 빠진 오크는 그 상태에서 절명한 채 움직이지 못했고 얼마 안 있어 재료가 부족한 칠인회의 마법사에게 발견되어 342번째 스테이크의 재료가 되어버렸다.

"앗! 은빛 쟁반이 날아다닌다!!"

한 드래곤의 놀란 외침에 다른 드래곤들도 그가 가리킨 방향을 쳐다보았는데 하늘에서 거대한 은빛 쟁반이 자연스럽게 이쪽을 향해 날아오고 있었다.

이 괴이한 현상에 드래곤들은 흥미를 보이며 지켜보고 있었는데 은빛 쟁반은 상갓집 마당에 내려서더니 뚜껑 비슷한 게 열렸고, 그 안에서 정말 보기 싫은 녀석들이 나왔다.

"우와! 실레이드와 콜리드다!"

상갓집은 아수라장이 되어버리고 말았다. 실레이드와 콜리드는 서로 사이가 안 좋았기 때문에 보기만 해도 싸워, 그들의 가공할 만한 마법과 브레스에 거의 모든 드래곤이 한 번이라도 당한 적이 있었기 때문이다.

"여러분, 반가워요."

실레이드가 손을 흔들며 쟁반에서 내려오자 드래곤들은 혼비백산해 도망가기 시작했다. 뭐, 이런 일은 흔히 있어왔던 일 중의 하나였기 때문에 실레이드는 아무런 내색도 하지 않고 레어 안으로 일행들과 들어갔다.

레어 안에는 검은 옷을 입은 루드웨어가 왼쪽에 앉아 있었고 정면에는 로노와르의 초상화와 함께 관이 하나 놓여 있었다.

콜리드와 실레이드는 관을 향해 절하고는 다시 루드웨어를 보며 절을 했다.

"고생 많겠구만."

"아닙니다. 아내가 죽었는데 이 정도는 감수해야지요."

루드웨어의 눈에는 아직도 슬픔이 가득해서 찌르기만 해도 눈물을 줄줄 흘릴 것만 같았다.

여기저기 둘러보던 콜리드는 그들의 자식이 안 보인다는 것을 알 수 있었다.

"아들에겐 연락했는가?"

"예. 녀석도 충격이 큰가 봅니다. 절대로 죽지 않았으니 장례식 같은 것은 하지 말라더군요."

"오호."

콜리드는 생각보다 루드웨어의 자식이 똑똑하다는 것을 알 수 있었다. 로노와르가 죽지 않았다는 것을 말해 주고 싶지만 노는 것이 그것보다 약간 더 중요했기 때문에 그냥 넘어가기로 했다.

많은 드래곤들의 쓰러져 있는 것을 보며 실레이드는 한숨을 쉬었다. 칠인회의 연금술사부에서 마련한 환각제를 모르는 지금 칠칠치 못하게 드래곤들이 술에 취한 자빠져 있는 것으로 생각했기 때문이다.

준호는 오크들이 돌리고 있는 음식물에 손을 대려고 했지만 리안나가 만류했다. 리안나는 평상시 이들의 행태를 잘 알고 있었다.

"음식에 손대지 말아요."

"예?"

"분명 루드웨어가 드래곤들에게 접대하는 것이라면 인간들은 결코 먹을 수 없는 음식일 테니까요."

"인간들이 먹을 수 없다고요?"

"예."

리안나는 근처에서 서빙하고 있던 오크가 들고 있던 와인 두 잔을 들고는 준호에게 건네주었다.

"술이네요?"

"예. 음식물은 모르겠지만 술은 재료를 첨가하는 음식이 아니니까요."

리안나의 이야기를 들어보면 재료에 무슨 문제가 있다는 것을 알 수 있었다. 준호는 음식물의 표본을 채취해서 자신의 컴퓨터로 분석했다.

[지금까지 발견된 적이 없는 동물의 DNA 구조를 가지고 있습니다. 첨가된 약물로는 금지 약물인 에피르토산과 에츠롤이 들어 있어 인간이 미량을 섭취했을 경우 환각 증상을 일으키는데, 이 표본의 경우에는 다량이 첨가되어 있는 것으로 보아 환각 증세와 함께 심장 박동을 정지시킬 위험이 있습니다.]

무서운 일이었다. 장례식의 한쪽에선 이곳의 주최자가 사람들을 몰살시키려 하고 있었다.

"일단 이곳을 피해야겠군요. 음식물에 독물을 투입할 정도라니……."

"괜찮아요. 드래곤들은 이 정도의 약물로는 죽지 않으니까요. 보통의 방법으로는 드래곤들을 제어할 수 없다는 것을 알고 있는 루드웨어가 그들을 조용히 시키기 위해 가끔씩 이런 약물들을 집어넣은 음식물을 대접한답니다."

"음……."

보통 인간으로선 이해하기 어려운 순간이었다. 루드웨어란 자, 그는 도대체 무슨 생각을 하고 있는 자란 말인가?

"헤헤헤."

"헉……."

여신관. 뭐, 과거에 유행한 종교의 전도자와 같은 사람이라는 것은 이해할 수 있었다. 순백의 하얀 옷을 입고 성스러운 모습으로 부드러운 말씨를 쓰는 것도 이해는 갔다. 하지만 지금의 모습도 종교자의 모습인가?

준호는 변해 버린 리안나의 모습에 두려움에 떨고 있었다.

"와인 한 잔 마셨을 뿐인데……."

와인 한 잔, 알코올 도수 15%의 포도를 빚어 만든 와인 한 잔을 마셨을 뿐인데, 단지 알코올이 들어 있다는 이유 하나만으로 리안나는 주정을 부리고 있었다.

"헤헤! 준호 씨~ 안색이 별로 안 좋으시네요?"

"헉!"

이마에 열이 있는 것을 알아보는 것까지는 모르지만 얼굴을 가까이 대어 이마를 맞대는 것은 어느 역사의 산실인가?

뭐, 본인의 체내 열과 비슷한지를 알아보는 것은 별문제가 없지만 이렇게 되면 혈압 상승으로 인하여 체내의 온도가 상승할 것은 불을 보듯 뻔한 일. '제발 휘청거리는 몸으로 가까이 붙지 말아줘요'라는 생각을 하는 준호에게 이미 리안나는 푹 안겨 있었다.

"허허허, 젊은것들은 정말 진도가 빠르다니까. 잘해보게나."

등골이 오싹해지는 것을 느낀 준호였다. 실레이드는 둘의 모습을 보며 희망 어린 충고를 한마디 하고 사라졌으니, 창창한 젊은것인 준호가 어찌 사양할 수 있단 말인가?

"흑흑흑, 이런 기회가 올 줄이야… 흑흑, 감사합니다."

술에 취해 휘청거리는 리안나를 품에 꼬옥 안은 준호는 기쁨의 눈물을 흘리고 있었는데 뒤에서 조금 써늘한 기운이 느껴져 왔다.

준호는 조용히 뒤를 돌아보았다.

"불난 집에 부채질하는 것은 이해할 수 있다. 상갓집에서 웃는 것까진 참을 수 있다. 하지만… 마누라 죽은 홀아비 앞에서 사랑 놀음을 하는 것만큼은 절대 용서할 수 없다!"

"헉……!"

그의 앞에선 써늘한 불길을 태우고 있는 한 남자가 주먹을 쥐며 서 있었고 준호는 등에서 식은땀이 흐르고 있었다.

[마스터, 조심하십시오. 마스터 앞에 서 있는 사내의 사이코 에너지는 혹성 하나를 소멸시킬 정도의 엄청난 에너지를 소유하고 있는 자입니다.]

때를 맞춰 경고해 준 슈퍼콤의 얘기를 들으며 준호는 절망에 빠지고 말았다. 모든 일은 때와 장소가 분명한 법인 것을, 그것을 무시한 비문화인의 최후는 처참하기 그지없다는 것을 잘 알고 있기 때문이다.

자신의 앞에 있는 사내의 손에서 불길이 치솟아오르기 시작했다.

긴장에 의해서 흐르는 땀인지, 아님 불길의 열기로 흐르는 땀인지는 잘 모르겠지만 입고 있던 옷을 흠뻑 젖게 만들 정도의 땀이 흐르고 있었는데, 사내의 공격이 시작될 무렵 한 사람의 목소리가 준호를 살려주었다.

"거기까지. 루드웨어 군, 자네 앞에 있는 청년은 드래곤이 아니라 인간이네."

"엥?"

콜리드였다. 루드웨어는 그의 이야기를 듣고는 준호의 볼을 양쪽으로 잡아당겨 보며 신체의 여러 군데를 짚어본 결과 순수 100%의 인간임을 확인할 수 있었다. 그것도 마나량이 전혀 느껴지지 않는 보통 인간.

"으아!!"

준호는 자신의 몸을 짚어보는 루드웨어에게 놀라 뒤로 도망친 후 들고 있던 레이저 건으로 루드웨어를 쐈는데, 놀랍게도 레이저는 루드웨어의 몸 근처에서 산산이 부서지며 흩어져 나갔다.

"어라?"

마나도 느껴지지 않았는데 강력한 공격력을 발휘하는 마법 무기를 본 루드웨어는 흥미가 돌기 시작했다. 물론 그 정도의 파괴력쯤이야 자신에게 상처를 줄 수 없다는 것을 알고는 있었지만 빛을 뿜어내는 무기는 처음 봤기 때문이다.

"굉장한 물건이군."

"저 청년의 말로는 레이저 건이라고 하더군."

"레이저 건이요? 음… 그러고 보니 이계의 문물 중에 저런 것이 있다는 이야기를 들은 적이 있었는데… 누구한테더라?"

이제 루드웨어의 관심이 레이저 건으로 쏠리자 준호는 안심하고 있었다.

"휴……."

"아! 소개를 안 시켜준 것 같군. 내가 전에 자네를 고향으로 데려다 줄 사람을 두 명 말해 준 적이 있지 않았나?"

"예? 아! 최고의 마법사라는 루드웨어 씨와 차원도사 천우라는 분이 아니었습니까?"

"그렇지. 자, 인사하게. 자네의 앞에 있는 사람이 바로 대륙 최고의 마법사인 루드웨어이네."

"예?"

잠시 멍해져 버린 준호는 손바닥을 쳤다. 리안나가 얘기해 줄 적에 루드웨어란 이름이 나왔었는데 왜 자신은 생각하지 못하고 있었을까?

하지만 극약을 음식에 첨부하는 사람을 믿을 수 있을까란 생각이 지배적인지라 도저히 자신을 고향으로 돌아가게 해달라는 부탁을 하고 싶지 않았다.

"어라? 무슨 말이유?"

루드웨어가 둘의 이야기를 들으며 되묻자 콜리드는 앞뒤 사정을 설명하기 시작했다. 여차저차 사정 이야기를 다 들은 루드웨어는 놀랍다는 표정으로 잠시 준호의 얼굴을 요리조리 뜯어보고는 말했다.

"이계의 인간이라 해도 별거 다를 것은 없군요. 뭐, 평상시라면 도와

드리고 싶지만 지금은 움직이고 싶은 마음이 없군요."

"예?"

준호는 루드웨어의 말을 듣고 조금 실망하지 않을 수 없었다. 하지만 콜리드는 예상이라도 했다는 듯이 미소를 지으며 말했다.

"로노와르가 죽었기 때문인가?"

그 말에 루드웨어는 잠시 현기증이라도 난다는 듯이 이마에 손을 얹고는 두 바퀴 반을 회전한 뒤 땅바닥에 주저앉았다.

"아픈 사실을 그렇게 노골적으로 들추시다니… 흑흑흑."

정말 우는지는 모르겠지만 어쨌든 볼썽사나운 모습인 것은 사실인지라 이마에 식은땀이 잠시 줄기차게 흘렀지만, 흩어져 가는 정신을 추스르고 흔들거리는 몸을 안정시킨 뒤 말했다.

"자네… 안 보는 사이에 건망증이라도 생겼나?"

"예? 무슨 말씀입니까?"

"로노와르가 자네의 무엇인가?"

콜리드의 말에 한참을 생각하던 루드웨어는 손가락을 접으며 하나하나 들추어내기 시작했다.

"내 마누라에, 장난감에, 자금줄에, 주방장에, 청소부에…… 음…또 뭐가 있지? 잘 생각이 안 나네? 음… 아, 그렇구나! 내 심장을 가지고 있어요."

"……"

핵심을 자신 스스로가 알고 있음에도 상황을 전혀 파악하지 못하는 루드웨어를 보며 콜리드는 할 말을 잃고 말았다.

"자네 대리자가 죽을 수 있는 방법을 알긴 아는가?"

"하하하, 절 바보로 아십니까? 그건 대리자의 심장을 파괴하면 되지 않습니까?"

"그럼, 자네 왜 살아 있나?"

"예?"

"로노와르가 죽었다면 자네의 심장은 파괴되었을 것이 분명할 터, 어째서 살아 있는 거지? 잔말 말고 빨리 죽도록 하게."

"……."

콜리드의 말을 들으며 루드웨어는 잠시 어벙한 표정으로 바뀌며 침묵을 지키고 있었다. 신혼 생활에 빠져 가장 중요한 사실을 잊어먹고 있었다니……. 새삼 생각해 보는 것이지만 이런 자가 어떻게 대륙 최고의 마법사가 되었는지 의심스러운 순간이었다. 물론 세기의 과학자 아인슈타인도 건망증이 있었다는 것은 알고 있지만, 루드웨어의 경우는 뭐라고 할 말이 없을 정도였다.

그제야 깨달았는지 손바닥을 치며 유레카를 외칠 듯한 표정을 지은 루드웨어는 옆에 있던 칠인회 소속 주방장 마법사를 불렀다.

"무슨 일입니까?"

"당장 음식물에 해독제 투입. 드래곤 중독자 만들기 프로젝트 전면 중지다!"

"예? 휴~ 알겠습니다. 에잇! 중독자 드래곤들로 실험이나 해보려고 했는데……."

주방장 마법사는 루드웨어의 명령을 듣고 아쉽다는 표정을 지으며 중얼거리고는 사라졌다. 그리고 그 말을 들은 콜리드의 이마에는 식은 땀이 흐르고 있었다.

"바, 방금 그건 무슨 말인가?"

"아, 예. 별거 아니고요, 로노와르가 죽었는데 다른 드래곤들이 눈에 띄면 로노와르 생각에 새장가도 못 들 것 같아서 말이에요. 그렇다고 죽일 수는 없기에 모든 드래곤을 중독시켜 가두어 두려고 했지요. 하지만 로노와르가 살아 있는 이상 프로젝트의 필요성을 상실, 전면 중지를 한 겁니다."

가증스러운 음모를 한 치의 부끄러움없이 자랑스럽게 말하는 루드웨어를 보며 콜리드는 할 말을 잃고 말았다. 진짜 로노와르가 죽고 루드웨어 혼자 살아남았다면 이 사태를 어떻게 해결했을까 하는 생각이 들자 온몸이 떨릴 지경이었다.

"지금부턴 어쩔 생각인가?"

콜리드의 말에 한참을 생각에 잠겨 있던 루드웨어는 옆에서 멍하니 주저앉아 있던 준호를 가리키며 말했다.

"저 녀석 좀 끌고 다니면서 대륙을 돌아다닐까 하는데요?"

"엥?"

루드웨어의 말에 준호는 놀란 복어 얼굴이 되어버렸다. 물론 놀란 복어 얼굴은 어떻게 생겼는지는 모르겠지만 말이다

"로노와르야 살아 있다니 돌아다니다 보면 어디선가 단서를 찾겠구, 그동안 이 녀석 데리고 이계 문물이나 알면서 시간 좀 보내려구요."

"좋은 생각이군. 나와 실레이드, 리안나도 동행할 텐데 괜찮은가?"

"시끄럽긴 하지만 상관없겠죠."

"고맙군."

이렇게 해서 루드웨어는 준호 일행과 합류, 로노와르를 찾는 여행을 다시 시작하게 되었는데 그동안 시크라는 어디 있었을까?

미쓰릴 항아리가 놓여 있는 로노와르의 영전에 앉아 혼자 울고 있었다.

"으헝헝! 로노와르, 미안하당……. 내가 제대로 가르쳐 주기만 했어도 죽지 않았을 텐데. 엉엉."

노총각 히스테리가 조금 있었다 뿐이지 시크라는 나쁜 드래곤이 아니었나 보다.

한편 이 시간 로노와르는 드미트리 황제와 함께 뱃놀이를 즐기고 있었으니…….

"호호호호호!"

"즐거우신가 보군요, 루드리아."

황제나 탈 만한 값비싼 호화 유람선을 타며 뱃놀이를 즐기는 가운데 그녀의 아들 레그르토는 한구석에서 고통에 잠겨 있었다.

"으아! 저 가증스러운 웃음소리… 흑흑흑……."

레그르토는 잠시 과거의 생각이 났다.

한참 깨가 쏟아지는 로노와르와 루드웨어의 사이에서 아이가 태어난 것은 바야흐로 38년 전, 물론 황제에게 말한 것은 겉모습이 너무 어리기에 약간의 거짓말을 보탠 것이다. 아무튼 이 두 사람에게 몸무게 3.5킬로의 건강한 아이가 태어났기에 한때 기쁨의 시간을 보냈지만 그것도 잠깐, 혼자서도 먹이만 주면 잘 크는 해츨링과는 달리 인간의 아기는 너무나 많은 시간을 할애해야 했다.

사는 것도 귀찮아 동면을 자주 하는 드래곤들에게서 이렇듯 신경 쓰이게 하는 인간을 어찌 키우겠는가? 육아 노이로제에 걸린 로노와르는 매일 루드웨어를 괴롭히며 사는 것을 낙으로 삼고 있었고, 루드웨어는 눈물을 흘리며 레그르토를 키울 수밖에 없었다.

"에… 또… 기저귀(깨끗한 기저귀 사용, 기저귀 갈아주는 게 늦으면 애기 엉덩이 짓무르니 조심하세요)… 우유… 등 토닥토닥(애기 우유 먹이다 체할 수도 있기 때문에 가끔씩 등을 토닥토닥해 소화 잘되게 해주세요)… 후우… 힘들다……."

대충 이런 시간을 지낸 루드웨어. 하지만 어렸을 때의 교육은 성인이 되는 밑거름이 되는 것을… 어찌 루드웨어가 교육을 제대로 시킬 수 있겠는가? 제대로 된 교육은 마법 하나뿐, 나머지는 판타지 소설이나 로맨스 소설에 의존했으니… 어렸을 때부터 영웅이 되기 위한 레그르토의 노력은 엄청났다.

세 살 때부터 목검을 만들어 휘둘렀고, 네 살 때부터 룬어 시조 낭독 및 사서삼경 같은 마법서를 즐독하였다.

그 결과로 일곱 살 때는 소드 익스퍼트 초급과 사상 최초로 꼬마 5서클 마스터에 이르렀으니 그의 노력은 정말 눈물이 흐를 지경이라 할 수 있었지만, 한 가지 약점이 있었으니 그것은 대륙의 평화를 이룬 부모님이었다.

한 명은 대륙 최고의 마법사, 한 명은 드래곤 중 최고의 힘을 가졌다는 다윈소 드래곤.

"으헝헝헝! 하늘이여, 어찌 레그르토를 보내시는 데 만족하시지 않고 부모님을 보내서서 저의 야망을 꺾으십니까!"

물론 레그르토는 두 사람보다 뒤에 태어난 인물, 어설픈 로맨스 소설에나 나올 대사를 읊조린 레그르토는 나날이 슬픔에 젖어 살 수밖에 없었다.

그리고 한 가지를 깨달았는데, 그것은 영웅은 양립할 수 없는 법과 영웅은 부모가 죽는 시련을 겪어야 되는 것이다.

이런 것을 깨달은 그는 로망스 법칙에 의거하여 부모님을 암살할 수밖에 없었다. 물론 나중에 커서 두 사람이 결코 독에 죽지 않는다는 것을 알게 되긴 했지만.

"크흐흑흑흑……. 어머니, 아버지, 죄송합니다. 아들의 영웅 된 모습을 지옥에서나마 구경하세요."

음식물에 독을 타고 사라지는 레그르토의 뒤에는 한줄기 빛이 빛나는 배경 화면이 잠시 뜨다 사라졌다.

"오호호호호."

가증스러운 목소리. 자신이 귀찮다는 이유로 신생아를 내팽개친 파렴치한 어머니의 목소리를 들으며 레그르토는 눈물을 흘릴 수밖에 없었다.

'드래곤들은 다 미워……. 어어어엉.'

아버지 루드웨어를 닮아가는 레그르토였다. 루드웨어처럼 어설픈 계획을 세워 과연 어머니를 황제에게서 떼어낼 수 있을런지…….

"재밌지 않습니까?"

"무엇이 말입니까?"

온통 어둠으로 깔려 있는 방, 그곳에서 누군가가 음침한 목소리로 이야기를 하고 있었으면 조금 악당 분위기가 날 법도 하겠건만, 새로운 악당의 출현임에도 밝은 핑크 빛으로 칠해져 있는 방에서 두 사람이 음침한 목소리로 이야기를 하고 있었다.

백발의 노년의 상징을 머리에 이고 있는 노인은 현재 로아냐드 제국의 재상 직을 맡고 있는 레이아드 공작이었고, 그의 앞에 있는 은발의 청년은… 정체를 알 수 없는 외인이었다. 나이 차이가 나는 두 사람이었지만 레이아드 공작이 은발의 청년에게 존대를 하고 있는 것으로 보아 그 청년이 상당한 신분을 가진 인물이라는 것을 짐작할 수 있었다.

청년은 재밌지 않냐는 말에 레이아드 공작은 알 수 없다는 표정을 하며 물었다.

"필요할 때에 딱 좋은 분이 드미트리 황제를 잡아주지 않았습니까."

"아! 루드니아란 여자 말이군요."

"예. 그 정도의 여자라면 충분히 우리의 일을 추진하는 데 도움이 될 것 같습니다."

"하하하, 맨피스님이 그렇게 생각하신다면 그렇게 되겠지요."

무엇을 말하고 있는지는 모른다. 하지만 로노와르가 그들에게 이용될 것이라는 암묵적인 암시를 하고 있는 그들은 서로를 바라보며 느끼한 웃음을 내뱉고 있었다.

베르도 남작. 그를 아는 사람들은 모두 그를 대륙 제일의 겁쟁이라고 부른다. 그에 따른 일화를 잠시 이야기하면, 하루는 베르도 남작이 황제의 명을 받고 황궁으로 나선 적이 있었는데 황제는 그가 천하가 알아주는 겁쟁이라는 것을 듣고 장난을 쳤다.

바로 살쾡이 한 마리를 황궁의 정문에 매어놓고 베르도 남작이 과연 들어올 수 있을까 없을까를 시험해 본 것이었다. 한데 황제의 예측대로 베르도 남작은 그날 밤이 되도록 살쾡이가 무서워 황궁 안으로 들어오지 못했다.

하지만 황제는 베르도 남작에게 장난친 것을 후회했는데, 그 이유는 베르도 남작이 꼬박 일주일 간을 아무것도 먹지 않고 황궁의 정문 앞

에서 움직이지 않고 살쾡이가 사라지기만을 기다리고 있다가 혼절하고
말았기 때문이다.

　병사들을 시켜 물리쳐도 그만인 것을 일주일 간이나 기다리고 있었
던 이유를 황제가 물었을 때 베르도 남작은 미소를 지으며 이렇게 말
했다고 한다.

　"폐하께서 저를 시험하시고자 살쾡이를 황궁의 정문에 놓아둔 것을
알고 있는데, 어찌 그것을 물리라 할 수 있겠습니까?"

　그 사건으로 황제는 베르도의 충성을 의심하지 않으며 크게 중용하
게 되었다. 또 그를 겁쟁이라고만 욕할 수는 없는 일이 있었는데, 오
년 전 황제 드미트리가 황태자 신분이었을 때 제2황자 슈드라센이 열
명의 자객을 시켜 황태자를 암살하려 한 적이 있었다. 황제의 명을 받
아 드미트리의 측근으로 일하고 있었던 베르도는 갑작스럽게 난입한
자객들에 놀라 바지에 오줌을 지릴 정도로 공포에 떨었지만 황태자에
게 날아오는 검을 스스로의 몸으로 막아 목숨을 구한 적이 있었다. 얼
마 후 자신을 구하기 위해 들어온 기사들에 의해 목숨을 보전했던 드
미트리는 자신의 목숨을 구한 베르도의 상처를 입고 있던 옷을 찢어
직접 지혈해 주며 이런 말을 했다고 한다.

　"천하의 겁쟁이임은 틀림이 없지만 천하의 충신임에도 틀림이 없다."

　또 한 신하가 요직을 차지하고 있는 베르도를 시기하여 걸출한 무인
과 문인들을 천거하였을 때 드미트리 황제는 이렇게 말했다고 한다.

　"지금 짐에게 필요한 것은 강한 무인과 지혜가 뛰어난 문인이지만, 그들

백 명과 남작을 바꾸자 한다면 거절할 것이다."

그 정도로 그는 황제에게 깊은 총애를 받고 있는 자였다. 또 이런 총애를 받음에도 그는 단 한 번도 그를 이용해 권세를 부리지 않았기에 황제는 나라의 큰 일은 모두 베르도 남작에게 일임하고 있었다.

하지만 이렇게 승승장구를 달리던 베르도가 한 여자에 의해 황궁 안에서 시달리고 있었으니, 그 주범은 바로 루드니아였다.

루드니아의 아름다움에 빠진 수많은 신하들을 보며 한소리 하는 것도 이젠 옛날, 이젠 드미트리 황제와 루드니아 사이에서 나오는 여러 가지 소문들을 그냥 흘려듣고 있는 실정이다 보니 베르도 남작의 가슴은 찢어질 듯했다.

"아! 어찌 신성 로아냐드 제국의 황제 폐하가 세인의 구설수에 오르내려야 한단 말인가?"

궁정 복도의 벽에서 비련의 주인공인 양 폼을 잡고 있는 그를 보며 시녀들은 이상한 사람 보듯이 피해갔지만 그는 그런 것에 아랑곳하지 않고 폼을 잡고 있었다.

"어머, 베르도 남작님 아니세요?"

"음……."

루드니아였다. 하루에 세 번은 빠짐없이 궁중에 나오는 베르도로서는 이 아름다운 여자를 하루에 한 번 이상은 볼 수밖에 없는 불운한 운명을 소유하고 있었다.

"루드니아님이시군요. 폐하를 알현하러 오신 겁니까?"

"예, 오늘은 사냥을 하기로 했거든요."

"음……."

황제의 건강은 나라의 건강이란 표어를 외치는 베르도로서는 36살의 건강한 아저씨 황제가 사냥하러 나간다는 것을 막고 싶은 마음은 없었지만, 요즘 들어와 술과 여자에 빠진 것은 아니더라도 저 놀기 좋아하는 루드니아란 여자 때문에 국정에 소홀한 것은 간과할 수 없는 문제였다.

물론 모든 일을 처리하고 있는 자신에게야 권력이 늘어나는 문제이긴 하지만, 공작의 직위를 내런다 해도 권력에 눈이 어두울까 두려워 거부하는 자신이 권력이 생기는 것을 왜 좋아하겠는가?

'지금이야 아무것도 아니지만, 저 여자가 후궁의 자리에라도 오르는 날이면 큰일이겠군.'

베르도는 그녀를 후원하려는 많은 귀족들의 움직임을 알고 있었기 때문에 먼저 선수를 칠 수밖에 없는 상황에 빠졌다.

최근 정보에 따르면 제국 재상 레이아드 공작이 상당량의 선물을 루드니아에게 안겨주고 있다는 것을 들었기에 시간은 지체할 수는 없었다.

'암살… 아니야……'

루드니아를 암살하기에는 베르도의 가슴이 너무도 여렸다. 충직한 신하이자 순진한 60 청춘의 늙은이가 어찌 암살을 주도할 수 있겠는가.

"그럼 전."

루드니아가 사라지자 베르도는 그 자리에 주저앉아 한숨을 쉬었다. 차마 저 여자를 처리할 수 없다는 것이 고민이었으니 신이 도와주는 듯 루드니아와 맞설 수 있는 몇 안 되는 남자 중 한 명이 그의 뒤에 섰다.

"베르도 남작님, 뭐 하십니까?"

"엉? 아! 레그르토님……"

수석 궁정 마법사 레그르토를 본 베르도는 두터운 황궁의 벽을 뚫고 하나의 서광이 비추는 듯한 느낌이 들었다.

레그르토라면 추호에 권력욕이 없는 청렴결백한 마법사. 충분한 도움이 될 수 있는 남자였기 때문이다. 레그르토 역시 베르도가 자신과 같은 이상을 가지고 있다고 믿었다.

한편 루드웨어는 준호가 타고 있는 우주선의 성분을 조사하면서 어느 차원계에서 흘러 들어왔는지를 조사하고 있었다.

물론 실제로는 이 형상 기억 합금의 소재를 파악하려는 순수한 학구열에 지나지 않았지만 말이다.

"무슨 결과라도……."

'다른 것을 조사하는 데 무슨 결과가 나오기를 바라는가' 라고 말해 주고 싶은 루드웨어였지만, 차마 그런 말은 못하고 고개를 설레설레 저으면서 그답지 않은 긴장감을 흐르게 하고 있었다.

"전혀! 잔존 마나가 미약하기 때문에 자네가 떨어져 나온 차원계를 추적하기가 어려워."

"잔존 마나요?"

"각 차원계에는 그 특유의 마나 원소 배열이 존재한다. 이 마나 원소 배열로 차원계의 위치를 파악할 수 있지. 과거 메테오 마법으로 지상으로 떨어진 운석을 조사하던 중 칠인회에서 발견한 사실이다. 그로서 이 세계만이 아닌 다른 차원이 존재한다는 것이 밝혀졌고, 난 그 비밀을 파악하기 위해 차원계를 돌아다닐 수 있는 마법을 완성했다. 이 마차의 경우는 이상한 물질로 만들어져 있기 때문에 마나의 원소 배열이 흐트러져 있다. 흡사 정령계의 피닉스 원소 배열과 같이 말이야."

피닉스는 불사의 새로 알려져 있는 정령계에서도 희귀한 생물로, 절대로 죽지 않고 상처를 입어도 다시 복구되는 피부를 지니고 있다.

물론 이러한 설명을 곧이곧대로 믿는 사람은 전혀 없었다. 실레이드와 콜리드의 경우에는 헛소리로 치부하며 이 새로운 가설에 코웃음을 치고 있었으니, 그들은 과거의 잔존 인물이었기에 새로운 문물에 대한 반응이 빠르지 않기 때문인가, 아니면 루드웨어의 헛소리를 파악할 수 있을 만큼의 연륜을 지닌 때문인가?

"어디로 향하는가?"

콜리드의 물음에 준호를 속이는 것이 조금 힘이 들었다는 듯이 입술에 침을 닦으며 말했다.

"일단은 레드 드래곤 시크라가 가르쳐 준 진리의 거울이 있는 곳으로 가볼 생각입니다."

"진리의 거울?"

"예."

처음 듣는 마법 아이템에 머리를 갸우뚱거리는 콜리드와 실레이드였다. 이 둘에 의해 시크라의 가증스러운 음모는 백일하에 드러날 것이다.

"그런데 조금 비좁군요."

네 사람이 탔을 때도 비좁던 우주선에 이제 투드웨어까지 기세하여 다섯 명이 탔으니 아무리 우주선의 에어컨이 좋다고는 하지만 많은 사람들의 체열로 일어난 열기를 감당하지 못하고 점점 성능이 떨어지고 있었다.

그 와중에 준호는 자신의 몸과 밀착되어 있는 리안나의 몸에 의해 더욱더 높은 열을 발생시키고 있었으니…

"준호 씨, 갑자기 몸이 뜨거워졌어요."

"……."

리안나의 말에 아무런 대답도 할 수 없는 준호였다.

[주인님, 체온이 상승하고 있습니다.]

슈퍼콤의 말에 준호는 한숨을 쉴 수밖에 없었다. 우주선이 커지지 않는 한 몸에서 나는 발열은 멈추지 않을 것이 당연했기 때문이다.

리안나는 상승하는 체온을 줄이고자 준호에게 연신 신성 마법을 사용하고 있었지만 어찌 이 열을 다 막을 수 있겠는가? 실레이드와 콜리드, 루드웨어와 같이 그 딴 건 다 알고 있는 어른들만이 조금 짐작할 수 있을 뿐이었다.

"…실레이드……."

"왜?"

"허허, 자네 딸 다 컸군."

"응?"

"꺄악!"

짝!

괜히 한소리 했다가 한 대 맞은 콜리드였다. 과연 콜리드와 리안나 사이에는 무슨 일이 있었길래 콜리드는 리안나가 다 컸다는 것을 알 수 있었던 것일까? 의문이었다. 오로지 하나의 단서라면 우주선은 좁다는 것일 뿐.

7장 어둠의 영역에 살아가는 자, 네크로맨서

"엥?"

루드웨어는 콜리드의 말을 들으며 허망감을 느꼈다.

"다시 한 번 말해 주지만, 이 거울은 진리의 거울이 아니라 허망의 거울이라네. 시크라가 무슨 이유로 자네를 속였는지는 모르겠지만 이 거울이 가르쳐 주는 것은 가장 허망한 일일 뿐이지."

"이런……."

루드웨어는 분노에 젖어 있었다. 괴짜 드래곤 시크라가 자신을 속일 것이라곤 생각하지 못했기 때문이다. '친구라고 믿었었는데 녀석이 나를 속일 줄이야'라는 보통 배신자에게 당한 사람들이 한 번씩 하는 단어를 뱉고 싶은 루드웨어였다.

아무리 허망의 거울이라고는 하지만 올 때마다 허탈감을 느끼게 하는 이 거울을 보며 깨뜨려 버리고 싶은 생각이 굴뚝같은 루드웨어였다.

하지만 창조신이 만든 몇 개 안 되는 물품이었기에 강도는 세상에서 제일 강하다는 오리하르콘 제. 도대체 창조신은 무슨 생각으로 이런 말도 안 되는 물품을 만들었단 말인가.

'창조신도 시크라와 같은 자였던가…….'

드래곤 중에서도 팔불출 시크라와 위대하신 창조주를 동일한 존재로 만들어 버리는 루드웨어는 천벌을 받을 놈이었다.

"젠장!"

루드웨어는 들고 있던 로드를 땅에 내팽개치며 화를 내고 있었다. 로노와르를 찾을 유일한 단서가 가짜라는 것을 알게 되어 분통이 터진 것이다.

도대체 로노와르는 어디로 사라졌기에 소식조차 없단 말인가.

"이렇게 되면 예정대로 갈 수밖에 없겠군."

"예정?"

자신의 말에 실레이드가 되묻자 콜리드는 자신만만한 목소리로 말했다.

"루드웨어, 자네 차원도사를 아는가?"

"차원도사라… 아! 이계에서 내려온 괴이한 종자 아닙니까?"

"그래. 듣자 하니 차원도사가 점을 친다고 하던데 그것이 꽤 잘 맞는다더군."

"예?"

루드웨어는 그 말에 어리둥절한 표정을 지었다. 점이라는 것은 거의 미신적인 요소가 강했고, 잘 본다고 하는 집시조차 대충 있을 만한 일을 짚어서 속이는 것에 지나지 않았기 때문이다.

"점을 어떻게 믿어."

실레이드의 말에 콜리드는 고개를 저으며 말했다.

"그의 점은 다르네. 예전에 들은 바에 의하면 던전에 감추어진 마구조차 찾아낼 정도라고 하더군."

"음……."

그 말에 루드웨어는 조금 솔깃하지 않을 수 없었다. 마구를 찾아낼 정도의 점 실력이면 충분히 자신의 아내를 찾을 수 있다고 믿었기 때문이다.

또 로노와르 특유의 마나조차 발견되지 않는 지금 점이라도 믿고 싶은 마음도 한 부분 차지했기에 루드웨어는 결정할 수 있었다.

"좋습니다. 그럼 차원도사를 찾아보죠."

"산 자는 물러가고 죽은 자는 따르라. 어이~!"

황색의 장삼을 입고 검은 모자를 쓴 괴이한 노인. 그는 왼손에 황동으로 만들어진 작은 종을 치며 오른손에는 목검을 들고 전장을 소리치며 헤매고 있었다.

그가 있는 장소는 변경의 작은 나라인 그로인 왕국이었는데, 현재 왕족 간의 분쟁으로 내전이 한창인 나라였다.

괴이한 노인은 선투가 끝난 전쟁터를 종을 치면서 걸어가고 있었는데, 놀랍게도 그의 뒤를 따르는 이들이 있었다. 그들은 이마에 종이를 붙이고 두 손을 앞으로 뻗은 채 토끼가 뛰는 것마냥 껑충껑충 뛰며 그를 따라가고 있었으니, 보는 사람이 없어서 다행이지 사람이 있었다면 크게 놀라 심장이 이탈할 호러적인 모습이었다.

황색의 장삼을 입은 그는 배꼽 아래까지 길게 수염을 늘이고 있는 모습으로 젊은 처녀들이 본다면 멋진 노인상이라도 주고 싶을 정도의 미노인이었다. 하지만 이 멋진 풍채에도 불구하고 전쟁터의 시체를 끌고 다니는 그의 얼굴은 그리 밝지 못했다.

"아… 어쩌하여 사람들이 이렇게 죽어야 한단 말인가……."

있는 자의 권력의 쟁투에서 아무런 죄도 없이 죽은 이들을 보며 씁쓸하게 혀를 차는 그는 바로 대륙에서 유명한 차원도사 천우였다.

천우는 대륙을 돌아다니면서 도술로 사람들의 병을 고쳐 주며 전장에서 버려진 시체들을 끌고 강시술로 몰고 와 묻어주는 등 선행을 배풀고 있었기에 많은 사람들에게 칭송을 받고 있었지만, 그의 강시술이 너무 괴이한지라 함부로 그에게 접근하는 이가 없었다.

하지만 남들이 꺼린다 해서 자신의 일을 소홀히 할 천우가 아니었기에 묵묵하게 전쟁터를 돌아다니면서 시체들을 묻어주고 있었다.

오늘도 천우는 내전으로 죽어간 사람들을 묻어주기 위해서 전쟁터를 돌아다니고 있었다. 한데 그때 천우는 안 좋은 기운을 느낄 수 있었다.

"음……."

전쟁터라고 하는 곳이 많은 사람들이 울분과 원통함을 느끼며 죽는 곳이라 음기가 강한 것은 당연한 일인지라 처음에는 별다른 느낌을 가지지 못했지만 시체를 몰고 전장의 가운데로 들어가면 들어갈수록 음기가 강해지고 있는 것을 느꼈기에 무엇인가 다른 것이 이곳에 머물고 있음을 느낄 수 있었다.

"마족인가?"

이 대륙에 처음 왔을 때 음기를 강하게 풍기고 있는 마족을 보며 사악한 자들이라 칭한 적도 있었지만, 몇몇 그들과 대면해 본 결과 사는 곳이 음이 강한 관계로 음기가 강해진 것뿐인지라 신성국의 다른 사제들과는 달리 그들을 나쁘게 보지 않는 천우였다. 그렇기에 마족이라면 다행이라는 생각을 했지만 만약 마족이 아니라면 심각한 일이 아닐 수 없었다.

이런 전쟁터에서 음기를 강하게 풍긴다는 것은 원한에 이끌려 온 고스트나 스펙터들이 있다는 뜻이었기 때문이다.

천우의 힘으로 그들을 처리하는 것은 별문제가 없지만, 만약 삼칠일이 지나기 전에 그들에게 먹힌 영혼이 있다면 극락왕생은 멀리 가고, 영혼은 영원한 소멸을 맞이할 것이 분명했기 때문이다.

천우는 축지법을 사용하여 강시들을 몰고 음기가 흐르고 있는 원천으로 급히 향했다. 한 명이라도 죄없는 원혼을 구해야 하는 것이 그의 도이기 때문이다.

강한 음의 원천. 그곳에 도착했을 때 그는 참혹한 장면을 보게 되었다. 죽은 자들의 몸이 움직이고 있었기 때문이다. 이 세계에서 죽은 자들의 몸을 움직이게 하는 방법은 몇 가지를 본 적이 있는데, 천우의 눈에 보이는 시체들을 본다면 언데드라는 사악한 네크로멘서 술을 사용한 것이 뻔했다.

아나나 다를까, 그의 앞에 검은색의 로브를 입고 후드를 깊게 눌러쓰고 있는 마법사로 보이는 자가 눈에 띄었다. 그는 강시들을 이끌고 온 천우를 보며 다소 놀라는 듯한 모습을 취했다.

"언데드 술을 사용하다니! 하늘이 두렵지도 않느냐!"

천우는 영혼을 가두어놓는 언데드 술을 사용하는 그를 보며 호통을 질렀지만 검은 로브의 마법사는 코웃음을 치며 말했다.

"어차피 죽은 자들, 다시 한 번 세상에 관여할 수 있는 힘을 주는 것이 무엇이 그리 나쁘다는 것이냐?"

"네 이놈! 죽은 자라 해도 인간의 존엄성이란 것이 있거늘, 어찌 그것을 무시할 수 있단 말인가! 당장 그 사악한 술을 멈추지 않는다면 내가 가만히 두지 않으리라!"

천우는 그의 삐뚤어진 사상에 분노를 터뜨리며 목검을 들이댔는데, 그것을 본 마법사는 크게 웃으며 말했다.

"하하하하! 이계에서 온 네크로멘서 같은 자가 있다는 말을 듣고 조금 궁금했었는데, 당신이 바로 그 사람이군. 하지만 나의 일을 방해한다면 가만히 둘 수 없지! 어둠 암흑의 지배자여, 그대를 향한 자의 영혼을 묶어두시어 당신의 힘으로 돌아주소서!"

마법사는 천우가 방해가 된다는 것을 알자, 시체의 조종 주문을 외우기 시작했다. 그러자 그의 주위에 있던 언데드들이 썩어가는 몸을 질질 끌며 천우를 향해 천천히 걸어오기 시작했다.

"이 녀석이!"

천우는 그의 행동을 보며 앞으로 뛰어가 목검으로 언데드들의 몸을 치기 시작했는데, 강한 기와 도술이 더해진 그의 목검을 맞은 언데드들은 상처 부위에 강한 빛을 내며 조금씩 허물어지기 시작했다.

검은 로브의 마법사는 그것을 보고 놀라지 않을 수 없었다. 처음 봤을 때 언데드와 같은 것들을 끌고 다니는 것을 보아 네크로멘서의 계통으로 보았는데, 놀랍게도 그의 목검에는 신성력과 같은 힘이 발산되고 있었기 때문이다.

"신과 마의 힘을 한 사람이 모두 가지고 있다니!"

신과 마의 힘은 서로 다른 두 가지 성질이기 때문에 결코 한 사람이 지니고 있을 수 없음에도 불구하고 그는 두 가지 힘을 소유하고 있는 듯 보였다. 물론 그것은 이계의 도술을 마법사가 잘 모르고 있기 때문에 그렇게 보이는 것에 불과했다.

마법사는 널려져 있는 전장의 시체로 충분히 많은 수의 언데드들을 만들어낼 수 있었지만 그가 신성력을 발휘한다면 자신의 힘만 소진하는 것이 되기 때문에 다른 방법을 취할 수밖에 없었다.

"어쩔 수 없군."

자신의 비장의 술을 써야 한다는 것에 조금 아까운 감이 들었지만 그에게 시간을 뺏길 수 없는지라 마법사는 주머니에서 뼈 몇 개를 꺼내고는 사방에 던지며 주문을 외웠다.

"한없이 깊은 어둠의 힘으로 되살아나 적을 무찌르라! 블로드 고렘!"

그의 주문이 끝나자 마법사가 던진 뼈를 중심으로 사방의 시체가 끌려오며 형체를 이루기 시작했고, 그것을 본 천우는 놀라지 않을 수 없었다. 죄없는 자들의 영혼이 울부짖고 있는 소리가 그의 뇌를 강하게 자극하고 있었기 때문이다.

"네 이놈!"

영혼의 고통스러운 비명을 들은 천우는 그를 막아야 한다는 생각에 검지손가락에 피를 내고는 왼손에 태극의 문양을 그리고 마법사를 향해 도술을 사용했다.

천우의 손에 그려진 태극의 문양과 기가 합쳐지자 붉은색의 빛이 뻗어 나오며 마법사를 향해 날아갔는데, 마법사는 이미 주문을 모두 완성한지라 가볍게 매직 바리어로 그의 공격을 막아내며 플라이 마법을 사용하여 공중으로 날아올랐다.

"하하하하, 나의 블로드 고렘과 시간이나 보내고 있어라, 차원도

사여!'

　엄청 얄미운 그의 조소를 들으며 천우는 입술을 깨물고 있었지만 현재 자신의 앞에 있는 블로드 고렘이 공격하고 있는지라 더 이상 그에게 신경을 쓸 여유가 없었다.

　마법사는 여기저기 시체 사이를 돌아다니며 무엇인가를 채취하고 있는 듯했기에 천우는 시간을 낭비할 수가 없었다.

　'시령술을 사용하여 고렘을 막아야겠군.'

　시령술은 시체를 조종하는 방법으로 그가 만든 부적을 이마에 붙인 강시들로 하여금 적과 싸우게 하는 방법으로, 천우는 이것이 사악한 주술이라는 생각해서 사용하는 것을 꺼리고 있었다.

　하지만 저 마법사의 행동을 막지 못한다면 많은 영혼들이 소멸될 것이기에 시령술을 행할 수밖에 없었다.

　경공술로 고렘을 피해 강시들의 뒤쪽으로 몸을 날린 천우는 왼손에 들린 종을 흔들며 정신을 집중하고 시령술을 사용하기 시작했다.

　[우우악!!]

　[우억!]

　블로드 고렘은 강시들의 뒤쪽으로 몸을 날린 천우를 향해 5미터는 넘을 듯한 몸을 끌며 끔찍한 괴성을 지르며 걸어오고 있었다.

　"가랏!"

　드디어 천우의 시령술이 펼쳐지기 시작했다. 시체들과 보이지 않는 끈을 이은 천우는 목검을 사용하여 그들의 몸을 움직여 나갔다. 블로드 고렘은 껑충껑충 몸을 날리며 자신들을 공격하는 시체들을 공격해 나갔지만 강시들의 몸은 단단하기 그지없는지라 그들의 공격을 막고 튕겨져 날아가다가도 다시 일어나 공격하기 시작했다. 천우는 몇 명의 강시들을 돌려 멀리서 시체에서 무엇인가를 채취하고 있는 마법사를 공격하게 했다.

"뭐냐?!"

갑자기 언데드인 듯한 시체들이 자신을 향해 날아오자 마법사는 파이어 볼을 사용하여 공격을 했지만, 놀랍게도 그가 사용한 파이어 볼의 폭발에도 아랑곳하지 않고 시체들이 공격해 오자 당황한 마법사는 패스를 사용하여 다른 곳으로 몸을 피했다.

"언데드? 아니야… 보통의 언데드와는 다르지 않는가?"

보통의 언데드라면 그의 파이어 볼에 맞으면 시체에 있는 지방 때문에 불에 타야 정상인데, 지금 그들의 몸은 불의 기운을 막아주는 프로텍션프롬 파이어 마법을 사용한 듯 견고하기 그지없었다.

이는 모두 천우의 도술 때문으로 보통의 강시들이라면 불에 약하겠지만 시체를 훼손하지 않으려는 천우가 그들의 몸에 방어술을 사용하였기에 마법사의 파이어 볼을 견딜 수 있었던 것이다.

패스로 몸을 피한 마법사는 멀리서 시체들을 조종하며 블러드 고렘을 상대하고 있는 천우를 보며 흥미를 느끼고 있었다. 천우의 마법을 알아낼 수만 있다면 자신의 연구가 더 진전될 수 있다고 믿었기 때문이다.

천우의 강시들과 상대하고 있는 블로드 고렘은 조금씩 몸이 흩어지고 있었는데 그건 마법사의 마나가 거의 다 소모되고 있다는 증거였다.

'흐흐흐, 재밌는 소재를 찾아냈군.'

마법사는 더 이상 상대하는 것은 무가치하다고 판단, 음흉한 미소를 지으며 자신의 아지트로 텔레포트했고, 그가 사라지자 블러드 고렘은 조금씩 무너지던 것이 가속화되면서 차 한잔 마실 시간이 되자 완전히 부스러져 땅으로 흩어져 버렸다.

고렘이 모두 사라지자 천우는 시령술을 풀고는 이마에 흐르는 땀을 닦았다. 마법사와 같은 마나의 손실이 없는 반면에 정신력의 소모는 마법에 두 배 정도나 되는 것이 도술이었기 때문이다.

"녀석을 반드시 잡아야 한다."

천우는 사라진 마법사에 대해 전의를 불태우며 목검을 강하게 움켜잡았다.

로아냐드 제국은 이상한 방향으로 흘러가기 시작했다. 리샤 황비에 이어 다음 황비의 자리에 오를 것이라 예상되었던 엘레나 후비는 10년이란 긴 세월을 후비의 자리를 지키고 있다가 황궁의 서궁으로 반유폐되듯이 밀려갔고, 그 자리를 아무런 연고도 없는 여자가 차지했기 때문이다.

물론 황제의 비는 물론 후궁의 자리에 앉은 여인도 아니었기에 신하들의 반발은 거셌지만 황제는 단호하게 신하들의 상소를 거부하며 자신의 옆 자리에 그녀를 앉혔다.

물론 이 일에는 한 사람의 힘이 강하게 작용했는데, 그는 바로 제국의 재상의 직위에 앉아 있는 레이아드 공작이었다.

무슨 이유에서인지 레이아드 공작은 자신과 뜻을 같이하고 있는 제국의 귀족들과 힘을 합쳐 아무런 자리도 가지고 있지 않은 여인, 바로루드니아를 지지하기 시작했고 귀족 회의의 결정은 그녀에게 아무런 문제가 없다는 것으로 결론이 나고 말았다.

이 일로 루드니아는 제국에서 큰 영향력을 가지고 있는 두 사람 중한 명인 레이아드 공작의 지지를 받는 모양이 되어버렸기에, 그것을 지켜보고 있던 베르도 남작의 일파는 이를 갈 수밖에 없었다.

황성에서 얼마 떨어지지 않은 곳에 위치한 베르도 남작의 황도의 저택에선 삼십여 명의 귀족들이 이 일로 분통을 터뜨리고 있었다.

"남작!"

베르도 남작 파에서 강한 힘을 가지고 있는 귀족 중의 한 명인 알페서스 공작은 아무런 반대도 하지 않은 채 이 일을 지켜보고 있는 베르도 남작을 다그치고 있었지만 남작은 아무 말도 하지 않고 있었다.

"공작 각하, 노여움을 푸십시오. 너무 서두르다간 오히려 일을 그르칠 수도 있습니다."

언제부턴가 베르도 남작의 파에 속하게 된 제국의 수석 궁정 마법사 레그르토는 분통을 참지 못하고 남작에게 소리치고 있는 알페서스 공작을 진정시키기 위해 노력하고 있었다.

"어디서 연고도 모르는 계집이 나타나 황제 폐하의 눈을 어지럽히고 있는데 어찌 가만히 있을 수 있단 말입니까!"

'이걸 그냥!'

레그르토는 아무리 막 나가는 어머니라고는 하지만 계집이라는 막된 표현을 쓰는 알페서스 공작을 한 대 패버리고 싶었다. 하지만 대의를 위해 간신히 마음을 가라앉힌 후 공작을 진정시켜 나갔다.

"하지만 지금 당장은 아무런 방법도 없지 않습니까? 황세 폐하의 총애가 깊은 이때에 섣불리 그녀를 물고 늘어진다면 우리가 폐하의 눈에서 멀어질 우려가 있습니다. 만약 그렇게 된다면 레이아드 공작이 그 기회를 놓치지 않고 저희들을 몰아붙일 수도 있습니다."

레그르토의 설명을 들은 알페서스 공작은 그의 말이 충분히 가능성이 있는 말이었기에 반박도 하지 못하고 근처에 있는 의자에 앉아 분통을 참아내며 씩씩거리고 있었다.

알페서스 공작이 조금 안정된 모습을 보이자 베르도 남작은 좌중에 있는 귀족들을 향해 조용히 말했다.

"리샤 황비마마께서 돌아가신 지 10년. 그동안 황비의 자리에 오를 것이라 예상되었던 엘레나 후비마마가 폐하의 마음을 잡지 못한 것, 이는 엘레나 후비 쪽의 외척의 득세를 걱정하여 황비의 자리에 오르게 하는 것을 막은 우리 측의 실수였소."

"하지만 엘레나 후비마마의 외척인 파렌드 후작의 세력을 거의 일소시키는 데는 성공하지 않았습니까?"

베르도 남작의 말에 한 귀족이 변명 같은 말을 했지만 지금에 와서는 아무런 가치도 없는 변명이었다.

"파렌드 후작 쪽을 너무 견제한 나머지 레이아드 공작 쪽을 너무 우습게 본 것이지요."

"음……."

레이아드 공작 측에 많은 귀족이 있다고는 하지만 정치권에서는 베르도 남작보다는 한참 뒤에 있었다.

하지만 권력의 독점을 거부한 남작은 그를 정치권에서 몰아내지 않고 있었는데, 지금에 와서는 차라리 그를 몰아내어 황궁의 권력을 독점했어야 되었다는 생각이 드는 베르도 남작일 수밖에 없었다.

하지만 엎질러진 물을 다시 담을 수 없듯이 후회보다는 현재의 사태에 대한 대비책이 중요한 시점이었다.

"지금에 와서 돌이킬 수는 없는 일, 천천히 사태를 관망하며 때를 기다리는 수밖에 방법이 없다고 생각하오."

드미트리 황제의 결정이 단호한 만큼 지금 건드리는 것은 이르다는 것이 베르도 남작의 결정이었고, 다른 방법이 없는 이상 다른 귀족들도 역시 그의 의견을 따를 수밖에 없었다.

레그르토는 침체한 귀족들을 보며 말했다.

"지켜보다 보면 기회가 생길 것입니다. 레이아드 공작에게 루드니아란 여자가 있다면 우리에겐 황태자 전하가 있다는 것을 잊으시면 안 됩니다. 황태자 전하가 저희 측에 힘이 되시는 한 레이아드 공작이라도 자중하지 않을 수 없을 테니까요."

레그르토의 말에 귀족들의 표정은 조금 밝아지는 듯했지만 과연 열두 살의 어린 황태자가 얼마나 황제의 마음을 돌릴 수 있을지는 미지수였다.

한편 황제의 옆 자리, 황비를 상징하는 권위의 자리에 앉은 루드니아였지만 실상 이런 권력은 루드니아에게는 아무런 소용이 없었다.

어차피 놀고 먹자 식으로 일생을 살아온 루드니아였기에 뭣 하러 귀찮은 권력을 차지하려 하겠는가? 한참을 황제 옆에서 재롱 피우며 시간을 보내던 루드니아는 황제에게서 직접 황궁 기사단의 기사들 중 자신을 보호해 줄 호위 기사를 선택할 수 있는 기회를 받았다.

황궁 기사단의 연병장에 드미트리 황제와 함께 도착한 루드니아는 일렬 횡대로 서 있는 기사들의 모습을 보며 미소를 지었는데, 루드니아의 미소에 한 사람씩 한 사람씩 기사들이 힘을 잃고 쓰러지기 시작했다.

"황홀한 미소……."

"오~! 아름다워라!"

매일 들어 이제 아름답다는 말에 지쳐 버린 루드니아는 도도한 표정을 지으며 쓰러진 기사들에게 다가가 발을 내밀었고 기사들은 자존심도 버린 채 루드니아의 발등에 키스를 했다. 역시 예쁘면 다 용서된다는 말은 진리였다.

기사들의 모습을 보며 드미트리는 다그치기는커녕 오히려 웃음을 띠고 있었다.

"하하하! 루드니아, 당신의 아름다움에 나의 충성스러운 기사들마저 무너지는구려."

루드니아는 일렬로 서 있는 기사들을 훑어보고 있었는데, 그중 뻣뻣하게 서 있는 몇 명의 붉은색 갑옷의 기사를 발견할 수 있었다.

보통의 황궁 기사단이 백색의 갑옷을 입는 것을 알고 있는 루드니아는 이상하게 생각되었다.

"어머?"

그들의 모습에 흥미를 느꼈는지 루드니아는 기사들을 향해 걸어갔다.

"루드니아님, 그 녀석들에게서 떨어지십시오!"

루드니아가 녀석들에게 다가가는 것을 본 몇 명의 기사들이 허리에 차고 있는 검을 빼 들고는 루드니아의 곁을 둘러싸기 시작했다.

그녀를 둘러싼 기사들의 모습을 본 적색 갑옷의 기사들은 큭큭거리며 소리 죽여 웃는가 싶더니 잠시 후에는 더 이상 참지 못하겠다는 듯 큰 소리로 웃기 시작했다.

"하하하하! 겁 많은 귀족 나부랭이들. 걱정 마라. 저 아가씨에게는 손끝 하나 대지 않을 테니까."

황제의 앞에서도 아랑곳하지 않는 그들은 기사들의 대열에서 벗어나서는 근처의 바위 위에 앉았다. 그런데 이런 불경스러운 모습에도 드미트리는 별로 개의치 않는 표정을 짓고 있었다. 마치 이들은 이런 것이 당연하다는 듯한 얼굴 표정으로 미소를 짓더니 가장 앞에 앉아 있는 금발의 붉은 갑옷 기사를 보며 말했다.

"게르하인, 좀 더 버틸 수 없었나?"

"드미트리, 너무하다고. 이십 분 동안이나 세워놓고는 버틸 수 없었나니……."

"하하하, 하긴 네 녀석들이 이십 분이나 버티고 서 있던 게 희한하다고 생각되는 참이었다. 어떤가, 나의 루드니아가?"

"음… 아름답긴 하군. 괴상한 마나도 약간 풍기는 것 같고."

"괴상한 마나?"

"그래. 무엇인지는 확실하지 않지만 녀석의 몸에서 한 번도 느껴본 적이 없는 마나가 느껴진다."

게르하인이란 기사의 말에 드미트리는 고민이라도 되는 양 얼굴을 찌푸리며 생각에 잠겨 있었는데, 황제에게 평어를 쓰는 모습을 본 황궁 총기사단장이 노기를 터뜨리며 소리쳤다.

"게르하인! 폐하께 경어를 쓰라 말하지 않았는가!"

"단장, 드미트리 녀석에게 경어를 쓴다는 게 얼마나 힘든지 알아? 한번 높여줄 때 기고만장해지는 모습을 보면 죽이고 싶은 심정이라고."

"네 녀석!"

루드니아는 드미트리가 황제라는 직위의 꽤 높은 사람이란 것을 알고 있었지만 붉은 갑옷의 기사들은 황제를 친구 대하듯이 하는 것을 보며 이상하게 생각되지 않을 수 없었다.

"드미트리, 저들은 황궁 기사들이 아닌가요?"

루드니아의 질문을 받은 드미트리는 미소를 지으며 적색 갑옷의 기사들에 대해서 설명해 주기 시작했다.

"저들은 내가 황자였을 때 소비에르 국에서 만난 녀석들이오. 원래는 소비에르 국에서 나를 감시하라고 보낸 명문 귀족가의 자제들인데 몇 가지 일로 의기투합해서 현재는 황궁 기사단에 이름만 올려놓은 상태지. 나라가 다르니 경어를 쓸 필요도 없어서 평어를 사용해도 상관이 없다고 말해 두었지."

"음……."

루드니아는 드미트리의 설명을 들으며 그들이 조금 마음에 들기 시작했다. 언제나 자유롭게 살아왔던 루드니아는 황제의 권위에도 굴복하지 않고 친구처럼 지내는 그들의 모습에 동질감이 느껴졌기 때문이다.

"드미트리, 저들을 내 호위 기사로 해주면 안 될까요?"

"응?"

드미트리 황제는 루드니아의 부탁에 다소 놀란 표정을 지었지만 초롱초롱 빛나는 루드니아의 눈을 보며 차마 거절을 할 수가 없었다.

하지만 황궁 기사단이라고 해도 저들은 자신의 명령을 따르지 않아도 된다는 말을 한 기사들이었기에 확답을 해줄 수가 없었다.

"음… 게르하인, 어떤가?"

"저 여자의 호위 기사? 음… 예쁘기도 하니 능청스러운 황제를 호위하는 것보단 낫긴 하겠는데… 두렵지 않냐?"

"무슨 소리?"

"니 여자 가로채면 어떡하려고 이렇게 이쁜 것을 넘겨주는데?"

게르하인의 말을 들은 드미트리는 한숨을 내쉬는 동작을 하더니 기사단장을 보며 말했다.

"총기사단장."

"예, 폐하."

"저 녀석들의 목을 당장 베라!"

"하하하하하하!! 알았다구, 알았어! 짜식, 대신성제국의 황제란 자식이 쪼잔하기는. 어이, 아가씨."

"응."

"잘 부탁하우."

드미트의 목을 베라는 명령에 게르하인은 웃음으로 무마하더니 드디어 루드니아의 호위 기사가 되는 것을 수락했다.

이로써 루드니아는 황궁 기사단의 최고의 망나니 기사들을 자신의 호위 기사들로 받아들여 명실상부한 제국의 우환 덩어리로 발돋움할 준비를 마치고 있었다.

제국 황궁 기사단 소속 레드 나이트 단장 게르하인 데리아스를 중심으로 소비에르 제국의 귀족 자제 9명으로 이루어진 이 기사단은 황제 직속의 특별 기사대로서 임무를 맡고 있었다. 물론 황제 직속의 기사단에는 새도우 나이트가 있어 황제의 호위를 담당하고 있었기 때문에 이들의 임무는 단 하나 놀고 먹는 것이었다.

한때 황제 드미트리는 소비에르 제국에 겉으로는 유학이란 명목 아래 볼모로 잡혀 있었던 적이 있었다.

볼모라고는 하지만 활동이 자유로웠던 관계로 그 당시 최고의 실력으로 기사 학교의 수석을 차지하고 있던 드미트리는 강한 카리스마를 발휘하여 학교 내에 하나의 집단을 만들었다. 후에 소비에르 제국을 탈출할 때 이 집단은 그의 탈출에 상당한 도움을 주었는데, 총 30여 명에 달했던 친구들은 드미트리의 탈출을 돕다 많은 수가 죽임을 당했고, 현재에는 레드 나이트라는 이름으로 황궁에 머물고 있는 열 명만이 그중에서 살아남은 자들이었다.

약 세 달 간에 걸친 소비에르 탈출에서 자신들의 죽음으로써 드미트리를 보호하여 탈출을 감행했기에, 십여 년이 지난 지금에도 드미트리는 과거 소비에르에서 사귀었던 친구들을 잊지 않고 레드 나이트란 이름으로 데리고 있는 것이다.

단순히 이름뿐인 기사단이라고 할 수 있는 레드 나이트였지만, 드미트리는 이들의 실력을 의심하지 않았다. 소비에르 탈출의 세 달 간 드미트리를 중심으로 한 그들이 벤 병사들이 수는 1,000명을 넘을 정도였기에 지옥의 구렁텅이에서 빠져나온 그들의 본모습을 잘 알고 있었다.

"음······."

드미트리가 직접 마련해 준 파티에서 기사들의 얼굴을 보며 루드니아는 한참 생각에 빠져 있었는데, 게르하인이 멀뚱멀뚱 자신들을 보고 있는 루드니아를 보고는 미소를 지으며 걸어왔다.

"아가씨, 우리 얼굴에 뭐라도 묻었는가?"

"음… 그건 아니고, 기사단이라고 해서 다 검을 사용하는 줄 알았는데 그것도 아니네요?"

"호오… 어떻게 알아봤지? 녀석들의 허리에는 다 검이 차여 있잖아?"

"저기 빨간 머리의 기사는 허리에 차고 있는 건 롱 소드인데 그에 비해 몸집이 너무 크잖아요. 또 나보다 작은 것 같은 갈색 머리 기사는 롱 소드도 무거울 것 같은데요?"

"하하하하, 거 이쁘기만 한 건 아니군. 사실 우린 기사단이라고 하기에는 조금 이상한 것은 사실이지. 음, 엄밀히 말하면 모험가 집단의 파티 정도쯤 될까? 레드 나이트는 총 열 명으로 이루어져 있고 또 나눠보면 기사 3명, 마법사 2명, 정령사 1명, 연금술사 1명, 학자 2명, 도둑 1명이 있지. 한번 잘 찾아보라고."

기사단이라고 보기에는 조금 이상한 직종으로 이루어져 있는 레드 나이트를 보며 루드니아는 또 하나의 즐거움이 생겼다고 생각했다. 드미트리가 하는 말로는 모두 뛰어난 실력을 가진 자들이라고 했기 때문에 이들에게서 싸우는 방법을 익히는 것도 나쁘지 않다고 생각했기 때문이다.

8장 루드니아의 검술 수련

차원도사를 찾기 위해 루드웨어는 칠인회에 도움을 요청했지만 로노와르 수색 작업에도 별 진전이 없었고, 또 칠인회 내부의 사정으로 인해 도움을 받을 수 없는 상황에 이르고 말았다.

"뭐?"

루드웨어는 현재의 상황을 설명하는 라디안의 말을 듣고 경악을 감추지 못하고 있었다. 칠인회에서 없어진 자료는 대륙에 커다란 재앙을 안겨주기에 충분한 자료였기 때문이다.

"현재 3회주 칼루안디스를 위주로 한 마법사들이 조사 작업을 서두르고 있지만 아직까지 자료를 가져간 자의 정체는 밝혀지지 않은 상황입니다."

"음……."

심각한 문제. 루드웨어로서는 더 이상 칠인회에게 도움을 요청할 수

없는 상황이다. 한참을 생각에 잠긴 루드웨어는 어쩔 수 없는 결정을
내려야 했다.

"로노와르를 수색하고 있는 자는 누구지?"

"6회주 라이안느입니다."

"칠인회의 모든 활동을 중지하고 칼루안디스의 조사 작업에 집중시
키도록 하게."

"로노와르님의 수색은?"

"별수없지 않은가. 로노와르의 생사보다는 대륙의 상황에 더 신경을
써야 하는 것을……."

"알겠습니다."

라디안과의 통신이 끝나자 루드웨어는 한숨을 내쉬고 있었다. 대외
적으로 광범위한 정보망을 가진 칠인회에서도 찾지 못한 로노와르를
혼자 찾아야 한다는 중압감 때문이었다.

"일단은 로안 왕국으로 가야겠군요."

"차원도사가 가장 최근에 머물렀던 곳이니까."

루드웨어의 말에 콜리드는 고개를 끄덕이며 수긍했다. 하지만 준호
의 우주선을 타고 도착한 로안 왕국에는 애석하게도 차원도사의 행방
을 찾을 수 있는 방법이 없었다.

로안 왕국의 지도자이자 차원도사 천우의 처이기도 한 시레이아 여
왕조차도 현재 그의 종적을 찾지 못하고 있었기 때문이다.

"저희 측에서도 현재 백방으로 수색 중이지만 그로인 왕국에서부터
천우님의 행적이 묘연해진 상태입니다."

"음……."

루드웨어는 천우의 행적을 들은 적이 있는지라 그가 그로인 왕국의

내전에서 죽은 병사들의 시신을 안장해 주기 위해 그곳으로 향했다는 것을 짐작해 볼 수는 있었지만 왜 그가 모습을 감췄는지는 몰랐다.

내전이 한창인 그곳에서 무슨 일이 있었던 것일까?

"저희 측에서 조사한 바에 의하면 천우님의 소재에 대해서는 알 수 없지만 전장에서 많은 수의 시체가 사라졌다는 보고가 들어와 있습니다."

"시체가 사라졌다고요?"

"예. 동행한 신관의 말에 의하면 암흑의 기운이 전장 전체에 강하게 흐르고 있다고 하더군요. 아무래도 마계 측과 관련이 있지 않을까 짐작해 보고 있습니다."

"마계라……."

루드웨어는 신성국가에 속하는 로안 왕국 측의 추리를 부정했다. 마신 크레이져의 부활 사건 이후로 마계에서는 지상계에 함부로 모습을 드러내지 않고 있었기 때문이다.

시체를 이용하는 자들이라면 몇 가지 부류가 있었다. 첫 번째, 자칭 의사라는 계층의 학자들로 그들은 인간의 몸을 연구하여 만연하는 질병을 연구하고자 하는 집단들이다. 아직까지는 외상 외에 내상을 고칠 수 있는 기술이 없기 때문에 그들은 전쟁터를 돌아다니며 많은 수의 시체를 해부 실험용으로 사용하고 있었다. 하지만 전쟁터 자체가 위험천만한 곳이기 때문에 의사들은 그다지 눈에 띄지 않는다.

두 번째, 전장의 하이에나들이다. 전쟁터를 뒤지며 무기와 갑주들을 팔아넘기는 자들이다. 하지만 이들은 시체 자체를 가지고 가는 일은 없기 때문에 이들도 제외.

세 번째는 마법사들이다. 인간 신체에 흐르는 마나 등을 조사하기 위하여 그들도 시체들을 해부하며 연구를 하고 있지만 현재 칠인회를 포함하여 대륙 마법 길드에서는 시체 해부를 이단으로 치부하기 때문에 공공연하게 시체를 가져가 실험에 사용하지 못하고 있기 때문에 이들도 제외된다.

네 번째, 로안 왕국의 추리와 같은 마족들을 들 수 있다. 이들은 시체 자체에 흐르는 절망과 같은 어둠의 기운을 흡수하여 힘으로 이용하는 종족이었기에 시체를 소멸시키는 것은 이해할 수 있지만 마신 크레이져의 출현 이후 지상계에 함부로 나서는 것을 금지하고 있기 때문에 이들도 제외한다면 마지막 남은 것은 시체의 조종자 네크로멘서 집단들뿐이었다. 대륙 마법 길드에서는 이 집단도 이단으로 분류하고 있었다. 시체를 조종하는 등의 사악한 마법은 마나의 원칙을 거부하는 데서 시작되는 학문이기 때문이다.

또 인간의 존엄성을 존중한다는 이유에서 이들을 이단아로 취급하고 있었지만 실제 대륙에서 활약하고 있는 네크로멘서의 수는 만 명을 넘어서 있고, 마법의 연구를 통해 네크로멘서의 기술을 익히는 고위 마법사들도 적지 않다.

과거 북극령의 마법사 역시 네크로멘서의 기술을 연구하여 궁극의 언데드인 컴플레이티니스 언데드를 만들어내지 않았는가?

그 순간 루드웨어는 한 가지 사실이 이 사건에 결부되어 있다는 것을 알 수 있었다.

"사라진 칠인회의 비밀 문서!"

컴플레이티스 언데드에 대한 모든 해법과 파생되는 기현상을 적어 놓은 헤른드 라비에타의 연구 문서. 그것은 확실히 네크로멘서라면 세상의 모든 것과 바꾸자고 해도 고개를 끄덕일 그런 연구 문서였다.

그 문서가 실제 네크로멘서의 손에 들어갔다면 많은 수의 시체가 필요할 터, 어쩌면 차원도사가 사라진 것도 이들과 관련이 있을 수도 있었다.

"그로인 왕국으로 갑시다."

"응? 갑자기 진지한 모습을 보이다니? 무슨 일이라도 생겼는가?"

실레이드는 루드웨어가 딱딱한 얼굴로 말하자 고개를 갸우뚱거리며 물었지만, 바보 실레이드를 상대할 마음이 루드웨어에게는 현재 없었다.

차원도사의 기를 사용하는 기술까지 그들에게 넘어간다면 무슨 일이 일어날지 모르는 상황이었다.

마신 크레이져를 상대할 때야 녀석 혼자서 세상을 없애려 했기에 그가 있는 곳으로 가면 끝이었지만 네크로멘서들이 일을 저지른다면 자신은 뒤에 숨고 강력한 언데드로 파괴 행위를 할 것이 뻔한 이치. 내버려 두기에는 너무나 위험한 종자들이었다.

한편 이 시간 루드니아는 자신의 호위 기사들인 레드 나이트들에게서 몇 가지 훈련을 받고 있었다.

"루드니아, 괜찮겠소?"

"문제없어요."

곁에서 루드니아가 다칠까 봐 안절부절못하는 드미트리는 훈련용 검 앞에 서 있는 그녀에게서 눈을 떼지 못하고 있었다.

"거참. 어이, 드미트리. 적당히 할 테니까 걱정 말라고."

"…게르하인, 루드니아가 다치면 넌 사형이다."

"……."

황제의 권위를 엉뚱하게 사용하는 드미트리를 보며 게르하인은 잠시 할 말을 잃고 말았는데, 그의 상대자인 루드니아는 자신보다 무거울 것 같은 투 핸디드 소드를 들기 위해 안간힘을 쓰고 있었다.

"루드니아 양, 자네에겐 에스톡 정도의 무기가 적당하다니까. 자네가 들려고 하는 그 검은 숙련된 기사들조차 한 시간을 제대로 들고 있지 못하는 무게를 가진 투 핸디드 소드라고."

"그래도 이왕 할 거면 큰 거로 해야죠."

"생긴 것과는 다르게 질보다 양이란 건가?"

"히얏!"

소리와 함께 온몸이 시뻘게진 루드니아는 소리 지른 만큼의 보답을 받은 듯 고함과 함께 전장 2미터의 거대한 투 핸디드 소드를 들어 올릴 수 있었지만, 애석하게도 그리 오래가지는 못했다. 들어 올릴 때는 무의식적으로 마나로 근력을 강화시켜 들어 올리긴 했지만 기억 상실중으로 과거 드래곤이었을 때의 모든 기술을 잊어먹은 루드니아는 그 방법을 금방 잊어먹고 말았다.

채쟁!

둔탁한 소리와 함께 루드니아가 들고 있던 투 핸디드 소드는 땅으로 떨어졌고, 루드니아는 들고 있던 검에 깔려 헤롱헤롱거리고 있었다.

"루드니아!"

사색이 된 드미트리는 검에 깔린 루드니아를 보며 다급하게 뛰어나갔고, 게르하인은 가볍게 성호경을 그으며 중얼거리고 있었다.

"난 사형이다……."

다행히 루드니아는 아무런 상처 없이 자리에서 일어날 수 있었지만, 드미트리는 그 무리한 대련을 막으려고 루드니아를 연신 설득하고 있었다.

"왜 갑자기 검술을 배우려는 거요. 어차피 저 녀석들이 목숨 걸고 지켜줄 텐데 말이오."

"…저도 알긴 하지만 이상하게 반드시 검을 배워야겠다는 생각이 들었어요. 미래의 어느 순간에 숙명의 상대와 싸워야 될 것 같은 그런 느낌이……."

드미트리는 삼류 로망스에서나 나올 법한 대사를 중얼거리고 있는 루드니아를 말리고 싶었지만 강한 결의가 엿보이는 그녀의 결심을 꺾기에는 마음이 너무 약했다.

"그럼 에스톡을 사용하시오. 투 핸디드 소드 같은 것은 무식하고 덩치만 큰 기사들이 사용하는 거요."

"헹… 큰 게 좋은데……."

루드니아가 투 핸디드 소드를 사용하는 것을 포기하려 하지 않자 드미트리는 어쩔 수 없이 다른 방법을 사용할 수밖에 없었다.

드미트리가 생각해 낸 방법은 수석 궁정 마법사 레그르토에게 부탁해 투 핸디드 소드에 경량화 마법을 거는 것이었다.

잠이 많은 크레도스는 아침나절에 깨운 시종을 욕하면서 졸린 눈을 비비며 연병장으로 걸어오다 황제의 모습을 확인하고는 정중히 아침 인사를 했다.

"폐하께 인사드립니다."

"오! 레그르토 군, 어서 오시오."

"그런데 무슨 일이십니까?"

"별거 아니네. 저 검에 경량화 마법을 걸어줄 수 있겠나?"

레그르토는 침침한 눈을 비비며 바라본 곳에 아름다운 아가씨 한 명이 투 핸디드 소드를 들려고 땀을 흘리는 것을 볼 수 있었다.

여인의 정체는 다름 아닌 자신의 어머니. 자신의 몸에 투 핸디드 소드가 어울리지 않는 것을 아는지 모르는지 투 핸디드 소드를 고집하는 어머니를 보며 레그르토는 한숨이 나오는 것을 막을 수가 없었다.

과거 집에서 본 다원소 드래곤 로노와르, 즉 루드니아는 상당한 검술 실력을 소유하고 있었다. 마령의 지배자인 어둠의 황태자 루덴스에게 배운 그리처라는 수법은 다원소 특유의 마나와 결합하면서 오리하르콘마저 소멸시킬 수 있는 기술이 되었고, 그 외에도 루드웨어에게서 동방의 비도술과 검술을 배웠기 때문에 검술 실력으로 따지면 대륙에서 다섯 손가락 안에 드는 실력을 지니고 있었다.

루드니아가 집에서 주로 사용하는 검은 전장 3미터 30센티미터, 폭 50센티미터, 두께 20센티미터의 초 그레이트 소드로 미쓰릴로 만든 데다가 검의 날이 서 있는 부분은 오리하르콘으로 도금을 한 초필살 병기였기 때문에 부부 싸움을 할 때 아버지를 상대로 꽤 효과를 거두는 검이었다.

루드니아는 루드웨어에게도 통하는 그 검을 상당히 소중히 여기고 있었는데, 레그르토는 아무래도 루드니아가 과거의 기억이 약간 남아 있어 거대한 검을 고집하고 있다는 것을 알 수 있었다.

'정말 기억 상실증인가?

아직 확실하게 단정을 내리지 못한 상태라 레그르토는 루드니아에게 다가가 투 핸디드 소드를 받았다. 스트랭스 마법을 사용하여 무거운 투 핸디드 소드를 가볍게 들어 올린 레그르토는 잠시 검을 휘둘러 보고는 안색을 찌푸렸다.

인첸터 마법을 사용하기에는 강철의 질이 너무 안 좋았고, 이 검을 사용하여 어머니의 기술인 그리처를 사용한다면 마나를 조종하지 못하는 그녀가 크게 다칠 염려가 있었다. 그래도 어머니인데 다치게 할 수는 없어 레그르토는 가볍게 검에 마나를 집중시켰다.

"오옷."

마법사인 레그르토가 가볍게 검을 휘두르는 것을 본 게르하인은 상당히 이채롭게 생각하고 있었다. 보통의 마법사들은 검을 사용하는 것이 미숙하기 마련인데 레그르토는 검이 흘러가는 흐름이 부드럽기 그지없기에 상당한 검술을 익히고 있다는 것을 보여주고 있기 때문이다.

한편 레그르토가 마나를 집중시킨 검은 푸른색의 빛을 뿜고 있었는데 그는 검을 들어 정면에 있는 바위를 향해 겨누었다.

"그리처!"

순간 레그르토의 검에선 푸른색의 강렬한 빛의 기둥이 뻗어 나가며 앞에 있는 바위를 강타했고, 바위는 큰 폭음과 함께 산산조각으로 분해되었다. 또 부서진 바위와 함께 레그르토의 검은 한순간에 자잘한 금이 가더니 큰 소리와 함께 조각이 되어 사방으로 뻗어 나갔다. 다행히 그것을 예측하고 있던 레그르토가 실드로 파편이 날아가는 것을 막고 있었기에 상처를 입은 자는 아무도 없었다.

손잡이만 남은 검을 들고 있던 레그르토는 잠이 오는 듯 하품을 잠시 하고는 드미트리의 앞에 걸어가며 정중하게 말했다.

"아무래도 쇠의 질이 안 좋은 것 같습니다. 마나를 다루는 검사에게 이런 검을 맡겼다간 도리어 부서지는 검에 다칠 우려가 있습니다."

레그르토의 놀라운 검술 실력에 잠시 할 말을 잃은 드미트리는 멍한 표정으로 서 있다가 조금 정신이 든 듯 흠칫 놀라고는 대답했다.

"자네의 말이니 믿어야겠지. 그래, 무슨 금속으로 만드는 것이 좋겠는가?"

"뭐, 제가 알고 있는 검을 가지고 오지요. 잠시만 기다리십시오."

레그르토는 무슨 생각이 들었는지 찌뿌둥한 몸을 힘껏 펴고는 조용히 텔레포트 주문을 외우고는 어디론가 사라졌다.

옆에서 레그르토가 하는 모습을 지켜보고 있던 루드니아는 함박웃음을 띠며 드미트리에게 달려와 말했다.

"드미트리!"

"응? 무슨 일이오?"

"저 결정했어요."

"결정이라니?"

"레그르토에게 검술을 배울 거예요. 방금 레그르토가 사용한 기술, 너무 멋있지 않아요?"

"음……."

자신의 기술이었다는 걸 기억 못하는 루드니아는 레그르토가 사용한 기술에 반해 버렸는지 드미트리를 계속 조르고 있었다. 드미트리역시 레그르토의 검술 실력을 보았던지라 루드니아를 가르치는 데는전혀 무리가 없다고 판단해서 고개를 끄덕여 주었다.

"고마워요, 드미트리!"

드미트리의 승낙에 만족한 루드니아는 그의 품에 안겨 진한 키스를해주었다. 레그르토가 없어 다행이었지, 만약 그 장면을 보았다면 어머니의 외도에 어떤 반응을 보였겠는가.

아무튼 그 아버지의 그 아들대로 루드웨어의 아들 레그르토 역시 검과 마법에 상당한 실력을 소유하고 있다는 것이 밝혀진 현장이었다.

"아! 감개무량!"

텔레포트를 사용한 레그르토가 도착한 곳은 과거 자신의 집이었던 사라토 산맥의 레어였다. 레어에 도착한 레그르토는 고향의 향기에 취해 해롱해롱거리고 있었다.

"여기는… 음……."

어렸을 때 하늘을 보며 앉아 있던 바위를 확인한 레그르토는 바위 위에 앉아 어렸을 때의 기분에 도취하고 있는데, 그의 뒤로 두 마리의 스톤 고렘이 천천히 걸어오고 있었다.

"여기는 로노와르님과 루드웨어님의 사랑스러운 레어입니다. 침입자는 돌아가 주십시오."

"어라?"

레그르토는 과거에 본 적이 있던 스톤 고렘인지라 반가운 마음에 그의 어깨를 두들겨 주며 말했다.

"어이, 알파 식스, 나야 나! 레그르토!"

"레그르토 검색 중……."

잠시 데이터 검색으로 눈이 돌아가던 스톤 고렘은 그제야 자신의 앞에 있는 사람이 누구인지 확인하고는 말했다.

"두 분 주인님의 자제 분이신 레그르토님이셨군요. 건강하셔서 다행입니다. 안으로 드십시오."

"그래, 너도 건강해서 다행이다."

고렘에게 미소를 지으며 인사를 한 레그르토는 레어 안으로 들어갔다. 황금으로 도금을 한 화려한 레어 안에는 값비싼 양탄자 위에 비싼 장식품들이 널려 있었다.

"예전 그대로구나."

사치스러운 두 사람의 성격을 잘 알고 있는 그는 레어 안의 풍경이 마음에 든 듯 사방을 훑어보고 있었다.

스톤 고렘은 얼마 안 있어 차를 들고 걸어와서는 레그르토에게 대접했다.

"고마워, 알파 식스."

"레그르토님은 분가하셨다고 입력돼 있는데 무슨 일로 이곳에 오셨습니까?"

"별거 아니고 어머니가 내가 있는 곳으로 놀러 오셨잖아. 놀다 보니 검이 없어서 나한테 들고 오라고 하시더라고."

"로노와르님의 애검이라면 멀티엘레멘트 소드를 말씀하시는 겁니까?"

"응."

"잠시만 기다리십시오."

알파 식스는 다른 몇 명의 고렘을 인솔하고는 어디론가로 모습을 감추었다. 알파 식스는 이곳 레어를 지키는 고렘의 총책임자로 집사 일을 맡고 있었기 때문에 어렸을 때 레그르토와 지낸 시간이 가장 많은 고렘이었다.

그 탓에 레그르토는 알파 식스를 아직까지도 잊지 않고 있었던 것이다.

얼마 후 알파 식스는 몇 명의 고렘과 함께 거대한 그레이트 소드를 운반해 와 레그르토의 앞에 내려놓았다.

"멀티엘레멘트 소드입니다."

"고마워, 알파 식스."

레그르토는 알파 식스가 가져온 어머니의 검을 가볍게 들어 올렸다.

검은 500킬로그램의 엄청난 무게를 가지고 있었지만 레그르토에게는 묵직한 정도일 뿐이었다.

"휴~ 이런 검을 쓰는 어머니의 취향이 의심스럽군."

갑옷과 함께 날려 버리는 강타 위주의 검을 호리호리한 몸매의 어머니가 사용할 것을 생각하던 레그트로는 잠시 한숨을 내쉬곤 알파 식스에게 말했다.

"검을 받았으니 난 이만 간다. 아참! 아버지한테는 내가 왔다는 거 말하면 안 된다."

"예, 레그르토님."

"그럼."

목적한 물건을 받은 레그르토는 알파 식스에게 아쉬운 듯 손을 흔들어주면서 텔레포트를 사용하여 제국의 연병장으로 다시 갔다.

"게르하인!"

레그르토가 도착했을 때는 불면 날아갈세라 드미트리가 애지중지하는 루드니아는 한참 게르하인에게서 검술을 지도받고 있었다.

덩치에 맞는 에스톡을 들고 게르하인이 휘두르는 롱 소드를 막으며 땀을 뻘뻘 흘리고 있던 루드니아는 일하는 자는 아름답다는 말 아래 땀을 흘리며 검술을 배워갔다.

주변에 앉아 있던 다른 레드 나이트들은 그녀가 게르하인의 검을 막을 때마다 칭찬의 박수를 빼먹지 않고 있었다.

하지만 그런 모습이 레그르토에게는 철창 안의 곰의 재주 구경에 박수 치는 관객의 모습으로밖에 비추어지지 않는지라 그는 작게 한숨을 내쉬며 그들에게 걸어갔다.

"아! 레그르토, 돌아왔는가?"

역시 제일 처음 자신을 반기는 것은 제국의 황제 드미트리였다. 신하를 거느림에 중요한 것이 무엇인지 아는 드미트리는 자신을 위해 일하다 돌아온 레그르토를 반갑게 맞아들이고 있는 것이다.

"예, 폐하."

드미트리는 레그르토가 준비한 검을 보기 위해 사방을 휘저어 보고 있었는데, 도저히 루드니아가 사용할 검의 모습은 눈에 띄지 않고 있었다. 보이는 것이라곤 쓸모없을 것 같은 백은 빛의 쇠몽둥이 하나. 하지만 얼마 안 지나 그 쇠몽둥이가 어색하게나마 검과 모양이 비슷하다는 것을 알 수 있었다.

"레그르토, 설마……?"

"예, 이것이 루드니아님께서 쓰실 검입니다."

어느 누가 저딴 것을 검이라 하며 사용한단 말인가? 전장 330센티미터의 거대한 쇠몽둥이와 같은 검을 보며 드미트리는 할 말을 잃고 말았다.

레그르토가 가져온 검은 레드 나이트들에게도 상당한 궁금증을 불러일으키기에 충분했다. 그들은 이렇게 거대한 검은 본 적이 없었기 때문이다.

레드 나이트 중에서도 투 핸디드 소드를 사용하는 2미터가 넘는 키의 거한 폴리드는 레그르토에게 다가가며 말했다.

"잠시 그 검을 볼 수 있겠습니까?"

"그러게."

폴리드의 말에 아무 생각 없이 레그르토는 검을 던져 주었는데, 그 순간 폴리드는 손목이 부러지는 듯한 느낌과 함께 검을 놓쳐 버리고 말았다.

어느 정도 무거울 것이라고는 생각했지만 레그르토가 들고 있던 검은 폴리드의 예상을 넘어설 정도의 무게였기 때문이다.

"굉장하군요."

그 자신도 2미터가 넘는 투 핸디드 소드를 사용하는 기사이건만 지금 들고 있는 검은 휘두르기조차 벅찬 무게를 지녔다. 하지만 검 자체는 상당히 강한 재질로 만들어져 있는 것 같았다. 폴리드는 검을 잠시 두드려 보고 날의 강도 정도를 확인하고는 놀라 입을 다물지 못하고 있었다.

"굉장하군요! 검 전체는 미쓰릴로 만들어져 있는 데다가 검날은 미쓰릴을 압도하는 금속으로 도금되어 있다니. 레그르토님, 검날에 도금되어 있는 금속은 무엇입니까?"

"전설의 금속 오리하르콘이라고 하네."

"예?"

이름은 대대로 전승되어 내려오지만 지상계에서 거의 모습을 드러낸 적이 없는 전설의 금속 오리하르콘을 실제로 보게 된 폴리드는 놀라지 않을 수 없었다.

"레그르토, 그게 내 검이에요?"

언제 왔는지 모르게 폴리드의 뒤에서 검지손가락을 빨며 강한 호기심을 철철 풍기고 있던 루드니아는 기대에 찬 얼굴로 레그르토에게 물었고, 그녀의 모습을 보며 나잇값도 못하는 팔푼이라고 속으로 욕하며 레그르토는 고개만 끄덕였다.

"예. 멀티엘레멘트 소드, 바로 루드니아님께서 사용하실 검입니다."

레그르토의 말에 정말 맘에 드는 검이 자신의 소유로 들어왔다는 것을 알게 된 루드니아는 얼굴 한가득 감동의 미소를 지어 보였지만, 애석하게도 현재 그녀에게 이 검은 그림의 떡에 불과한 장식품이었다.

루드니아의 실력으로는 이 검을 들 수조차 없었기 때문이다.

폴리드가 양손으로 태반의 무게를 받쳐 주는데도 불구하고 제대로 휘두를 수조차 없는 검을 보며 루드니아는 두 눈에 눈물이 글썽글썽 맺히기 시작했기에 드미트리는 레그르토를 보며 사정조로 부탁했다.

"레그르토 군, 이 검에 인첸터웨폰으로 경량화를 걸어주지 않겠나?"

하지만 황제의 부탁에도 레그르토는 고개를 저을 뿐이었다.

"죄송합니다. 이 검은 어머니의 유품인지라 함부로 마법을 첨가시킬 수 없을 뿐더러 저의 마력으로 이 검에 경량화 마법 하나만 건다고 해도 거의 삼 년 동안 하루 10시간씩 철야 근무를 해야 가능할 정도로 반마력 성질을 가진 검이라 불가능하다고 말할 수밖에 없습니다."

단숨에 어머니를 죽여 검을 유품으로 만들어 버린 레그르토는 검에 경량화 마법을 걸 수 없는 이유를 조목조목 황제에게 설명하고 있었다.

반마력 성질은 특정 원소 계열의 마법에 강한 내성을 가지는 것을 말한다. 예를 들어 어느 무기가 화염계의 반마력 성질을 지녔다고 한다면 불의 기운이 강성한 사라멘더와 같은 정령에게 쥐약으로 통하는 무기라는 것을 말한다.

루드니아의 검 멀티엘레멘트 소드의 경우는 지구상에 존재하는 모든 원소의 반마력 성질을 지닌 검이기 때문에 단순한 1서클의 마법을 인첸터시키는 것조차 힘든 검으로, 다원소 드래곤인 로노와르, 즉 루드니아만이 유일하게 사용할 수 있는 검이었다.

검을 휘두를 수조차 없다는 생각에 루드니아의 눈에서 눈물이 펑펑 쏟아지려 하는 것을 예감한 드미트리는 뒤통수에 흐르는 식은땀을 휘날리며 레그르토에게 말했다.

"레그르토 군, 보아하니 자네 검술도 상당한 것 같던데?"

"예, 부모님께 간단한 검술을 배웠습니다."

"그래서 말인데… 자네가 루드니아의 검술을 지도해 줄 수 없겠나?"

"예?"

드미트리의 갑작스러운 부탁에 레그르토는 당황스러워졌다. 검이야 언제 꿈에서 깨 횡포를 부릴지 모르는 어머니를 생각해 입막음용으로 자신이 직접 가져온 것이라지만, 검술을 가르친다는 것은 상황이 달랐다. 지금이야 상태가 어떻게 변해 이렇게 됐는지 모르는 어머니이지만 실제로는 대륙에서 내로라하는 실력을 지닌 드래곤이 아니었던가.

하지만 막상 거절하려니 황제에게 밉보일 것 같았고, 결정적으로 한쪽에서 자신의 어머니 루드니아가 두 손을 꼭 잡은 채 간절히 원하는 듯한 눈빛을 노골적으로 찔러오고 있었기 때문에 후환이 두려운 레그르토는 거절할 수가 없었다.

'이왕 이렇게 된 거 혹독한 훈련을 시켜주지. 흐흐흐흐.'

레그르토는 거절하지 못할 바에 꿈에도 두려운 훈련을 시켜주겠다며 음흉한 생각을 하고 있었고, 그런 그의 생각은 표정이 되어 여과없이 드러났다. 드미트리는 그의 표정을 보며 잠시 방금 전에 부탁했던 것을 철회하고 싶었지만, 레그르토의 대답은 그럴 틈도 주지 않고 이어졌다.

"좋습니다. 다만 어떤 훈련이 되더라도 폐하께서는 참견하셔서는 안 됩니다."

"그, 그런……."

표정을 보아하니 장난이 아닐 것 같았기에 선뜻 대답하지 못한 드미트리를 뒤로 루드니아는 눈치도 없이 소리치고 있었다.

"걱정 마요, 레그르토! 열심히 해볼게요! 드미트리도 방해하지 말아요."

"헉! 루드니아!"

드미트리는 막아보고 싶었지만 루드니아의 성격을 어느 정도 파악했는지라 되돌리는 것은 불가능했다. 거기다가 황제가 어찌 한번 뱉은 말을 곧바로 돌릴 수 있단 말인가. 작은 한숨을 쉬며 드미트리는 고개를 끄덕일 수밖에 없었다.

"그렇다면 계약 성립입니다. 루드니아님, 각오하십시오."

"네!"

당당하게 말하는 루드니아. 하지만 얼마 지나지 않아 후회했다.

그 후의 일련의 일은 제국 황궁 사건 담당 기자의 취재로 알아보도록 하겠다.

본 사건은 제국 수석 궁정 마법사인 레그르토와 원한에 얽힌 사건으로 한 여인에 대한 그의 집요한 복수는 검술 훈련으로 이어졌습니다.

여기서 훈련을 지켜보고 있던 레드 나이트의 대장 게르하인님의 말을 들어보도록 하겠습니다.

"그것은 정말 끔찍했습니다. 평소의 레드 나이트도 타의 추종을 불허할 만큼의 고된 훈련을 행하고는 있었지만, 레그르토의 훈련은 레드 나이트마저 주눅이 들게 할 정도였지요. 하루의 일과를 잠시 말씀드리면 전장 10킬로미터가 넘는 황성을 20바퀴 전력 질주라는 가벼운(?) 아침 운동을 시작으로, 기초 체력 훈련으로 20킬로그램 아령

1,000번 들기, 50킬로그램 연습용 검 1,000번 휘두르기, 토끼뜀, 허리 꺾기, 중심 훈련 등과 기초 검술 훈련으로 제국 제식 검술 300번 반복, 거꾸로 매달려 정신 집중 3시간 등, 차마 말할 수 없는 끔찍한 훈련을 시키고 있었습니다. 훈련이야 고된 것은 당연하다고 할 수 있었지만 지쳐 푹푹 쓰러지는 루드니아를 보며 황홀의 미소를 짓는 레그르토를 보는 것은 마치 지옥에서 갓 올라온 따끈따끈한 악마의 미소와도 같았지요."

게르하인님의 인터뷰에서 나온 일련의 사실을 직접 확인하고자 잡히면 지하 감옥이 뻔한 것을 감수하며 그 지옥의 현장을 비밀리에 취재했습니다.

그 현장을 잠시 보도록 하겠습니다.

튼튼한 기사들조차 두 시간을 입으면 온몸이 결려온다는 강철제 풀 플레이트아머를 입은 루드니아는 레그르토의 휘슬 소리에 맞추어 검을 휘두르고 있었다.

삑! 삑! 삐이익! 삑!

"얍(아직 힘이 있을 때의 기합)!! 아아압(조금 힘이 빠졌을 때의 기합)! 허어억(힘이 빠져 검의 무게에 끌려갈 때의 기합)! 꺽(검과 함께 쓰러질 때의 기합)!!"

"어허… 기합이 작습니다. 잘할 수 있습니까?"

"잘… 할 수 있습니다."

"기합이 작습니다. 근성이 부족하군요! 제3경비 초소 달려오기 30초. 1초 늦을 때마다 열 번 추가입니다!"

"와악!"

연병장에서 제3경비 초소까지의 거리는 200미터. 루드니아는 레그르토의 말에 꽁지가 빠질 듯이 경비 초소를 향해 뛰어가기 시작했고, 가다가 돌부리에 자빠지는 루드니아를 보며 레그르토는 음흉한 미소를 지었다.

"흐흐흐."

자신도 모르게 흐르는 웃음소리에 놀라 주위를 돌아보는 레그르토. 그는 본지의 취재 기자에게 그 현장을 들키고 말았다는 것을 알 수 있었다.

"누구십니까!"

레그르토는 급히 기자에게 뛰어가 찍고 있던 마법 현상기를 강제로 빼앗았다.

"앗! 현상기를 돌려주십시오!"

"여긴 황제 폐하의 전용 연습장입니다. 국가적 비밀 장소에서는 현상기 사용이 불가라는 것을 모르십니까!"

"언론 탄압입니다! 백성에겐 알 권리가 있습니다!!"

"그런 것은 이곳을 비밀 장소로 지정하신 황제 폐하께 가서 따지십시오!"

레그르토는 마법 현상기의 필름을 빼 마법으로 불에 태우고는 현상기를 돌려주었고, 취재 기자의 눈에선 피눈물이 흐르고 있었다.

가혹한 언론 탄압으로 지하 감옥에 갇혀 고생하신 스베른 기자는 하늘을 보며 중얼거렸다.

"끔찍한 비밀 훈련의 현장에서 로아냐드 신문 스베른이었습니다."

투철한 기자 정신 때문에 지하 감옥에 갇힌 스베른 기자는 한 달 간 감옥 생쥐를 훈련시켜 원고를 본사로 물려 보내어 이 참혹한 현장을 본지에서 기재할 수 있었습니다. 이 기사는 이제 영영 사회로 돌아올 수 없는 신세가 되어버린 스베른 기자를 위해 바칩니다.

9장 저주에 걸린 루드니아

고된 하루의 일과를 마친 남편을 기다리는 신혼의 아내처럼 드미트리는 하루하루 해가 질 때마다 가슴 졸이며 루드니아를 기다리고 있었다.

레그르토에게서 말도 안 되는 훈련을 마친 루드니아는 왕궁의 자신의 방으로 돌아와서는 풀플레이트아머를 벗으며 지쳐 쓰러져 버렸다.

"루드니아!"

과로로 쓰러진 남편… 아니, 루드니아를 힘겹게 받은 드미트리는 잠들어 버린 루드니아를 가슴속 깊숙이 안고는 말했다.

"아! 당신의 모습을 지켜봐야만 하는 나의 가슴은 찢어질 것만 같군. 으웩……."

드미트리에게는 아름답고, 고귀하고, 성스러운 루드니아였지만, 역시 땀 냄새는 지독했다. 루드니아의 몸에서 흘러나오는 악취를 맡으며 잠시 위에 있는 것을 덜어낸 드미트리는 중독된 몸을 간신히 움직이며 코를 움켜잡을 수 있었다.

"개 아무도 없느냐!"

드미트리는 더 이상 참지 못하고 소리쳤고, 그의 목소리를 듣고 십여 명의 시녀들과 시종들이 몰려왔다.

"고귀하고 아름다운 루드니아의 몸에서 이런 악취가 풍겨나다니! 아~ 아름다운 것을 가꾸지 못하는 자들이로구나! 뭐 하느냐! 빨리 나의 피앙세에 원래 향기를 되찾아놓으란 말이다!"

"예, 폐하!"

황제의 다그침에 놀란 시녀와 시종들은 황급히 루드니아의 몸을 들고는 목욕실로 뛰기 시작했다.

"네 이놈들! 아무리 루드니아가 아름답다고 해도 남자 시종이 목욕실까지 들어가려 하다니!"

다급한 마음에 시종들이 목욕실에 들어가려 하자 놀란 드미트리는 소리치기 시작했지만 자신도 모르게 걸음이 목욕실로 향하는 이율 배반적인 행동을 하는 것은 왜 일까?

"이래선 안 되는데… 이래선 안 되는데……."

"그럼 하지 말지 그래."

게르하인이었다. 두 손으로 머리를 부여잡고 고민하며 목욕실 안으로 걸어가는 드미트리를 보며 게르하인은 한숨을 쉬고는 그의 뒷덜미를 잡고는 끌고 나왔다.

"게르하인! 황제에게 이게 무슨 짓이냐!!"

"황제까지 된 놈이 추잡스럽게 여자 목욕실이나 훔쳐보러 들어가려 하니 막는 거지! 정 그런 게 보고 싶으면 할렘 하나 만들어서 즐기라고,

즐거!"

"할렘? 괜찮은 생각이긴 하군."

"휴……."

루드니아 앞에 서면 멍청해지는 드미트리를 보며 게르하인은 황제의 명이 끝나가고 있다는 것을 짐작할 수 있었다. 무릇 사람이 죽을 때가 되면 변한다고 하지 않던가. 물로 남들은 죽을 때 조금 똑똑해지는 것 같긴 하지만.

목욕실 안에선 예닐곱 명의 시녀들이 눈물을 흘리고 있었다. 어찌나 고된 훈련을 받았는지 루드니아는 깨어날 생각을 하지 않고 있었고, 땀 냄새는 빠질 생각을 하지 않았기 때문이다.

"흑흑흑! 타올로 밀고 또 밀어도 냄새가 안 빠지다니……."

시녀들은 고농도 하이타이까지 동원하여 밀고 있었지만 루드니아의 몸에 썩은 내는 빠질 생각을 하지 않았다. 그도 그럴 것이 레그르토, 그는 사악하기 그지없는 수를 루드니아가 사용하는 풀플레이트아머에 걸었던 것이다.

루드니아가 훈련에 지쳐 쓰러져 잠이 들고 있을 때 황제가 접근하여 괴팍한 일(?)을 저지를지 모른다는 생각도 있었고, 이왕 이렇게 된 거 절대로 다른 남자가 접근하지 못하게 하기 위해서 타의 추종을 불허하는 저주를 갑옷에 걸어버린 것이다.

이름하여 커즈 베드스멜. 쉽게 말하면 악취 저주로 이 마법에 걸린 이는 내분비선의 엄청난 과잉 반응으로 엄청난 악취를 나게 만들었다. 한때 자신의 사랑을 거부했다는 이유로 한 마녀가 왕자에게 걸려고 만들었던 저주라고 한다.

마법에 걸린 왕자는 죽을 때까지 독신으로 살았다는 불행한 이야기와 함께 전해져 내려오는 것을 루드니아에게 사용한 것이다.

그것을 모르는 시녀들은 악취를 견디며 루드니아의 몸을 밀고 있었으니… 이 어찌 슬픈 일이 아니라 할 수 있겠는가? 일주일 간 근육통에 시달릴 일곱 명의 시녀의 명복을 빌어주고 싶다.

한편 이 목욕실 안에서는 금단의 성을 지닌 인물이 한 명 들어와 있었으니, 그는 바로 드미트리의 아들이자 현 로아냐드 제국의 황태자 스베안이었다.

열두 살의 꼬마로 아직 모르는 것투성이인 스베안이었기 때문에 여체의 신비 같은 것은 지나가는 개의 먹이로 줄 가능성도 있는 스베안은 홀딱 벗고 있는 아버지의 여인에게 호기심을 느끼며 천천히 다가갔다.

"앗! 태자마마!!"

태자의 모습을 확인한 시녀들은 온몸을 아끼지 않고 루드니아의 나체를 가드하기 시작했다.

"비켜라!"

"태자마마! 그것만은!!"

"감히 시녀 따위가 태자의 명령을 거부한단 말이냐!"

지위를 이용한 파렴치한 행동을 하는 황태자를 보며 시녀들은 어쩔 수 없이 뒤로 물러날 수밖에 없었다.

'도대체 목욕실에서 저 여자를 만나라는 건 또 무슨 연유야?'

스베안 황태자가 이곳에 나타난 이유는 바로 레그르토의 지시 때문으로 한참 야식을 먹고 있다 목욕실로 쫓겨온 것이다.

시녀들이 비켜서자 스베안은 멀리 한쪽에 자빠져 있는 루드니아를 볼 수 있었다.

"와……!"

여체의 신비를 경험할 나이는 아니지만 미를 보는 눈조차 없는 것은 아니었다. 누군가 세상에서 가장 아름다운 것은 여인의 나신의 미라는 허무맹랑한 소리를 했던 것은 기억이 나지 않았지만 멀리서 보는 루드니아의 몸은 정말 뭐라고 설명할 수 없을 정도의 아름다움이었다.

스베안은 자신도 모르게 조금씩 루드니아에게 다가가는 자신을 발견할 수 있었다. 아름다운 곡선의 미를 본 순간 육체가 자신도 모르게 움직이고 있는 것이다. 한 발자국 또 한 발자국 다가가며 아버지가 빠져 있는 여인에게 다가선 스베안…….

"으악!"

스베안은 그 순간 한마디 고통의 외침과 함께 그 자리에서 기절하고 말았다. 가까이 다가가면서 느낀 것이지만 루드니아의 악취는 정말 심했던 것이다.

후일담으로는 정신을 차린 스베안은 좌중에 있는 사람들 앞에서 신의 이름을 걸고 맹세하길 그런 냄새나는 여자에게 아버지를 뺏길 수 없다고 맹세했다고 하니 그의 충격이 얼마나 컸는지를 미루어 짐작할 수 있었다.

'흐흐흐흐.'

음습한 골목길에서 이 순간을 생각하며 웃는 레그르토에 돌을 던지리라.

"흑흑흑흑… 여자는 검을 배워선 안 되는 것이었단 말인가……."

루드니아는 가까스로 정신을 차린 후 자신의 몸에서 나는 악취를 맡으며 눈물을 흘리고 있었다. 웬만한 냄새는 그냥 향수를 뿌리면 없앨 수 있겠지만, 이 냄새는 향기와 합쳐지면서 근처에 있는 경비견이 죽어 자빠질 정도의 냄새로 변하는지라 향수조차 사용할 수 없었다.

울고 있는 루드니아를 보며 드미트리는 무엇인가 위로의 말을 던져 주기 위해 코를 양손으로 막으며 접근하려 했지만 도저히 10미터 이내로 접근할 수가 없었다.

"아! 미인은 박명이란 말은 들어봤지만, 미인에게서 악취가 난다는 말은 처음이다. 아! 어찌 이런 일이 있을 수 있단 말인가!"

사랑하는 루드니아에게 접근할 수 없는 드미트리는 멀리서 말도 안 되는 소리를 하며 눈물을 흘릴 뿐이었다.

게르하인과 나머지 레드 나이트도 이 사태에 고민에 빠지기 시작했다. 일단은 호위를 해야 하긴 했는데 이 냄새를 견디며 호위한다는 것은 차라리 황제에게 사형을 시켜달라고 조르는 것이 나을 것 같다는 생각이 들 정도였기 때문이다.

"대장……."

"음."

루드니아를 둘러싼 많은 사람들이 고민하고 있을 때 이 일의 주범인 레그르토가 모습을 드러냈다.

"레그르토 경! 이 일을 어찌한단 말인가!!"

드미트리는 루드니아의 방으로 들어선 레그르토의 다리를 부여잡고 눈물을 흘리며 말했고, 레그르토는 잠시 루드니아의 모습을 흘겨보고는 고개를 저으며 말했다.

"이런 일이 있을 줄은 예상하지 못했습니다. 루드니아님을 노린 어느 악한 이가 풀플레이트아머에 저주를 건 것 같습니다."

"도대체 누가 그런 무서운 일을……."

한순간에 루드니아를 그림의 떡으로 만들어놓은 자를 생각하며 드미트리는 주먹을 움켜쥐었다. 하지만 그런다고 일이 해결되겠는가?

"도저히 현재의 마법 수준으로는 해결이 불가능한 문제입니다. 2급 신 이상의 힘이 있는 자만이 이 저주를 깰 수 있을 것입니다."

"아! 신이시여!!"

세상에 어떤 종족이 2급 신의 힘을 가지고 있겠는가? 드미트리는 이 어이없는 사태에 신을 부르며 슬퍼할 수밖에 없었다. 물론 레그르토는 이 저주를 풀 수 있는 사람을 알고 있었다. 바로 자신의 아버지 루드웨어. 레그르토는 이것까지 노리며 저주를 걸어버린 것이다.

"도저히 방법이 없겠는가?"

드미트리의 간절한 마음이 담긴 절규 같은 부탁을 들은 레그르토는 잠시 생각에 잠기는 척하다가 말했다.

"저주를 깰 수 있는 방법은 없지만, 냄새를 차단하는 것을 만들 수는 있습니다."

"그게 정말인가?"

"예."

레그르토는 그 말이 끝남과 동시에 거짓말같이 한 벌의 갑옷을 보여주었다. 미쓰릴로 만들어진 이 물건은 드워프의 작품인지 인간의 힘으로는 생각하지도 못할 정도의 세밀하고 화려한 장식이 새겨진 여성용의 갑옷이었다.

"이건?"

"갑옷입니다. 이 갑옷은 천 년 전 한 엘프 여기사가 입었던 미쓰릴 갑옷으로 고귀한 엘프의 여기사의 몸에서 땀 냄새가 나지 않도록 철저한 항취 마법이 걸려 있습니다. 루드니아님의 냄새가 아무리 심하다 해도 이 고대 마도의 정수가 담겨진 갑옷의 항취 마법을 뚫을 수는 없으리라 생각합니다."

드미트리는 레그르토의 말에 어느 정도 수긍할 수 있었다. 옛부터 많은 용사들의 모험담에 엘프가 반드시 동참했다고 전해지지만 아무도 여기사의 몸에서 땀 냄새가 났다는 말은 하지 않지 않은가? 물론 역사에 용사에게 땀 냄새가 심한 것이 약점이었다는 말을 할 사가가 어디 있겠느냐마는 레그르토의 말을 들은 드미트리 황제는 이것이라면 충분히 냄새를 막을 수 있다고 생각했다.

물론 갑옷은 레그르토가 소장하고 있던 것으로 이 계획을 짠 후 급히 인첸터로 항취 마법을 건 것에 불과하다. 세상에 어느 하릴없는 놈이 갑옷에 쓸데없이 항취 마법이나 걸고 앉아 있겠는가? 이런 세심한 데까지 신경 쓸 장인들은 드워프밖에 없을 것이다.

드미트리는 레그르토에게 갑옷을 받고는 루드니아에게 전해주었다. 물론 10미터 정도의 밖에서 던져 주긴 했지만 말이다.

드미트리의 설명을 들은 루드니아는 작은 희망을 가지며 미쓰릴 갑옷을 입었는데, 그 순간 심한 두통을 동반하고 있던 자신의 악취가 사라진 것을 느낄 수 있었다.

"드미트리!"

"루드니아!"

냄새가 사라지자 드미트리 황제와 루드니아는 감격의 상봉을 할 수 있었다. 다만 미쓰릴 갑옷 때문에 조금 불편하긴 했지만 말이다.

이 모습을 보며 만족의 웃음을 던지는 레그르토, 그가 준비한 악취의 코로셋 작전은 완벽한 성공을 거둔 것이다.

'아버지! 이 아들이 드디어 해냈습니다!'

어머니의 몸을 지킨 장한 아들이여……. 하지만 레그르토는 후일 이 일로 엄청난 사건이 일어나리라고는 생각하지 못했다.

왕위를 둘러싼 두 왕자의 치열한 내전이 한창인 그로인 왕국은 마치 천고의 원수들이라도 만난 양 싸우고 있었다.

남부와 북부로 나뉘어진 이 두 세력의 수장은 각각 2왕자 리데스와 3왕자 카트러스로, 왕이 와병으로 사경을 헤매고 있는 이때에 왕위를 쟁취하려 휘하의 귀족군들과 힘을 합쳐 싸우고 있었는데, 이상한 일은 정작 왕위 제1계승자인 제1왕자 그리드는 남의 일인 양 방관만 하고 있었다.

물론 그리드가 거느린 세력은 전무하며 영지라고 해봤자 서쪽의 작은 땅이 전부이기는 하지만 그가 마음만 먹는다면 충분히 두 왕자에 속하지 않은 중립의 세력을 흡수할 수 있었음에도 그렇게 하지 않는 것은 이해할 수 없는 일이라고 할 수 있었다.

제1왕자가 천하가 알아주는 바보라면 모를까, 어렸을 때부터 신동이라 불려왔던 그가 왜 두 왕자의 왕위 다툼을 방관만 하고 있는 것일까?

그 이유는 아마 당사자인 그리드 이외에는 아무도 알 수 없을 것이다.

그리드 왕자의 서쪽 영지, 영지라고 해봤자 영지에 사는 이는 대이날 아이까지 합쳐 봐야 천 명이 넘지 않을 뿐더러, 왕국의 제1왕자가 거처하고 있는 성은 30명의 병사와 7명의 기사 외에는 싸울 군대조차 없는, 아니, 들어갈 공간조차 없는 협소한 성이었다.

이 협소한 성에서 볼 만한 것이라고는 천 년이란 기나긴 시간 동안 그 자리를 지킨 거대한 잣나무 한 그루뿐이었기에 보는 이로 하여금 더욱더 초라한 성이라고 느끼게 했다. 생각해 보라. 자그마한 성에 성보다 높은 잣나무 한 그루가 서 있다면 어떤 모양새로 보이겠는가?

몇몇의 영주민이 이 모양새가 괴이하여 몇 번이나 잣나무를 베자고 상소를 올렸었지만, 이상하게도 1왕자 그리드는 잣나무를 베는 것을 허락하지 않고 있었다.

한낮의 시간, 여름의 뜨거운 태양이 대지를 달구고 있는 이 시간, 갈색 머리의 젊은 청년 한 사람이 잣나무 아래에 앉아 류트를 켜고 있었다.

내로라하는 음유 시인의 솜씨보다 더 뛰어날 듯한 그의 류트의 소리는 그리 크지 않음에도 불구하고 끊이지 않게 성내에 잔잔하게 울리고 있었고, 사람들은 청년의 류트 소리를 들으며 작은 상상의 나래로 빠져들고 있었다.

"그리드······."

언제 끊어질까 두려울 정도의 여린 목소리가 젊은 청년의 주위에서 들려왔다. 하지만 청년의 주변에는 사람의 형상이라고는 전혀 보이지 않았으니, 도대체 이 목소리는 어디서 들려오고 있는 것일까?

그리드라 불리는 청년은 이 목소리의 주인이 누구인지 알기라도 하는 것처럼 미소 지으며 류트를 켜는 것을 멈추고는 말했다.

"아무도 없구나. 모습을 보여주지 않으련?"

독백인 양 중얼거리는 청년의 부탁. 그 부탁의 말이 끝나자 놀라운 일이 벌어졌다. 청년이 등을 대고 있는 잣나무의 한 부분에서 손바닥만한 연녹색의 빛의 구슬이 생겨나더니 청년의 어깨 위로 날아오는 것이었다.

청년은 빛의 구슬이 자신의 어깨에 올라오자 미소를 지으며 말했다.

"키스를 해주지 않으련?"

그 순간 구슬의 빛은 점점 약해지더니 구슬 안에 있던 것의 모습이 드러났다. 그것은 손바닥만한 크기의 작은 요정이었다. 요정은 투명 빛의 날개를 등 뒤로 가지런히 놓고는 청년의 볼에 작은 입술을 맞추었다.

작은 키의 연녹색 머리칼, 앙증맞은 코의 귀여운 요정은 청년의 볼에 키스를 하고는 부끄러운지 날개를 작게 떨며 두 손으로 얼굴을 감쌌고, 그 모습을 보며 청년은 다시금 미소를 짓고는 오른손을 요정이 있는 어깨에 대고는 손바닥을 폈다.

청년이 하고자 하는 것이 무엇인지 아는지 요정은 청년의 손바닥 위로 올라갔고, 청년은 자신의 눈앞으로 손을 가져가 요정을 바라보았다.

"나의 작고 귀여운 아르키아네스."

"사랑하는 나의 그리드."

그 둘은 서로를 사랑스러운 눈길로 바라보며 사랑의 언어를 주고받았다. 아르키아네스는 손바닥 위로 날아 올라가 그리드의 입술에 키스를 했다. 요정의 크기로 보아 한입거리였기에 어떻게 보면 참으로 어색하게 보이는 장면이었지만 둘은 상당히 만족해하는 미소를 띠고 있었다.

"나의 사랑 아르키아네스, 당신을 만난 것은 나의 가장 큰 행복인 것을 아는가?"

"저 역시 당신을 만난 것이 가장 큰 행복이랍니다."

닭살이 돋을 정도의 언사를 거리낌없이 뱉는 두 인물이었다. 갈색 머리의 청년 그리드, 그는 알고 있다시피 그로인 왕국의 제1왕자이다.

그가 왕위 계승을 거부하고 한적한 시골에 머무르는 이유는 바로 잣나무 요정 아르키아네스 때문이었다.

그리드가 아르키아네스를 처음 만난 것은 7살 때였다. 왕의 깊은 사랑을 받고 있던 그리드는 작은 영지를 선물로 받게 되었는데, 그곳이 바로 이 영지다. 영지에 처음 들어선 그리드는 성보다 더 큰 잣나무에 이끌려 이곳으로 왔는데 그때 거미줄에 걸린 아르키아네스를 보게 된 것이다.

요정을 처음 본 그리드는 아르키아네스를 구해준 후 작은 새장에 가두어놓았는데, 얼마 지나지 않아 시름시름 앓고 있는 그녀를 보며 후회하고는 다시 잣나무로 가 놓아주었다.

그 뒤로 자주 잣나무 근처에 찾아온 그리드와 요정 아르키아네스는 금세 친해졌고, 그 후로 20년이 지난 지금은 서로가 서로를 사랑하는 사이가 되었다.

"아르키아네스, 너와 결혼한 지도 벌써 5년이 지났구나."

결혼? 공식석상에서 그리드는 미혼의 왕자로 기록되어 있는데, 놀랍게도 그는 요정인 아르키아네스와 결혼을 한 것이다. 물론 이것은 둘만의 언약일 뿐이고 그 사실을 알고 있는 사람은 그리드의 유모 멜드리나뿐이었다.

"사랑해요."

아르키아네스는 그리드의 류트 위에 앉아 그의 모습을 쳐다보았고, 그리드는 조용히 류트를 켜며 노래하기 시작했다.

사랑에 빠진 청년 그리드의 노래는 또다시 성내를 잔잔히 울려갔다.

하지만 이 두 사람의 사랑은 그리 순탄하지만은 않았다.

사랑하는 두 연인의 뒤로 한 어두운 그림자가 도래하고 있었기 때문이다.

"어라? 웬 요정?"

"까악!"

누군가의 큼지막한 손이 그리드가 켜고 있는 류트 위에서 고개를 흔들며 음악을 감상하고 있는 아르키아네스를 잡아챈 것이다.

"아르키아네스!"

그녀의 비명에 놀란 그리드가 류트를 켜는 것을 멈추고는 그녀의 이름을 외치며 고개를 돌렸다.

그리드의 앞에 있는 자는 로브를 입고 있는 뻔뻔스럽게 생긴 젊은 마법사였다. 그는 아르키아네스를 요리조리 살펴보며 건드려 보다 살짝 치마를 들어 올리는 파렴치한 짓을 벌이려 하고 있었기 때문에 그리드는 놀라지 않을 수 없었다.

"거기까지다! 이 변태!!"

"윽! 변태!!"

마법사는 변태란 말에 충격을 받았는지 얼굴을 일그러뜨리며 그리드를 쳐다보며 말했다.

"내가 왜 변태라는 거야?!"

"당연히 변태지 않은가! 싫다고 반항하는 남의 아내의 치마를 들추는 것이 변태 말고 또 누가 있단 말이냐!"

"아내의 치마? 도대체 여기에 당신의 아내가 어디 있다는 거야?"

"네놈이 내 아내의 가냘픈 몸을 더러운 손으로 붙잡고 있지 않느냐!"

"응? 설마 당신의 아내가······?"

"그래, 네 더러운 손에 있는 가련하고 연약한 요정이 바로 내 아내 아르키아네스다!"

마법사는 그의 말에 황당한 듯 잠시 얼어 있다가 어느 정도 시간이 지나서야 간신히 붙어 있는 얼음을 부르르 떨어 깨뜨리고는 껄껄거리며 웃기 시작했다.

"하하하하! 내 살다 보니 요정을 마누라로 삼는 녀석을 다 보게 되는군. 하하하하!"

하지만 자신도 그렇게 웃을 처지가 아니었다. 뻔뻔스럽다는 단어에서 나왔듯이 그리드 앞에 나타난 마법사는 바로 루드웨어. 그 역시 인간이 아닌 드래곤에게 장가든 주제에 어찌 그리드를 보고 웃을 수 있단 말인가?

"사랑하면 결혼할 수 있지, 도대체 종족이 무슨 상관이란 말이냐!"

루드웨어의 조롱에 화가 난 그리드가 얼굴이 시뻘게지며 소리치기 시작하자, 루드웨어는 고개를 숙이며 웃는 와중에 살짝 그리드의 얼굴을 쳐다보고는 웃는 것을 멈추고 정중히 그의 아내 아르키아네스를 돌려주었다.

루드웨어의 손에서 벗어난 아르키아네스는 무서웠던지 그리드의 품에 안겨서 울음을 터뜨렸고, 그리드는 그녀를 달래주기 위해 땀을 뻘뻘 흘리고 있었다.

그 모습을 잠시 응시하고 있던 루드웨어는 아내 로노와르의 생각이 났다.

'젠장! 나도 저 녀석처럼만 대해주었으면 로노와르가 바람피우러 나가는 일도 없었을 텐데.'

로노와르의 생각에 눈물이 날 것 같은 루드웨어는 잠시 하늘을 쳐다보고 있다가 기분이 좀 나아지자 그리드를 보며 말했다.

"미안하게 됐네. 워낙 오래만에 요정을 보는지라 조금 학구열이 지나쳤던 것 같네."

아르키아네스가 좀 놀라기는 했지만 아무런 상처도 없이 돌려주는 것을 본 그리드는 고개를 저으며 말했다.

"마법사라면 자연의 진리를 탐구하는 이. 저의 아내인 줄 모르고 한 행동이니 이쯤에서 용서해 드리도록 하지요."

"고맙네. 음… 잣나무의 요정인가?"

"예."

"그렇다면 이 잣나무를 벗어나서는 살 수 없겠군."

루드웨어의 말에 그리드는 안타까운 듯한 얼굴로 고개를 끄덕였다.

"예. 잣나무가 그녀의 몸이나 다름이 없으니까요. 안타까운 것은 제가 죽은 후 미관상의 이유로 잣나무가 잘릴 텐데 그렇게 되면……."

그리드는 인간과 그 생의 시간이 다른 요정 아르키아네스가 자신이 죽은 후 잘려질 잣나무와 함께 그 목숨을 다할 것이라는 생각에 더 이상 참지 못하고 눈물을 흘리고 있었다. 아르키아네스는 그런 그리드를 그윽한 눈으로 바라보며 말했다.

"바보. 그리드, 당신이 없는 세상 세가 어떻게 실 수 있겠이요. 당신의 뒤를 따를 수 있게 된다면 전 그것을 더욱 바랄 거예요."

"말도 안 돼, 아르키아네스."

서로의 생이 다르지만 한 사람은 혼자 남은 이가 자신이 따라오게 되는 것을 두려워하고, 한 사람은 먼저 가는 이를 따르려 하는 그 모습을 보며 루드웨어는 큰 감동을 받았다.

산신령인 것처럼 허허허 하며 너털웃음을 지은 루드웨어는 두 사람을 보며 말했다.

"내 너희들의 서로 간의 사랑을 어여삐 여겨 세 가지 선물을 내리도록 하겠느니라."

그렇게 말한 루드웨어는 자신의 앞에 하늘 높은 줄 모르게 솟아 있는 잣나무에 오른손을 갖다 대고는 조용히 주문을 외우기 시작했다.

"모든 세상의 기초를 이루는 마나여, 그 힘으로~ 나불나불나불…폴리모프 아더!"

주문이 끝나자 그 순간 루드웨어의 몇십 배의 크기를 자랑하는 잣나무가 찬란한 빛을 뿌리기 시작했고, 그리드와 아르키아네스는 그 광경을 놀란 얼굴을 한 채 지켜보았다.

얼마 지나지 않아 찬란했던 그 빛은 사라졌는데 놀랍게도 엄청난 크기의 잣나무는 그 모습이 사라져 버렸다.

"아!"

잣나무가 사라진 것을 본 그리드는 놀라 자신의 손에 있는 아르키아네스의 모습을 찾았다. 잣나무와 연결되어 있는 요정인 아르키아네스가 잣나무와 함께 사라지지 않았을까 하는 걱정 때문이었는데, 역시나 아르키아네스의 모습은 보이지 않았다.

하지만 그리드는 사라진 아르키아네스의 모습을 더 이상 찾지 않아도 되었다. 그의 옆에는 손바닥만한 크기의 아르키아네스가 아닌 인간의 모습을 한 연녹색의 머리칼 소녀가 서 있었다.

연녹색 머리칼의 소녀, 그녀는 영락없이 요정이었던 아르키아네스의 모습 그대로였다.

"아르키아네스!"

"그리드!"

아르키아네스는 자신의 모습이 변한 것에 놀라 잠시 멍하니 있다가 앞에 서 있는 그리드가 놀라며 기뻐하는 얼굴을 하자 뛰어가 그의 품에 안겼다.

요정의 신을 생각하며 하루에 한 번씩은 꼭 빌었던 소원, 그리드의 품에 안길 수 있는 모습을 지니게 해달라는 그 소원이 이루어진 것이다.

10장 사악한 마도사 루드웨어

잠시 포옹의 시간을 가진 두 사람에게 루드웨어는 멋쩍은 모습으로 다가오며 작은 구슬 하나를 건네주었다.

"이건?"

"여기 서 있던 잣나무의 모든 것이 담겨 있는 마나 메탈이다. 요정인 이 아이를 완전한 사람으로 만들어주려면 신이나 돼야 하고, 힘없는 마법사인 나로서는 이게 한계로군."

"감사합니다."

그리드는 루드웨어에게서 아르키아네스의 몸이라고 할 수 있는 마나 메탈을 받아 들고는 연신 인사를 하고 있었는데, 사람의 몸으로 변한 아르키아네스는 무엇을 곰곰이 생각하는 듯하다가 갑자기 손바닥을 치고는 루드웨어를 손가락으로 가리키며 말했다.

"당신, 생각났어요!"

"응?"

"어디서 많이 봤다고 했더니! 200년 전에 페어리들의 세계에서 요정의 가루를 훔쳐 달아난 강도 같은 마법사 맞죠?"

"강도 같은 마법사……."

루드웨어는 아르키아네스의 말을 듣고 충격을 받았는지 조금 비틀거리기 시작했다. 자신이 200년 전에 요정의 여왕에게서 마대 한 자루 분의 요정의 가루를 조금 강제로 받아오긴 했지만 강도라는 소리까지 들을 줄은 몰랐기 때문이다.

하지만 말이야 바른 말이다. 평균적으로 요정 하나가 일 년에 만들수 있는 요정의 가루는 기껏해야 큰 스푼 하나 정도의 양인데, 마대 한 자루 분의 요정 가루를 받아왔다는 것은 여왕에게서 왕궁에 소장되어 있는 가루 중 반 정도에 해당하는 양을 강탈했다는 말과도 같다.

그러니 어찌 강도 마법사란 소리를 듣지 않겠는가. 자기가 조금 과하게 갖고 오긴 했구나란 생각을 이제야 조금 하는 루드웨어는 일그러진 얼굴을 움직여 험악한 미소를 만들고는 어색한 웃음을 내뱉으며 말했다.

"흐흐… 네가 말한 마법사가 맞긴 하다만 강도 같다니……."

"저희 여왕님이 그때 당신을 최악의 강도 마법사라고 했는데요! 당신 때문에 오 년 간 다른 요정들이 뼈빠지게 가루를 더 모아야 했던 것을 생각하면… 휴~ 강도……."

기껏 도와주었더니 잔소리하는 아르키아네스를 보는 루드웨어의 인상이 더 찌푸려졌고, 이윽고 행동으로 나서기 시작했다.

"용서할 수 없는 것! 선물까지 주었더니 나를 강도로 만들다니! 좋다! 강도 마법사의 무서움을 보여주지!!"

그 순간 마법으로 만들어진 급박한 순간에서나 나올 것 같은 배경 음악이 잠시 흘러나오더니 루드웨어는 아르키아네스의 허리를 붙잡고는 플라이 마법을 써 하늘로 날아올랐다.

"까아악!"

"아르키아네스!"

그리드는 놀라 루드웨어에게 끌려 날아가는 아르키아네스의 손을 잡으려고 했지만 손끝을 스치며 아르키아네스를 놓치고 말았다. 루드웨어는 하늘에서 그리드의 모습을 음침한 모습으로 쳐다보고는 큰 소리로 웃으며 말했다.

"크하하하하! 난 악덕 강도 마법사 루드웨어다! 그로인 왕국을 차지하고 요정 아르키아네스를 내 왕비로 삼으리라! 푸하하하하!!"

그렇게 말한 루드웨어는 그로인 왕국의 왕성 쪽을 향해 플라이 마법을 사용하여 날아갔고, 그리드 왕자는 끌려가는 아르키아네스를 보며 눈물을 흘리며 손을 뻗는, 삼류 로맨스에 나오는 이야기처럼 세상을 무너뜨리는 악덕 마법사에게 공주를 빼앗긴 용사의 모습을 잠시 흉내 내곤 류트를 집어 던지고 성 쪽으로 몸을 날려 뛰어가기 시작했다.

성으로 뛰어가는 그리드의 뒤쪽, 아르키아네스의 잣나무가 있던 그곳에 몇 명의 사람이 모습을 드러냈다. 그들은 루드웨어를 제외한 다른 일행, 바로 준호를 비롯한 실레이드, 콜리드, 리안나였다.

"휴! 도대체 이건 또 무슨 놀음이래요."

준호는 이 한심스러운 작태를 잠시 지켜보면서 한숨을 내쉴 수밖에 없었다. 하지만 실레이드는 무슨 소리냐는 듯한 표정을 짓고는 이번의 놀이에 대해 상당히 구미가 당기는 표정을 지었다.

"시크라와 저 녀석이 드래곤 슬레이어 놀이를 했다는 말을 듣고 끼지 못한 것이 억울했었는데 잘됐어. 차원도사를 찾으면서 악덕 마법사에게 공주를 구하는 용사 놀이를 겸한다… 역시 루드웨어야."

루드웨어의 유희 감각은 역시 따르지 못하겠다는 표정을 짓는 실레이드였다.

"아버지, 이렇게 한다고 차원도사가 찾아올까요?"

리안나는 워낙 엉뚱한 사람들인지라 못 믿겠다는 표정을 지으며 말했는데, 옆에 있던 콜리드가 고개를 저으며 말했다.

"차원도사가 여기에 없다면 모르겠지만, 보아하니 그는 정의로운 사람인 것 같더군. 세계를 멸망시키려는 악덕 마법사가 눈앞에 나타났으니 아마 모습을 보일 게다. 그건 그렇고, 이왕이면 용사 일행에 그도 끼면 재밌겠구나."

"그리드란 녀석이 잘하겠지. 차원도사를 이곳으로 불러온 녀석도 바로 저 녀석이니까, 아마 루드웨어를 상대하기 위해 차원도사를 부르겠지."

실레이드는 루드웨어의 계획에는 전혀 차질이 없다는 투로 이야기를 하며 자신감을 표현하고 있었다. 하지만 옆에 서 있던 준호는 이 두 사람, 아니, 루드웨어까지 합쳐 세 사람과 여행을 하면서 전혀 믿을 수 없는 사람들이란 것을 이미 알고 있었기에 반대하고 싶었지만, 이들이 아니면 누가 자신을 원래 있던 세계로 보내줄 수 있겠는가? 울며 겨자 먹기로 계획에 동참할 수밖에 없었다.

'그래도 리안나라도 있으니 다행이지…….'

그래도 정상적인 리안나라도 있다는 것이 그나마 안심이라면 안심일 수 있는 준호였다. 하지만 실레이드의 딸인 리안나가 과연 준호의 바램대로 움직여 줄지는 미지수라고 할 수 있었다. 예로부터 그 아비의 그 자식이란 말도 있지 않았는가?

성안으로 급히 뛰어 들어간 그리드는 자신의 방구석에 처박혀 있던 검을 빼어 들고는 밖으로 뛰어나가는데, 그 모습에 놀란 유모 멜드라나는 그리드의 바짓가랑이를 잡고 매달리기 시작했다.

"왕자님! 참으셔야 합니다! 참으셔야 합니다!"

"유모, 뭘 참으라는 거야! 제발 바지 좀 놓으라고! 급하단 말이야!!"

"왕자님, 안 됩니다!! 아무리 다른 왕자님이 심한 짓을 하셨다곤 해도 혼자 무엇을 하시겠단 말입니까!!"

"유모! 그 녀석들이야 이긴 놈이 알아서 왕좌에 오르겠지! 그 따위 왕좌가 무슨 소용이야! 난 더 급한 일이 있단 말이야!!"

"저를 속이시려 해도 소용없습니다! 평소에 조용하시던 왕자님이 이렇게 화를 내며 검을 가지고 뛰쳐나가시는데, 그 일이 아니고 무엇이겠습니까!"

"아이, 젠장!"

"어떻게 그런 상스러운 말을 입에… 흑흑흑."

"미치겠네!"

"이젠 미치시기까지… 돌아가신 왕비마마를 어떻게 뵐런지……!"

도저히 말이 안 통하는 유모의 손에 잡힌 그리드는 빠져나갈 엄두도 못 내며 아르키아네스 생각에 눈물을 머금을 수밖에 없었다.

하지만 잠시 생각해 보니, 멀리 사라진 마법사를 어떻게 추적할 것인가란 것에 생각이 미치자 허망해져 자리에 주저앉고 말았다. 아르키아네스의 몸이 커졌을 때는 꿈이 이루어진 것같이 기뻤었는데, 그 것이 정말 한순간의 꿈이 되어버릴 줄 누가 알았겠는가? 하지만 하늘 은 그를 돕는지 그의 힘이 될 사람들이 용사의 근처로 모여들기 시작 했다.

"왕자님!"

그리드 왕자의 몇 안 되는 기사 중 하나인 레몬트가 급한 얼굴로 뛰 어와서는 부복했다. 잠시 바짓가랑이를 붙잡으며 혼절해 있는 왕자의 유모 멜드리나를 보며 멍한 표정을 지은 레몬트는 정신을 차리려는 듯 고개를 내젓고는 왕자에게 말했다.

"지금 성문에서 일단의 여행객이 왕자님을 뵙고자 합니다."

"일단의 여행객?"

"예. 엘프와 드워프, 신관과 전사로 이루어진 여행객들로 엘프는 큰 부상을 당한 것 같습니다. 그들의 말을 들어보니 악독한 마법사와 겨 루다 부상을 당했다고 하는데 왕자님과 면담할 수 있기를 간청하더군 요!"

"마법사! 악독한 마법사라 했는가?!"

"예."

"빨리 그들이 있는 곳으로 가세!"

그리드는 그들이 아르키아네스를 납지한 무드웨어라는 악독한 마법 사를 쫓아 여기까지 왔다는 것을 짐작해 보고는 레몬트에게 말해 빨리 그들과 만나고 싶었지만 실상은 그러지를 못하고 있었다.

"아앙! 유모! 제발 바지 좀 놓으란 말이요!"

"안 됩니다… 안 됩니다……."

왕자를 지켜야 된다는 사명감 아래 혼절해 있는 상태에서도 바지를 잡고 놓지 않으며 중얼거리는 유모 멜드리아. 정말 눈물이 나올 것 같은 모성애(?)의 한 장면이라고 할 수 있었다.

유모의 끈질긴 사랑을 간신히 떼어놓은 그리드가 여행객들에게 갈 수 있었던 것은 그 후로 세 시간이나 지난 후였다. 급박하다며 소리 질렀던 그리도도 이젠 거의 반초죽음이 되어 간신히 몸을 움직이고 있었다.

'유모가 이렇게 끈덕질 줄은… 여자는 약하지만 어머니는 강하다란 말이 진실인가 보군.'

레몬트의 안내를 받으며 도착한 접대실에는 4명의 여행객들이 있었다.

"자네들……."

그리드는 아르키아네스의 생각에 그들을 보며 바로 용건을 물어보려고 했지만 중간에 끊어지고 말았으니, 3시간이나 유모에게 잡혀 있었던 덕에 눈을 부라리며 기다리고 있던 여행자들은 모두 지쳐 잠이 들어버린 상태였기 때문이다.

"흠! 흠!"

상황의 이상하게 돌아가자 레몬트는 헛기침을 하며 그들을 깨우기 위해 노력을 했고, 그 기침 소리에 여신관이 입가에 흘린 침을 닦으며 고개를 들어 그리드를 쳐다보았다.

"어? 누구세요?"

"흠흠… 여러분께서 만나고자 했던 이 성의 주인 그리드라고 합니다."

"아!"

그제야 상황이 어떻게 돌아가는지 조금 눈치를 챈 여신관은 근처에 있던 엘프를 흔들어 깨우기 시작했다.

"아빠! 아빠!"

"음… 뭐야!"

"왕자가 왔대요."

"그래?"

여신관은 엘프를 아빠라고 부르며 깨웠고, 엘프는 졸린 눈을 비비며 피가 낭자한 가슴께를 북북 긁고는 그리드를 보며 말했다.

"본인은……."

그리고 한참을 생각한 엘프, 그는 무엇인가 자신이 큰 실수를 했다는 것을 깨달았다. 원래 예정대로라면 엘프는 이렇게 말해야 했다.

'본인은 서엘프 족의 실레이드라고 하오. 우린 서엘프 족의 보물을 훔친 루드웨어라는 마법사를 쫓아 이곳까지 왔는데, 여자를 붙잡고 있는 그를 발견하고는 일전을 겨루었지만 가슴에 큰 부상을 입고 놓치고 말았소. 한데 그곳에서 피로 적은 쪽지가 있어 살펴보았더니 그리드 왕자 당신에게 전하는 이야기인지라 급하게 이 성으로 달려왔소이다' 였는데, 애석하게도 가슴께를 다친 엘프는 잠결에 큰 부상을 입은 가슴을 긁고 말았으니, 이야기의 진행은 초반부터 이상하게 꼬이고 말았다.

"가… 가슴은 괜찮으십니까?"

그리드는 피가 낭자한 그가 잠결에 가슴을 긁는 것을 보며 소름이 끼칠 정도였다. 애석하게도 엘프의 가슴에선 아직도 피가 줄줄 흐르고 있었기 때문이다.

생각에 빠진 엘프는 잠시 경직되어 있다가 눈치 챘는지 가슴께를 붙잡고 신음하기 시작했다.

"으윽……."

"휴……."

뻔히 드러나 보이는 연기에 신관은 뒤로 돌아 작은 한숨을 내뱉었다.

모두 예상을 했겠지만, 이 일행은 준호의 일행이었다. 실레이드는 엘프의 모습으로, 콜리드는 드워프, 준호는 전사로 변장한 이들은 그리드에게 가야 할 방향을 가르쳐 주기 위해 온 것인데, 약간의 시간 차로 인해 대본상 문제가 생긴 것이다.

실레이드의 뻔히 드러나 보이는 연기였지만 조금 어리숙한 그리드는 에누리없이 다 믿는 듯 허둥지둥 레몬트를 향해 말했다.

"엘프 분이 큰 부상을 입으신 것 같군. 빨리 의사를 불러오게!"

"…의사는 다녀갔습니다……."

"아, 아직도 피가 많이 나지 않는가! 한번 더 불러오게."

"예."

어설픈 연극의 시작, 이것이 악의 마법사를 향해 떠나는 그로인 왕국의 용사 그리드가 만든 전설의 시작이었다.

그리드 왕자는 전용 호위 기사 레몬트의 만류에도 불구하고 아내 아르키아네스를 찾기 위한 여행을 나서게 되었다.

물론 그의 일행으로 준호의 일행이 끼긴 했지만 조금 문제가 있는 여행이었다.

전혀 고상하지 않은 엘프 마법사에 듬직하지 못한 드워프 전사, 말 많은 신관에 검도 못 쓰는 전사. 이것이 현재 그리드와 함께할 일행의 모습이었다.

드워프는 말을 못 탄다는 통설을 무시한 콜리드는 흥이라도 났는지

몽고 기마병이나 부릴 법한 기마 묘기를 선보이고 있었으며, 옆에서 실레이드는 좋아라 박수 치고 있었다. 준호는 말에 탄 채로 리안나를 보며 헤롱헤롱거리고 있었으며, 리안나는 끝까지 바짓가랑이를 놓지 않으려고 따라온 그리드의 유모 멜드리나와 수다를 떨고 있었기에, 뒤쪽에서 멀찌감치 떨어져 있는 그리드와 그의 호위 기사 레몬트는 작은 한숨을 내쉴 수밖에 없었다.

어찌 이것이, 세계를 어지럽히려는 사악한 마도사를 처단하기 위해 나서는 용사 일행의 모습이란 말인가? 어렸을 때 읽은 로망스의 환상이 여지없이 무너지는 그리드였다.

레몬트는 더 이상 참지 못하겠는지 그리드의 옆으로 말을 몰아와서는 말했다.

"아무래도 그분을 청해야 할 것 같습니다."

"그분이라면……."

"예, 왕자님의 청으로 이곳에 오신 그분 말입니다."

"음……."

자신의 일을 위해 개인적으로 위대한 선지자의 한 사람이라 부르고 싶은 그를 부른다는 것은 조금 꺼려지는 그리드였지만, 잠시 앞에 있던 일행의 모습을 확인하고는 고개를 끄덕일 수밖에 없었다.

앞에 있는 자들과 어떻게 사악한 마도사를 무찌를 수 있겠는가? 또 자신 역시 검술에 그리 조예가 있는 것이 아니었기에 희망은 단 한 사람으로 일축될 수밖에 없었다.

"자네 말대로 하세나."

"옳으신 결정입니다."

레몬트는 그리드의 결정이 전혀 틀리지 않았다는 얼굴을 하며 엄지

손가락을 치켜들었다가 이내 조용히 그의 귀에 대고 말을 했다.

"한데 이상한 일이 있습니다."

"이상한 일?"

"예. 뒤쪽의 하늘을 잠시 봐주십시오."

레몬트의 말에 뒤쪽의 하늘을 잠시 쳐다본 그리드는 그곳에서 은빛이 나는 괴이한 구름이 떠 있는 것을 발견 할 수 있었다.

"저건?"

"성에서부터 따라온 물체입니다. 바람이 역풍임에도 저희들을 추적하고 있는 것으로 봐서, 아무래도 악덕 마법사 루드웨어란 자의 감시 마법의 일종이라 생각됩니다."

레몬트의 말에 그리드는 잠시 미간을 찌푸리고는 말했다.

"어쨌든 저것을 따돌려야겠군. 앞에 있는 일행에게 말해서 십 분 후에 숲 쪽으로 말을 몰라 하게."

"예."

그리드의 지시를 따른 레몬트는 앞에서 열심히 놀고 있는 일행에게 말을 몰아갔다. 사실 두 사람이 발견한 은빛 물체의 정체는 바로 준호의 우주선이었다.

우주선을 보여줄 수는 없는지라 준호는 슈퍼콤에게 지시하여 하늘에서 따라오라고 했는데, 그것이 레몬트에게는 사악한 마법사의 주술로 보였던 것이다.

"지금이다. 튀어!"

그리드의 외침 소리가 터지자 준호 일행은 급히 숲 쪽으로 말을 몰아가기 시작했다. 은빛의 감시 마법 도구(?)로부터 벗어나기 위한 필살의 탈출. 물론 사실을 알고 있는 준호에게는 한심스러운 일이 아닐 수 없었고, 실레이드와 콜리드에게는 한창 연극의 재미를 붙여주고 있는 장면이었다.

[준호, 뭐 해!]

실레이드의 텔레파시가 들리자 준호는 말을 몰아가면서 한숨을 쉬고는 조용히 슈퍼콤에게 지시를 했다.

그리고 은빛의 감시 마법 도구는 시뻘건 레이저를 뿜으며 일행들을 공격하며 뒤따라오기 시작했다.

"파이어 볼!"

긴박한 순간의 표정을 거리낌없이 해 나가는 실레이드는 우주선을 향해 파이어 볼을 발사했고, 우주선은 강한 빛을 뿜고는 완전히 모습이 사라져 버렸다. 물론 이것은 우주선에 내장되어 있는 스텔스 기능의 효과이지만 말이다.

우주선이 모습을 감추자 일행들은 달아나는 것을 멈추고는 숨을 내쉬었다. 그리드는 우주선을 해치운 실레이드를 보며 엄지손가락을 치켜들며 말했다.

"아무래도 루드웨어란 마도사에게 우리의 위치를 들킨 것 같소. 내가 알고 있는 분이 계시는데, 그분의 힘이라면 마도사의 감시를 벗어날 수 있을 테니 그쪽으로 갑시다."

'옳거니!'

콜리드와 실레이드는 드디어 그리드가 차원도사에게 찾아가는 것이라고 생각하며 회심의 미소를 날릴 수 있었다. 다만 너무 일찍이라는 것이 아쉽긴 하지만 루드웨어에게 차원도사와 만난 후 잠깐만 더 연극을 하자고 조르면 이런 일을 좋아하는 루드웨어가 반대할 리는 없었기에 그리드가 이끄는 방향으로 말을 몰아갔다.

하지만 이렇게 난관이 없으면 재미가 없지 않은가? 어느 사이엔가 그들의 앞에 검은 그림자들이 하나둘씩 보이기 시작했고, 일행들은 긴장을 하며 녀석들의 모습을 살펴 나갔다.

"하하하하하! 어리석은 것들!"

이윽고 악역의 대명사인 웃음소리와 함께 한 사람의 마도사가 큰 나무 위에서 모습을 드러냈다.

"누구냐!"

멋지게 녀석을 향해 검을 겨눈 그리드가 소리치자 마법사는 음침한 목소리로 말했다.

"흐흐흐, 난 대마도사 루드웨어님의 네 번째 제자인 소환사 유라도스라고 한다. 감히 미천한 것들이 루드웨어님에게 대항하려 하다니… 나의 무서움을 보여주지! 어둠과 빛의 중간에 선 자들이여, 마신 라스타의 이름으로 너희들에게 명하… 주절주절… 가라!"

유라도스의 주문이 끝남과 동시에 거대한 원형 진이 생겨나더니 그곳에서 돌로 만들어진 거대한 뱀이 모습을 드러내기 시작했고, 숨어 있던 녀석들은 뱀의 주위로 나타났다.

"스톤 스네이크!"

실레이드는 놀라지도 않으면서 놀란 척 크게 목소리를 높였다.

"스톤 스네이크라면?"

"설마… 녀석들이 우리 서엘프 족의 보물을 사용한 모양이오. 저것은 마계의 깊숙이 사는 마물이오. 웬만한 소환 마법으로는 불러낼 수 없는 것이지만 서엘프 족의 보물을 사용한다면……."

물론 뻥이다. 스톤 스네이크는 칠인회 연금술부에서 제작하여 유라도스가 소환한 것에 지나지 않는다.

'휴~ 어쩌다 이런 일에 끼게 됐는지……'

유라도스는 루드웨어의 넷째 제자가 아닌 칠인회 2회주 라디안의 제자였다. 거의 협박에 가까운 말로 루드웨어에게 끌려온 유라도스는 팔자에 있지도 않은 악덕 마법사의 악덕 제자가 되어 이들을 막아서고 있는 것이다.

"저 미천한 것들에게 루드웨어님의 무서움을 보여주어라!"

유라도스의 명령이 떨어지자 스톤 스네이크와 그들의 곁에 있는 오크와 트롤들이 덤벼들기 시작했다.

"루드웨어 같은 사악한 마법사에게 질 수 없다! 공격!!"

그리드의 공격 신호와 함께 일행들은 적(?)과 맞서 싸우기 시작했다. 오크와 트롤들은 칠인회의 재료부에서 가져온 얌전한 녀석들이었기에 실력없는 준호와 그리드도 충분히 맞서 싸울 수 있었고, 스톤 스네이크는 좀 싸우는 콜리드와 실레이드에게 둘러싸여 진짜로 전투를 벌이고 있었다.

"끄악!"

스톤 스네이크의 꼬리에 강타당한 콜리드는 피를 흘리며 나가떨어졌고, 그것을 보며 놀란 실레이드가 급히 콜리드를 부축했다.

"콜리드!"

"시, 실레이드, 나는 괜찮네… 저 마물을……"

말을 다 잇지 못하고 기절해 버린 콜리드를 보며 실레이드는 분노에 이성을 잃은 듯이 소리치기 시작했다.

"우와아악!"

'실레이드, 아카데미상감이다.'

실레이드의 탁월한 연기에 눈물을 흐리고 싶은 콜리드였다. 이성을 잃은 듯한 연기를 하는 실레이드는 더 이상 참지 못하겠다는 듯이 눈을 시뻘겋게 충혈시키고는 주문을 외우기 시작했다.

그 주문을 들으며 리안나는 눈물을 흘릴 것 같은 얼굴을 하며 소리쳤다.

"아버지! 그 주문만은 안 돼요!!"

하지만 실레이드의 주문은 모두 끝이 나고 한순간 강한 빛이 생성되더니 스톤 스네이크의 몸에 강타했다.

꾸에엑!!

빛에 강타당한 스톤 스네이크는 고통의 포효와 함께 산산조각으로 분해되고 말았고, 그것을 보고 있던 유라도스는 칫! 하는 소리와 함께 텔레포트 마법으로 사라졌다.

"아버지!!"

리안나는 아버지를 부르며 실레이드에게로 뛰어갔고, 실레이드는 자리에서 주저앉았다. 그런데 마법의 기운이 모두 사라지자 실레이드의 초록색 엘프 특유의 머리색은 은발로 바뀌어져 있었다.

물론 귀찮은 염색 마법을 푼 것에 지나지 않지만 그것을 보고 있던 세 사람 그리드와 레몬트, 멜드리나의 눈에는 힘에 부치는 마법을 사용하여 머리가 희어진 것으로 보일 뿐이었다.

"그 마법은 무리라고 했잖아요……. 흑흑흑."

눈물을 흘리며 연기를 하는 리안나는 실레이드를 껴안으며 소리쳤고, 실레이드는 떨리는 목소리로 말했다.

"허허… 그래도 그 덕에 스톤 스네이크에게 아무도 다치지 않았지 않느냐."

"바보! 아버지는 어떻게 하고요. 흑흑흑!"

실레이드와 콜리드일 때는 몰랐지만 준호는 이 완벽한 연기에 박수를 쳐주고 싶었다.

'리안나 누님, 짱이에용!'

머리에 흰 띠를 매고 팬클럽이라도 만들고 싶은 준호였다.

11장 루드니아의 성기사 대회 출전

그로인 왕국 최대의 내전지 아우그스프트 성. 양 세력의 중간 정도에 위치해 있는 이 성은 제2왕자 쪽의 귀족인 센드로 남작 소유의 성이었지만 현재 이곳의 책임자는 2왕자 리데스이다. 리데스는 현재 군사 2만을 이끌고 이곳에서 남쪽 3왕자 카트러스가 이끄는 2만 3천의 군사와 대치하고 있었다.

성이라고 하는 것은 강력한 방어적인 요소의 하나이기 때문에 카트러스의 군사들은 성 밖에서 진을 치며 일주일 간이나 움직이지 않고 있었다. 성급한 공격은 도리어 전선을 리데스에게 유리하게 이끌 수도 있기 때문이다.

서로 한 치의 틈만 있으면 대군을 몰고 가 공격하려는 기세였기에 양 진영 간에는 냉막한 기운이 감돌고 있었는데, 애석하게도 이런 급박한 상황에 찬물을 뿌리려는 자가 있었다.

"가만히 안 있어?!"

화려한 연출을 기획하고 있는 루드웨어는 자신의 발 밑에서 투덜거리며 꿈틀대는 녀석에게 소리치며 열심히 밟아주고 있었다.

뻘건 몸뚱이를 연신 흔들며 위에 있는 불량한 녀석을 떨어뜨리려고 하는 자는 다름 아닌 레드 드래곤 시크라였다.

현재 시크라는 원래의 드래곤 모습을 그대로 유지한 채 목에 희한한 줄을 매고는 루드웨어를 위에 태우고 있었다.

[도대체 어느 시대에 드래곤이 마법사를 태우는 치욕적인 일이 있었다는 거야!!]

"어쭈, 넌 로망스도 안 읽어봤냐? 거기서 많이 나오잖아!"

[그건 소설이잖아! 인간 따위를 몸 위에 태우는 드래곤이 어디 있을 것 같아?!]

"너."

[말도 안 돼! 난 싫단 말이야!!]

시크라의 반항이 더욱더 심해지자 루드웨어는 작은 한숨을 내쉬고는 중얼거렸다.

"네 녀석이 허망의 거울인가 뭔가 하는 것으로 날 속여 제사까지 지냈다는 말을 로노와르가 듣는다면 어떻게 될까?"

[윽.]

로노와르는 해츨링 때도 성질이 더러웠지만, 요즘에 와서 위에 있는 루드웨어 때문에 더욱 성질이 나빠졌다. 다원소 드래곤의 힘을 얻은 이후론 드래곤 계의 최강이 됐는데, 그 성질머리에 멀쩡히 살아 있는 드래곤 제사 지냈다는 이야기를 들으면 가만히 두지 않을 것이 뻔했다. 언젠가 로노와르에게 게기다가 꼬리가 소멸된 드래곤 이야기를 들은 적이 있는 시크라는 마른침을 삼킬 수밖에 없었다.

[젠장……]

"하하하하! 자, 가자! 나의 애마, 시크라야!!"

[나에게 말 같지도 않은 말은 하지 마라. 내가 말이라니, 말이면 다냐!]

괜히 쓸데없는 말을 네 개나 집어넣은 말을 하는 시크라는 거대한 날개를 휘저으며 하늘 위로 날아 올라갔다.

한 치의 틈도 없는 전장. 한 명은 성 위에서 한 명은 성 밖에서 서로에 대한 비방 방송을 날리고 있는 두 왕자는 한 치의 물러섬도 없이 상대를 깎아 내리고 있었다.

"저따위 녀석을 믿지 마라! 언제 신하의 딸을 꼬여 잡아먹을지도 모르는 바람둥이 같은 녀석이다. 어이, 리데스. 요즘도 시중드는 시녀에게 손대나?"

"같잖은 녀석! 그래, 나 여자 좋아한다. 하지만 네 녀석 같은 남창은 아니라네."

"남창?! 에잇! 그런 네놈은 사디스트 아니냐! 맞는 게 그렇게 좋으면 여기서 칼침이나 맞지 그러냐!"

"헹! 요즘 똥구멍이 시큰하지 않더냐!"

"온몸에 채찍 자국투성이인 네 녀석이나 시큰하겠지!"

"휴우……."

정말 비방 같지 않은 비방으로 서로를 여지없이 깎아 내리는 두 왕자를 보며 양측에 속한 군신들은 모두들 한숨만 내쉴 뿐이었다. 왕자들이 제시한 조건에 혹해 그들의 계승을 도우러 나서기는 했지만, 전쟁이 길어지면 길어질수록 두 왕자의 본성이 고스란히 드러나고 있었다.

이제는 전쟁이 지겹기까지 한 두 진영이었는데, 어느 하나 굴복했다가는 목숨이 성하지 않을 것이 뻔하고 둘 다 똑같은 녀석이기에 항복도 못하고 있었다.

그러는 와중에 사람들의 머리 속엔 정당한 왕위 계승자 그리드의 얼굴이 떠올랐지만, 왕위 계승을 거부하고 있는 그였기에 한숨은 더욱 커질 수밖에 없었다.

바보 같은 비방 방송을 한참 때리고 있을 때 갑자기 사람들이 웅성대기 시작했다. 하늘에서 뻘건 물체가 빠르게 날아오고 있었기 때문이다.

"저건 뭐야!"

"빨간 구름도 다 있나?"

"어… 저건 레, 레드 드래곤이다!!"

눈 좋은 병사에 의해 그 정체를 드러낸 것은 최강의 생물 드래곤이었다. 양측의 병사들은 갑자기 날아든 레드 드래곤을 보며 우왕좌왕대기 시작했고, 비방 방송을 하고 있던 두 왕자도 마찬가지였다.

"우하하하하하!!"

거대한 웃음소리가 하늘에서 내려와 지상을 뒤흔들기 시작했다. 양측의 병사들은 모두 귀를 잡고 괴로워할 수밖에 없었는데, 어느새 레드 드래곤은 한가운데로 날아 내려왔다.

거대한 몸집의 드래곤. 그 크기로 봐서 에이션트 급이었기 때문에 사람들의 공포는 더욱 커지고 있었다.

거대한 레드 드래곤, 그것을 보고 있던 사람들은 커다란 고목에 매달린 매미처럼 붙어 있는 한 명의 마법사를 볼 수 있었다.

뭐, 그 정체는 말할 것도 없이 루드웨어였다. 시크라의 목 뒤에 타고 있던 루드웨어는 땅에 착지하자마자 당당하게 고개를 들고 있는 시크라 때문에 목에 맨 줄에 대롱대롱 매달린 신세가 돼버린 것이다.

"이 빌어먹을 드래곤아, 고개 숙여!"

[못해! 위대한 드래곤이 어떻게 인간의 앞에서 고개를 숙인단 말이냐!]

"이게! [파(破)]!!"

[끄억!!!]

시크라가 고개를 숙일 생각을 하지 않자 열받은 루드웨어는 뒤통수에 언령 마법을 날렸고, 그에 타격을 받은 시크라는 고개가 숙여지고 말았다.

숙여진 고개 덕에 자세를 잡을 수 있던 루드웨어가 몸을 일으켰을 때는 양측의 병사들이 멍한 얼굴로 쳐다보고 있었는데, 조금 어색해진 루드웨어는 헛기침을 몇 번 하고는 대본대로 나가기 시작했다.

"크크크크! 난 궁극의 마법사 루드웨어라고 한다! 대륙을 정복할 이 몸이 그로인 왕국을 그 교두보로 삼고자 하니, 모두 나에게 복종할지어다!!"

앞에 상황과는 전혀 맞지 않게 음흉한 웃음을 스피커 마법을 사용하여 터뜨리며 말하는 루드웨어의 연기에 감탄하는 것일까? 사람들은 잠시 멍하니 그 소리를 듣고 있었는데, 그것을 듣고 있던 두 왕자가 가만히 있을 리 없었다.

"헹! 어디서 꼴 같지 않은 마법사가 나타나서 지랄이냐! 뭣 하느냐! 저 건방진 마법사에게 활을 쏴라!!"

"오랜만에 맞는 소리 하는군! 뭐 하느냐! 빨리 활을 쏘지 않고!!"

오랜만에 의견이 합쳐진 두 왕자는 병사들에게 활을 쏘는 것을 지시했고, 얼마 지나지 않아 수천 개의 화살이 시크라와 루드웨어에게 쏟아져 내려왔다.

뭐, 시크라야 에이션트 드래곤의 두꺼운 철면피 덕에 화살이 별 타격을 주지 못했지만 루드웨어는 수많은 화살에 잠시 당황할 수밖에 없었다.

레드 드래곤과 함께 날아오면 조금 겁먹을 줄 알았는데 전혀 아니었기 때문이다.

물론 이것은 방금 전 시크라와 있었던 일련의 얼빠진 행동의 결과라고 할 수 있었다. 얼빠진 마법사에게 한 대 맞고 조용해진 드래곤을 우습게 보았기 때문인 것이다.

"이 자식들이! 너희들에게 공포를 보여주마! 시크라!! 녀석들에게 브레스를 뿜어라!!"

[안 돼. 방금 맞은 언령 때문에 목이 삔 것 같아.]

시크라의 말에 잠시 휘청였던 루드웨어는 어쩔 수 없이 자신의 마법을 사용할 수밖에 없었다.

"크크크크! 네 녀석들에게 지옥을 구경시켜 주지! 모든 정신계를 지배하는 환신의 이름으로 명하니… 중얼중얼… 카오틱 일루젼!!"

루드웨어가 시동어를 외치자 그의 주변으로 검은 어둠의 빛이 확장되어 가더니 얼마 가지 않아 어둠의 빛은 두 진영의 군사 모두를 감쌌다.

그리고 어둠의 빛에 감싸인 자들은 엄청난 공포를 느껴야 했다.

"우와! 데몬이다!!"

"스켈레톤이다!!"

"고스트다!!"

루드웨어의 마법으로 지옥의 환상이 병사들의 눈을 현혹시키기 시작한 것이다. 순식간에 아수라장이 된 진영은 서로가 서로를 베는 병사들이 속출하기 시작했는데, 그것을 본 루드웨어는 너무 많은 희생자가 나면 큰일인데라는 생각에 섬뜩한 느낌을 가지고는 마법을 풀었다.

카오틱 일루전이 시동되어 사라지기까지는 약 15초 정도. 하지만 그 15초의 시간에도 양측의 병사들은 녹초가 되기 충분했다.

많은 부상자와 함께 쓰러지는 병사들이 속출하게 됐고, 그것을 본 루드웨어는 또 음흉한 웃음소리를 내며 말했다.

"크크크, 보았느냐! 이것이 바로 나를 거부한 네 녀석들이 겪게 될 일이다! 나에게 복종하라! 그렇지 않으면 너희들은 지옥의 군대의 밥이 되리라! 크하하하하!"

그 말과 함께 루드웨어는 레드 드래곤 시크라와 함께 멀리 사라져 갔다. 물론 이것은 뒤통수에 발길질을 하는 루드웨어의 무언의 지시에 좋은 타이밍으로 시크라가 날아 오른 덕분이다.

아무튼 거대한 레드 드래곤을 타고 다니는 공포의 마법사의 공언을 들은 두 진영은 찬물을 뿌린 듯 조용하기 그지없었다.

"으으……!"

"난 죽고 싶지 않아!!"

떠드는 녀석이라곤 아직도 환상에 잡혀 있는 듯 소리치는 얼빠진 두 왕자뿐이었기에, 양측의 군대를 이끄는 장군들은 서로를 잠시 바라보고는 두 왕자가 가지고 놀던 확성기를 잡고는 말했다.

"그쪽에 있는 책임자가 남부의 통합 사령관 유리스 백작인가!"

"그쪽은 북부 통합 사령관 하렌트인가!"

"그렇다네. 상황이 이상하게 꼬인 것 같으니 잠시 휴전을 하고 이 일에 대해 대책을 회의하는 것이 어떻겠는가!"

"원하는 바일세!"

문젯거리 두 왕자가 환상에 빠져 헤매고 있는 사이, 두 진영의 이인 자는 아무 문제 없이 휴전 회의를 성사시켰다. 이렇게 해서 그로인 왕국을 어지럽힌 두 왕자의 내전은 악독한 한 마법사에 의해서 종식되고 만 것이다.

한편 하늘 멀리 사라진 루드웨어는 시크라의 머리를 밟고 있었다.

"이 멍청한 자식아! 니 때문에 스타일 완전히 구겼잖아!"

[헹! 위대한 드래곤에게 고개를 숙이라니, 그게 될 법이나 한 소리더 냐! 또 고개 좀 안 숙였다고 그걸로 쇠도 부술 연령을 써서 내 뒤통수를 갈겨!! 니가 그러고도 친구냐! 이 웬수야!]

"웬수?! 그래, 웬수 맛 좀 봐라!!"

루드웨어는 웬수라는 말에 또 시크라의 머리를 밟아대고 있었는데, 그 정도에 시크라가 충격이나 받겠는가? 하지만 방금 전에 언령에 맞아 삐끗한 부분에 루드웨어의 킥이 적중하자 시크라는 현기증을 일으켰다.

[헉!!]

중추 신경계와 연결되어 있는 중요 부분인 목 부분의 척추를 크게 다쳐 정신을 잃게 된 시크라는 높은 하늘에서 뺑글뺑글 곡예하듯 회전하며 땅으로 곤두박질쳤고, 메아리치듯 루드웨어의 비명 소리가 하늘을 가를 뿐이었다.

"꾸아아아아악!!"

남들은 말하기를 이것을 바로 자업자득이라 한다고 했다.

이 시간 루드니아는 레그르토가 마련해 준 멀티엘레멘트 소드와 미쓰릴 갑옷을 착용한 채 그토록 갖고 싶어했던 기술을 연마하고 있었다.

"정신을 더 집중하고, 마나는 멈추는 것이 아닌 흐른다는 생각으로 뻗어내십시오."

"알았다구! 좀 조용히 해!! 정신 집중이 안 되잖아!!"

"……."

단숨에 레그르토의 입을 막은 루드니아는 정신은 집중하며 몸 안에 있던 마나를 집중시키기 시작했다.

레그르토에게 배운 마나를 모으는 법, 그것을 생각하며 정신을 집중시킬 때 무엇인가 친숙했던 기운이 심장에서 흘러나오기 시작했다.

따뜻함, 차가움, 부드러움, 꺼칠꺼칠함… 살아가면서 느껴지는 그 모든 기운을 느끼는 것 같은 루드니아의 눈에선 따뜻한 눈물이 흘러나왔다.

무엇인가 한없는 그리움이 자극하고 있었기 때문이다.

"뭐지?"

도저히 알 수 없는 기운 때문에 루드니아는 정신을 차릴 수가 없었다. 그리고 그 기운이 온몸을 자극했을 때 한 사람의 이름이 떠올랐다.

"루드웨어!"

루드니아는 갑작스럽게 떠오른 그 이름을 외치며 마나를 뻗었고, 루드니아의 검에선 무지개 색의 빛이 뻗어 나와 목표하고 있던 바위를 강타했다.

"헉!!"

레그르토는 그 빛의 정체를 알고 있었다. 바로 다원소 드래곤인 자신의 어머니가 가지고 있는 소멸의 마나였다. 물론 그 마나의 양은 예전에 비하면 몇만 분의 일도 안 되지만 다원소의 마나를 사용했다는 그 자체가 중요했다. 또 그 마나를 뿜어내면서 소리친 아버지의 이름… 어머니는 기억을 되찾았단 말인가? 레그르토는 갑자기 다리에 힘이 풀리는 듯했다.

"어? 와아! 레그르토, 봐봐! 내가 그리처를 성공시켰어!"

"에? 아! 축하드립니다."

그리처의 성공을 보고 좋아하는 루드니아의 모습을 보고는 안도의 한숨을 내쉬는 레그르토였다. 하지만 루드니아는 다시 한 번 그의 심장을 뒤흔들어 놓았으니…….

"근데 내가 왜 루드웨어란 이름을 소리쳤지?"

"그, 글쎄요… 기억 속에 남아 있는 인물인가 보죠."

"응. 그런가 봐. 그 이름이 생각나니까 갑자기 화가 나더니 마나가 모아지더라구."

"음……."

레그르토는 어지간히 부부 싸움을 크게 했나 보다라고 생각했다.

"루드웨어… 그 이름에 나도 모르게 화가 나. 그런데 이상해… 자꾸 눈물이 나려고 그러네……. 화나서 그런 건가?"

"루드니아……."

"가슴이 아파… 이게 뭐지……."

루드니아의 눈에선 눈물이 흐르고 있었다. 물론 레그르토는 그 눈물의 진실을 알고 있었다.

마신 크레이져와의 싸움 이후 100년. 두 사람은 그 오랜 시간을 헤어져 있어야 했다. 서로가 서로를 생각하며 눈물 흘렸던 100년의 시간이 지나서 만났을 때 둘은 서로에게 주먹을 날렸다고 들었다. 하지만 그 후로 단 하루도 떨어져 있지 않았던 것을 아는 레그르토는 그리 오랜 시간이 아니었지만 그리움이 생겼다는 것을 알 수 있었다.

기억을 잃은 순간에서도 가슴속에 남아 있는 사랑. 그것이 루드니아에게 눈물을 만들어내고 있었던 것이다.

"에이… 내가 왜 이러지? 레그르토."

"예."

"오늘은 훈련 그만 해도 되지? 그리처도 해냈으니까 말이야."

"무슨 소리입니까? 간만에 감도 잡았는데. 앞으로 백 번만 더 하고 쉬십시오."

"엥?! 레그르토, 그건 너무 많아."

"처음의 약속을 잊으셨습니까?"

"으헝……."

고통의 눈물을 다시 흘리는 루드니아를 보며 미소 짓는 레그르토였다. 기억을 되찾으면 조금 위험하기는 하지만 반드시 되찾게 해주어야 겠다는 생각을 하며…….

레그르토에게 검술을 배우는 루드니아의 실력은 날이 갈수록 크게 향상되어, 요즘 들어와서는 기초 체력 훈련이나 기초 검술이 아닌 대련 쪽으로 그 방향이 바뀌어져 있었다.

레그르토가 지정한 대련의 상대는 그녀의 호위 기사단이라고 할 수 있는 레드 나이트였다. 게르하인과의 검술 대련에서는 그리처 사용을 금지당하고 있는 상태였기에 백 번 싸우면 백 번 다 지는 형편이었지만 게르하인을 제외한 나머지 기사들과는 호각지세를 다투고 있었다.

레드 나이트 한 명 한 명이 상당한 실력의 소유자라는 것을 감안한다면 루드니아의 실력은 일취월장한 셈이라고 할 수 있었다.

"예! 거기까집니다."

"휴우……."

레그르토가 대련을 멈추게 하자 루드니아는 길게 한숨을 쉬며 검을 들고 뒤로 물러섰다. 자신도 실력이 꽤 늘었다는 것을 알지만, 게르하인과의 싸움에서는 밀리기만 했기 때문에 자신도 모르는 사이에 한숨이 새어 나온 것이다.

"오늘도 게르하인에게 한 포인트도 따내지 못했네."

"하하하하! 어이, 아가씨. 이 게르하인이 요즘 들어와서 좀 썩었다고는 하지만 아직 일 년도 안 된 초보자에게 지지는 않습니다."

"어! 대장, 너무해! 그럼 우린 뭐야!!"

게르하인의 말에 루드니아에게 패배한 적이 있던 다른 레드 나이트들이 원망의 소리를 하자 그는 한심한 눈으로 쳐다보면서 말했다.

"초보자한테도 지는 멍청이들이지."

"으……."

뭐라고 반박하고 싶었지만 사실은 사실인지라 어쩔 수 없이 듣고 있을 수밖에 없는 레드 나이트들은 이만 박박 갈 뿐이었다.

루드니아는 그런 그들의 모습을 보며 게르하인에게 물었다.

"게르하인."

"왜여?"

"내 실력 어느 정도나 될까?"

루드니아의 말을 들은 그는 한참을 생각하다가 뒤에 있던 녀석들을 가리키며 말했다.

"저 녀석들보다 조금 나은 실력이요."

"그게 뭐야!!"

"뭐, 조금 잘한다는 겁니다. 그래, 자신의 실력을 그렇게 알고 싶으신 겁니까?"

"응."

"그렇다면 시합에 한번 나가보시죠."

"시합?"

"예. 때마침 4년에 한 번 열리는 아라시아성교의 신성기사단 검술 시합이 한 달 후에 열리니 딱 좋다고 할 수 있죠."

"그래?"

루드니아는 멀찍이 앉아 하늘을 쳐다보고 있는 레그르토에게 뛰어가더니 자신의 의견을 말했다.

"레그르토, 난 검술 시합에 나갈래!"

"검술 시합이요? 음… 아라시아성교의 시합을 말씀하시는군요."

"응."

"뭐, 경험을 쌓는 것도 나쁘지는 않겠지만… 일단은 폐하를 먼저 설득하시지요."

"드미트리?"

"예. 그분은 아마 위험한 검술 시합 같은 데에 루드니아님을 보내시려 하지 않을 겁니다."

"에이, 걱정 마. 내가 알아서 다 할 테니까."

"그렇습니까? 그럼 드미트리님에게 허락을 받아오시면 허락해 드리지요."

"잠깐 기다려!"

레그르토에게서 황제의 허락을 받아오란 말을 들은 루드니아는 대련을 하던 복장 그대로 황궁의 집무실로 뛰어가기 시작했다.

로아냐드 황궁의 집무실. 중재의 검이라는 이름을 가지고 있는 이 집무실은 황제를 비롯하여 제국의 재상과 총사령관 등과 같은 제국의 중심에 위치한 고위 귀족들이 모여 회의를 하는 곳이다.

그들 앞의 탁자에는 한 자루의 검이 붉은 비단 위에 놓여져 있었는데, 그 검은 바로 로아냐드 제국의 초대 황제인 성황제 미트란의 검이자 태양신 아라시아가 만든 태양검 솔라리스였다.

건국 황제의 검이 있는 방인만큼 이곳으로 들어올 수 있는 자격을 가진 이들은 극히 한정되어 있었기에 함부로 이곳에 들어오는 자는 사형을 면치 못했다.

"현재 동부에서 내전을 겪고 있는 나라는 그로인, 아프가스트, 펠라인 왕국 등 총 13개 국가이며, 국경 분쟁으로 싸우고 있는 국가는 멜디그, 라프란, 코이란 등 9개 국가입니다. 지금까지는 국내의 일이 많아 동부의 중소 국가들의 혼란을 방치하고 있었지만, 아라시아성교의 미톨란 교황이 민중들에게 혼란을 방치하는 황제 폐하를 비방하고 있을 정도인지라 이번만큼은 군대를 보내야 할 듯합니다."

제국 전군 총사령관 벨크 공작은 호전적인 인물이었다. 그는 제국 동부의 120개 중소 국가가 요즘 들어 제국에 반항하는 기세가 강해지자 일단은 내전과 국경 분쟁 중인 중소국을 쳐서 제국의 입지를 더욱 굳히려 하고 있었다.

또한 벨크 공작은 파렌드 후작 파에서 유일하게 요직에 앉아 있는 인물이었기에 이참에 후작 파의 입지를 강화시키려 하는 뜻도 있었다.

제국 재상 레이아드 공작이야 전쟁을 바라고 있었기 때문에 중립을 유지하고 있었는데 반해 베르도 남작의 경우에는 아직 국내 사정이 어려운 것을 알고 있었기에 대대적인 병력의 이동을 찬성할 수는 없었다.

"교황 성하의 뜻이 있다고는 하지만 아직 국내의 사정은 그리 여의치 않습니다. 중재의 군대 출정은 십 년 후 정도에나 가능합니다."

"무슨 소리입니까! 당신은 성황 폐하의 성검 솔라리스를 보면서도 그런 소리가 나오십니까? 대대로 제국은 중소 국가의 분쟁을 중재하는 것을 그 주된 국가의 목표로 삼아왔는데, 그것을 사정이 여의치 않다는 것으로 멈추려 하는 것은 건국 황제이신 성황 폐하의 뜻을 어기는 것임을 알기나 하시는 겁니까?"

"성황 폐하께서도 중재의 군대 일로 제국이 위험에 처하는 것을 삼가셨습니다. 벨크 공작께선 로비아회군에 대해서 잊으신 겁니까?"

로비아회군. 초대 황제 성황은 페드론 왕국에서 내전이 일어나자 5만의 중재의 군대를 파견하려고 했지만 그 당시 제2인자인 샤브란 공작이 내란을 일으키자 상황을 신속히 판단 페드론 왕국으로 진군 중이던 중재의 군대를 돌려 샤브란 공작군의 뒤를 침으로써 승리할 수 있었다. 물론 이 전쟁으로 페드론 왕국으로 가는 중재의 군대 파견은 1년 후에야 가능했다.

로비아회군의 이야기가 나오자 벨크 공작은 반론할 여지가 없는지라 이를 갈 수밖에 없었는데, 그때 상황을 역전시키는 일이 발생하고 말았다.

벨크 공작이 베르도 남작을 보며 이를 갈고 있을 때 쾅! 하는 소리와 함께 중재의 검 방으로 한 사람이 뛰어 들어왔다.

"드미트리!"

황제의 이름을 이렇게 막 부를 수 있는 이는 단 한 사람, 루드니아 외엔 없었기 때문에 드미트리는 자신의 머리를 잡고 한숨을 내쉬었다.

"루드니아, 이곳은 아무나 들어올 수 없는 곳이라고. 빨리 나가. 회의 끝나고 갈 테니까."

"안 돼. 급하단 말이야!"

"이게 무슨 짓인가!"

드미트리가 뭐라고 말을 하려고 할 때 루드니아를 향해 소리친 사람이 있었는데, 그는 바로 벨크 공작이었다.

베르도에게 한 방 맞아 열받아 있을 때, 때마침 루드니아가 들어온 것이다.

한참 열받아 있는 벨크 공작이 이 버릇없는 여자를 좋아할 리 없는 데다 어떻게 보면 자신의 일파가 이 루드니아 때문에 완전히 정치권에서 멀어진 이유도 있는지라 그냥 넘어가려고 하지 않았다.

"이곳은 건국 황제이신 성황 폐하의 명으로 국가의 중신이 아니면 들어오지 못하는 곳이라는 것을 모르느냐?!"

벨크 공작의 말에 역시 루드니아는 고개를 저었다.

"몰라, 그런 거."

"흥! 그렇다면 모르는 채 죽는 게 낫겠군."

"엥? 왜 죽어?"

벨크 공작의 말이 무슨 뜻인지 잘 알고 있는 드미트리는 얼굴이 시퍼렇게 변한 채 루드니아에게 그 이유를 설명해 주었다.

"루드니아, 이곳은 제국의 최요충지로 건국 황제이신 성황 대에서부터 중신 이외에 이곳을 들어오는 이는 사형을 시키는 암묵적인 율법이 있다. 나의 8대조 위의 황제 폐하께서는 아무것도 모른 채 이곳에 들어

온 공주를 눈물을 흘리면서 사형시킨 선례가 있다고…….”

그러한 선례가 있는 만큼 드미트리로서도 루드니아를 구할 수 있는 방법은 생각이 나지 않았다. 어떻게 해야 할지 생각이 안 나는지라 이마에 흐르는 식은땀은 끊이질 않고 있었는데, 다행히 그를 도와주는 인물이 있었다.

“폐하.”

“레이아드 공작, 말씀하시오.”

레이아드 공작은 의미있는 미소를 지으며 잠시 루드니아를 쳐다보고는 드미트리 황제에게 정중하게 말했다.

“제 좁은 안목으로, 이번 동부 중재의 군대의 출진을 책임질 좋은 장수가 생각이 나서 말씀드리겠습니다.”

“무슨 말인가! 중재의 군대의 출진은…….”

드미트리는 레이아드 공작의 엉뚱한 벌언에 화를 내며 아직 출진은 결정되지 않은 것이라고 소리치려고 했는데, 레이아드 공작의 의미있는 미소를 보고는 그제야 그가 말하고자 하는 것을 알 수 있었다.

탈출구가 생긴 드미트리는 안도의 한숨을 내쉬며 말했다.

“좋은 장수라… 그래, 어디 한번 말해 보게나.”

드미트리의 말에 레이아드 공작은 잠시 헛기침을 하고는 설명하기 시작했다.

“근래에 저희 제국에서 뛰어난 여장수가 나타났다고 합니다. 그 실력은 폐하께서 총애하는 레드 나이트의 기사들을 손쉽게 제압할 정도의 실력이라 하며, 그의 곁에는 많은 지장들이 모여 있어 그를 중심으로 동부 중재의 군대의 원정을 보내심은 제국에 그리 큰 소실이 없어도 충분히 승리를 얻으리라 생각합니다.”

"오! 좋은 소식이군. 그래, 그 여장수의 이름은 무엇인가?"

"예. 뛰어난 검술과 지장을 거느린 여장수의 이름은 루드니아라고 합니다."

"루드니아? 오호! 그것은 짐의 곁에 있는 이 아이의 이름이 아니던 가? 이 아이가 그리 뛰어난 검술이 지녔다니 믿겨지지 않는군."

한 편의 잘 짜여진 연극을 하는 것같이 막힘없이 이야기를 나누는 두 사람을 보며 좌중에 있는 신하들은 황당함을 느끼지 않을 수 없었 다.

"말도 안 됩니다! 저따위 장난감 검이나 들고 다니는 계집애가 무슨 검술이 뛰어나다는 것입니까!"

사태가 이상하게 돌아가자 벨크 공작은 노성을 터뜨리며 소리쳤는 데, 그 소리를 들은 드미트리는 루드니아에게 살짝 미소를 지으며 말했 다.

"루드니아, 벨크 공께서 자네의 검을 장난감이라 하니 한번 그 검을 그에게 들어보라 하지 않겠는가?"

"음… 그러지요 뭐."

루드니아는 드미트리의 말에 고개를 끄덕이고는 벨크 공작에게 자 신의 검을 던져 주었다. 전에도 말했듯이 루드니아의 검인 멀티엘레멘 트 소드는 전장 3미터가 넘는 초거대 검이기 때문에 무게는 엄청났는 데, 아무것도 모르는 벨크 공작이 단순히 나무로 만들어진 가짜 검이려 니 하는 생각으로 루드니아기 던져 주는 그 검을 받아 드는 순간, 갑작 스럽게 밀려오는 거대한 무게의 압력으로 외마디 비명을 지르며 검에 깔려 버렸다.

"꾸악!"

벨크 공작은 검에 깔린 채 기절해 버리고, 그 순간을 틈타 드미트리는 하려고 하던 일을 진행시켜 나갔다.

"호… 벨크 공작께서 장난감 검을 받다가 기절까지 할 줄은 몰랐군. 일단 기절한 벨크 공작은 제쳐 두고 짐은 루드니아에게 동부로 갈 중재의 군대의 사령관 자리를 맡기려 하는데, 그대들의 생각은 어떻소?"

황제와 레이아드 공작이 밀고 나가는 일인지라 다른 사람들은 감히 반대의 의견을 내지 못하며 찬성할 수밖에 없었다. 그때 베르도 남작은 손을 들고는 말했다.

"동부로 중재의 군대가 출진하는 것이 확실히 정해졌다고는 하지만 소신은 루드니아의 공이 중재의 군대의 사령관을 맡는 것은 인정할 수 없습니다."

"무슨 말인가? 저 거대한 검을 다루는 것을 그대도 보지 않았는가?"

"단순히 검을 들 수 있다 하여 실력자라 한다는 것은 있을 수 없는 일입니다. 그 실력을 인정받지 못한 자에게 중한 일을 맡긴다는 것은 성급한 일이라 생각되옵니다."

"음……."

사실 그 말도 틀린 말은 아니었다. 건국 때부터 이어져 내려온 중재의 군대의 일을 자신의 대에서 실력도 검증받지 못한, 아니, 자신이 총애하는 여인에게 함부로 맡긴다는 것은 그로서도 조금은 꺼림칙한 일이었기 때문이다.

"검증? 음… 아! 성기사 대회에 나가 우승하면 검증이 되는 거예요?"

"큭! 루드니아, 그게 무슨 말이야!"

"여기 온 건 드미트리에게 성기사 검술 대회에 나간다는 말을 하려고 온 건데요."

"절대 불가! 그렇게 위험한 시합에 어떻게 널 보낸단 말이야!"

하지만 일은 드미트리의 생각대로 풀리지 않았다. 베르도 남작은 그 이야기를 듣고는 미소를 띠며 말했다.

"성기사 대회에서 우승한다면 그 실력은 교황께서도 인정하시는 것이니 소신도 인정하지 않을 수 없겠군요."

"베르도!"

성기사 대회는 단순히 성기사만 참석하는 것이 아니다. 대륙에서 내로라하는 검사들이 참여하는 이 시합은 몇백 년의 전통을 가지고 있는 만큼 각지의 명검사들이 몰려오며, 그 우승자의 실력 또한 대륙에서 내로라하는 자들이기에 루드니아가 참가하기에는 너무나 위험한 시합이었다.

12장 루드웨어, 제국을 건설하다

베르도 남작 앞에서 호언장담을 한 루드니아가 게르하인과 레그르
토에게 자초지종을 설명하자 게르하인은 충격을 받고 쓰러지는 척했
고, 레그르토는 한숨을 쉬었다.

"뭐야? 반응이 왜 이래?"

루드니아는 두 사람의 반응을 보면서 약간 화가 난다는 어투로 이야
기를 하는데, 쓰러진 게르하인은 갑자기 벌떡 일어서더니 루드니아의
어깨를 잡고는 슬프다는 표정을 지으며 말했다.

"루드니아, 성기사 시합에서 죽어라……."

"엥? 그게 무슨 소리야?"

"사형당하는 것보단 성기사 시합에서 죽는 게 더 명예롭다는 이야기
지요."

게르하인의 이야기를 설명하듯 레그르토는 루드니아에게 말했다.

"미안하지만 현재의 루드니아님의 실력으로는 성기사 대회의 우승 은커녕 본선에도 진출하지 못할 겁니다."

"뭐야! 내 실력을 무시하는 거야!"

"루드니아님의 실력을 무시하는 게 아니라 성기사 대회의 수준을 높게 보는 겁니다."

"음… 그렇게 강한 사람이 많이 나와?"

루드니아의 물음에 게르하인은 이마에 흐르는 식은땀을 닦으며 말했다.

"작년도 우승자가 누군지 아십니까?"

"누군데?"

정말 모르고 있는 루드니아의 물음에 레그르토는 차가운 목소리로 말했다.

"작년도 우승자는 용병계의 전설로 남아 있는 블로드 스톰의 딸 레비나 아디스. 현 대륙 용병 길드에 소속되어 있는 7명의 특급 용병 중 수좌를 차지하고 있는 여성 검사입니다. 추측되는 실력은 소드 마스터의 경지를 넘어선 자. 명예의 기사좌를 포기하지 않는 한 결승에서 만날 상대는 레비나 아디스일 확률이 높습니다."

"음… 같은 여자잖아. 그렇담 내가 이길 확률도 있지 않아?"

루드니아의 말에 말도 안 된다는 표정을 지은 게르하인은 단호하게 고개를 내저으며 말했다.

"전혀. 루드니아는 소드 마스터의 경지를 넘어선 자의 개념을 몰라."

"그게 뭔데?"

"소드 마스터의 경지를 넘어선 자, 소드 마스터 오버라 불리는 자들은 인간이면서 인간이 아닌 자들입니다. 몸 안에 넘치는 마나를 받아들이는 과정에서 신체가 재배치되어 인간이 가질 수 있는 마나량을 넘어서는 이들로, 검술과 함께 상상도 못할 정도의 마나를 가지고 있지만 더 문제되는 것은 그들이 폭주했을 경우입니다."

"폭주?"

"예. 그자들이 가지고 있는 마나량은 인간이 견딜 수 없는 것, 신체는 광대한 마나량을 제어하기 위해 뇌신경을 흐트러뜨리는데 그것이 바로 폭주 모드입니다. 소드 마스터 오버러가 폭주 모드에 들어가게 되면 광전사의 정신으로 평상시의 두 배나 되는 마나를 사용할 수 있습니다. 레비나 아디스의 경우에는 그의 부친인 블로드 스톰의 피의 마나와는 다른 화향의 마나를 소유하고 있지만 기술은 블로드 스톰과 같다고 할 수 있습니다. 폭주 모드로 들어갈 경우 플라워 에어리어는 확장하게 되어 플라워 페스티벌로 들어서게 되는데, 그때가 되면 그녀의 영역 안에 들어가 있는 어떠한 자도 살아남지 못하게 됩니다. 다행히 화향의 마나를 다루는 레비나 아디스의 경우는 과거의 블로드 스톰과는 달리 폭주 모드를 어느 정도 선까지는 조종할 수 있다고 들었지만, 그렇다고 해서 상처 하나 없이 빠져나갈 수 있을 정도는 아닙니다."

게르하인은 불쌍하다는 눈으로 루드니아를 보며 다른 자들에 대해서도 설명하기 시작했다.

"레비나 아디스에게 아깝게 패한 자는 소비에르 제국의 전사라는 블랙 나이트란 잔데, 그자 역시 레비나와 같은 오버러로 폭주 모드를 지니고 있지. 또 3등 4등도 폭주 모드……."

• "잠깐! 웬 소드 마스터 오버러가 그렇게 많은 거야!"

"소드 마스터 오버러는 레비나와 소비에르의 블랙 나이트뿐입니다. 다른 이들은 오버러의 폭주 모드를 검술의 명가에서 연구하여 만든 가짜 폭주 모드라고 할 수 있지요."

"음… 그런 건 잘 모르겠고. 게르하인, 네가 시합에 나간다면 몇 등 정도 할 수 있어?"

"글쎄요… 젊었을 때 나갔을 때는 본선에도 못 들어가긴 했지만, 지금이라면 본선 16강까지는 오를 것 같군요."

"음……."

대련을 하며 본 게르하인의 막강한 실력으로도 시합의 16강 정도에 그친다는 말에 그제야 루드니아는 시합의 선수들과 자신과의 실력 차이를 조금 깨달을 수 있었다. 이런 식으로 있다가는 우승은커녕 상위 등수에도 들지 못할 게 뻔했다.

그런 루드니아의 마음을 아는지 레그르토는 냉랭한 목소리로 말했다.

"어쨌든 시합에 나가 망신은 당하지 말아야 할 테니, 오늘부터 특훈에 들어가기로 하지요. 생각해 보면 루드니아님에게 폭주 모드가 없는 것은 아닙니다."

"나도 그런 게 있어?!"

레그르토의 말에 루드니아아의 얼굴에선 상한 희망의 빛이 떠올렸다. 기대에 찬 얼굴. 하지만 레그르토의 다음 말은 충격이었다.

"단지 남들과는 달리 루드니아님의 폭주 모드는 단순히 광전사 같은 지랄발광뿐이라는 게 문제지요."

"엥?"

게르하인은 레그르토의 말에 고개를 끄덕이며 말했다.

"그러고 보니 그렇군. 배고프다고 황제 폐하의 목을 조를 때나 특훈 받고 괜히 레드 나이트들을 괴롭힐 때 조금 광전사적인 면모가 보이긴 했지."

"엥……."

눈물을 흘리고 싶은 루드니아였지만, 어쨌든 성기사 시합에서 우승하지 못하면 목이 잘릴 위험이 있기에 특훈에 몰입할 수밖에 없는 상황이었다.

악덕 마도사 루드웨어의 공격에서 간신히 벗어난 그리드 왕자와 준호 일행은 그들을 도와줄 수 있는 능력의 사람, 차원도사를 찾아갔다.

그리드의 안내로 도착한 곳은 거대한 공동묘지였다. 작은 산 하나에는 수많은 묘패가 꽂혀 있었다.

"여긴?"

"죽은 자들을 위한 안식처입니다. 아무런 연고도 없이 전쟁터에 버려진 불쌍한 자들의 시신을 그분은 모아 이곳에 묻어주지요."

그리드는 가까이 있는 무덤에 다가가서는 조용히 눈을 감고는 그 사람을 위한 기도를 올렸다. 그리드가 무덤에 기도를 올리고 있는 모습이 너무나 경건한지라 실레이드와 콜드까지도 입을 열 수가 없었다.

"힘있는 자들은 전쟁을 우습게 여기고 있습니다. 단순한 유희에 지나지 않는 것이죠. 하지만 그 전쟁 속에서 사랑하는 사람과 헤어져 죽음의 땅에 버려진 자들에게 이것은 유희가 아닙니다. 힘있는 자들은 수많은 자의 죽음으로 역사에 이름을 남기지만, 힘없는 자들은 눈물과 함께 사라져 잊혀져 가지요. 그분께선 그들의 슬픔을 느낄 수 있었기에 수많은 세월을 죽은 자들을 위해 살아가고 있는 것이지요."

"아!"

준호는 그 순간 차원도사란 사람이 이계의 인간임에도 이곳의 사람들을 어느 누구보다도 사랑하고 있었다.

"제가 왕이란 절대 권력의 좌를 포기한 것은 바로 이분을 만난 후였습니다. 처음에는 시체를 움직이게 하는 네크로멘서인 줄 알았지만, 호기심에 도착한 이곳에서 수많은 사람의 시신을 손수 묻어주며 기도하시는 그분에게서 전 절대의 권좌의 무상함을 깨달을 수 있었지요. 약한 자도, 강한 자도, 부귀한 자도, 가난한 자도 죽음 앞에선 아무것도 가질 수 없습니다."

그리드는 뒤로 돌아서는 준호를 보며 말했다.

"죽음 뒤 당신을 위해 울어줄 수 있는 사람이 있다면, 당신은 어떠한 절대 권좌보다 더 큰 것을 얻은 것이오."

"많이 자랐구나."

어디선가 들리는 목소리에 돌아선 그리드는 한 사람의 모습을 발견할 수 있었다. 그가 찾고 있었던 사람, 바로 차원도사 천우였다.

"천우 도사님!"

그리드는 천우 도사의 얼굴을 확인하고는 얼굴에 미소를 지으며 그에게 뛰어가 두 손을 잡았다.

"저 사람이 차원도사로군."

실레이드는 기다리고 있던 차원도사를 직접 보고는 감격의 미소를 띠었다. 물론 새롭게 시작될 연극의 재미가 더해졌다는 감격에서였다.

이에 반해 준호는 자신을 고향으로 보내줄 유일한 사람을 만난지라 희망에 가득 차 있었다. 차원도사는 그리드와 함께 일행들이 있는 쪽으로 내려와 말했다.

"차원도사라 불리는 천우라고 합니다."

천우의 인사에 다른 사람들은 자신의 소개를 간단하게 한 후 천우의 안내로 그가 살고 있는 작은 오두막에 도착할 수 있었다.

통나무로 어설프게 지어진 집 안에는 이렇다 할 가구 같은 것은 눈에 띄지 않아 그의 검소함을 잘 말해 주고 있는 듯했다.

준호는 하루라도 빨리 돌아가고 싶다는 생각에 차원도사를 보며 말했다.

"차원도사께서는 이계에서 오셨다고 들었습니다."

"이계… 그렇다고 할 수 있지."

"아시아 계통의 분이신 것 같은데…….'

"응? 자네… 그렇군. 지구에서 왔는가?"

"지구요? 아! 인류의 발생지를 말씀하시는군요."

"인류의 발생지라… 자네는 먼 후세의 사람인가 보군. 하긴, 내가 이곳으로 올 때 지구에서는 단 한 사람의 모습도 보이지 않았으니까."

"한 사람도요? 그렇다면 대이주의 시기에 사셨던 분이군요."

"대이주의 시기?"

차원도사의 물음에 준호는 잠시 헛기침을 하며 대이주의 시기를 설명하기 시작했다.

"대이주의 시기는 서기력을 사용하던 시기에 있었던 것으로, 서기 2218년을 말합니다. 그 당시 지구는 환경 파괴로 말미암아 극심한 기후 변화와 함께 지각 변동의 시기를 맞았습니다. 인간의 과학은 자연의 시간을 앞당긴 것이지요. 지구 곳곳에서는 화산이 폭발하면서 10년의 어둠이 찾아왔고, 그로 인해 빙하기가 찾아왔습니다. 130억의 인구는 그 10년의 시간 동안 단 5억만이 살아남을 수 있었으며, 식량을 둘러싼 크고 작은 전쟁이 끊이지 않았습니다. 살아남은 5억의 사람들은 이제 황폐한 지구에서 살아갈 수 있는 방법이 없다고 판단하여 이계의 성계로 대대적인 이주를 시작했습니다. 2218년부터 약 7년 간 이루어진 대이주는 5억의 인구 중 다시 4억의 인구를 머나먼 우주의 무덤으로 사라지게 했지만, 새로운 행성을 찾는 것은 힘들다고 생각한 나머지 1억의 사람들이 우주에 인공 도시를 만들어 살아감로써 인간은 우주력과 함께 새로운 세계를 만들어갔습니다. 우주력 154년에는 드디어 항성 간 운항법과 함께 웜홀 운항이 가능하게 됨으로써 새로운 행성으로의 이주가 가능하게 되었고, 우주력 3180년의 현재에 와서는 공식 유인 행성만 수십만에 총인구 4천억의 인류의 세계를 만들어낼 수 있었습니다."

"흠……."

차원도사는 준호가 말하는 인류의 역사를 듣고는 잠시 생각에 잠겼다. 완전히 사라졌다고 생각한 지구의 인간들, 그 사람을 오랜 시간 이계에서 살아오다 만나게 된 천우는 감개무량할 수밖에 없었다.

"우주로 이주해 간 인간들 사이에서 전쟁은 없었는가?"

"…있었습니다. 그리고 지금도 전쟁 중인 행성도 수없이 많습니다."

"그런가… 시대가 바뀌어도 인간의 본성은 바뀌지 않는가 보군……."

전쟁의 이야기를 들은 차원도사의 안색은 침울해져 갔다. 하지만 얼마 안 있어 본모습을 찾은 천우 도사는 준호의 일행들에게 차를 따라 주면서 말했다.

"자네들이 나를 찾아온 데는 무슨 이유가 있을 텐데, 말해 보게나."

그 말에 그리드가 그의 앞에서 무릎 꿇고는 이마가 땅에 닿듯이 머리를 숙이며 말했다.

"천우 도사님, 제발 저희를 도와주십시오."

"무슨 일인가, 그리드 군."

그리드는 자신의 행동에 당황하는 차원도사를 보며 지금까지 있었던 일을 세세히 이야기해 나가기 시작했고, 모든 이야기를 다 들은 그는 무엇인가를 곰곰이 생각하고는 말했다.

"음… 그러고 보니 얼마 전에 불쌍한 사람들을 묻어주기 위해 간 전쟁터에서 수상한 네크로멘서를 만난 적이 있네. 자네의 말을 들어보니 루드웨어란 마법사가 그와 관련이 있을지 모르겠군."

"예?"

그리드는 그 말에 잠시 놀랐지만 정작 더욱 놀란 것은 준호를 포함한 일행들이었다. 이러다간 엄청난 죄를 꼼짝없이 루드웨어가 뒤집어쓰게 될 형편이었기 때문이다.

[콜리드, 이게 뭐야. 루드웨어가 시체 가지고 장난 노는 네크로멘서와도 관련이 있는가?]

[멍청이, 우연찮게 녀석들이 나타나 쓸려가는 것뿐이잖아. 그나저나 큰일이군. 네크로멘서 같은 패거리와 한 패라는 소문이 들렸다간 잘못하면 전 마도사를 적으로 돌리는 게 되는 거라고.]

[이거, 녀석이 관련없다고 밝힐 수도 없고… 큰일이군.]

네크로멘서의 패거리로 쓸려간 루드웨어, 과연 그의 운명은 어떻게 흘러가고 있는 것일까?

한편 준호 일행이 차원도사와 만나 이야기를 나눌 무렵 루드웨어는 애마의 신세로 전락한 시크라와 함께 그로인 왕국으로 향하고 있었다.

시크라의 등에 타 목적지로 날아가고 있는 루드웨어의 뒤에는 다섯 명의 마법사들이 불안한 안색을 감추지 못하며 시크라의 비늘을 잡고 중심을 잡고 있었는데, 그들은 모두 칠인회 2회주 라디안의 제자들로 상당한 실력의 마도사들이었다. 물론 상당한 실력이라곤 해도 인간을 기준으로 한 것이지, 루드웨어에 비하면 애들 수준에 지나지 않았다.

"총회주님……."

라디안의 수제자이자 현재 7서클 마스터의 실력을 지니고 있는 34살의 노총각 마법사 멘드로는 불안한 얼굴로 루드웨어를 불렀다.

"왜."

"정말 이러셔야 됩니까? 그냥 차원도사를 만나서 도움을 요청해도 되지 않습니까."

"상관이야 없지. 하지만 재미없잖아."

"휴……."

스승 라디안을 통해 루드웨어의 괴행을 귀에 못이 박히게 들은 멘드로였기에 한숨만 쉴 수밖에 없었다. 청운의 꿈을 안고 정의를 위한 마법사가 되기 위해 노력한 세월이 꿈만 같았다. 어쩌다가 자신이 악덕 마법사의 부하가 되어 그로인 왕국을 습격해야 하는 처지까지 이르렀단 말인가. 생각을 하면 할수록 멘드로는 울고만 싶었고, 이러한 기분은 다른 네 명도 마찬가지였다.

하지만 여차하면 칠인회 규율 바꾸는 것은 불론이요, 삐지면 연구비를 유흥비로 돌리는 등의 독재를 서슴지 않는 루드웨어였기에 그의 말을 거부한다는 것은 있을 수 없는 일이었다.

오죽하면 스승 라디안이 유서를 써놓고 나가라는 말을 했겠는가? 처음 칠인회를 벗어날 때 장송곡을 익히고 있던 유소년 마법사들이 생각나는 멘드로였다.

일단은 두 왕자들의 싸움에 소문을 크게 냈던 루드웨어였기에 이번에 왕성에서의 싸움은 결코 만만치 않을 것임을 알고 있었다. 차원도사를 끌어낼 겸, 한창 시끄러운 내전을 종식시킬 겸해서 악덕 마법사의역할을 하고 나선 루드웨어였기에 그로인 왕국 점령 시 사람들의 희생이 많아서는 안 된다고 생각했다.

"조금 있음 그로인 왕국의 왕성이니까 준비하라고."

루드웨어의 말에 라디안의 제자 다섯 명은 한숨을 쉬며 준비해 둔것을 꺼내기 시작했다. 그들이 품에서 꺼낸 것은 수정 구슬이었는데, 그것은 일종의 마법을 강화시키는 매개체였다.

"시작하자."

"예, 사형."

널찍한 시크라의 등 위에서 오망성의 방위로 자리를 잡은 다섯 명의마법사는 구슬을 자신의 앞에 내려놓고 주문을 외우기 시작했다.

"모든 생명의 꿈을 지배하는 라무나드여! 그대의 힘을 빌려… 중얼중얼중얼… 일루젼 솔져!"

다섯 명의 주문이 끝나고 멘드로가 시동어를 외치자 다섯 개의 수정구슬을 축으로 푸른빛의 뻗어나며 오망성을 그려가기 시작했다. 시크라는 등이 조금 뜨겁기는 했지만 불평하다 또 루드웨어의 발에 머리를밟히는 수모를 당할까 두려워 땀만 흘릴 뿐 아무 말도 못하고 있었기에 마법은 순조롭게 진행될 수 있었다.

오망성이 완전하게 모습을 드러내자 멘드로는 품에서 주머니 하나를 꺼내고는 오망성의 안쪽에 그것을 쏟아 부었다. 마법진 안에 쏟아부은 가루는 바로 드래곤의 뼛가루였는데, 동족의 뼈가 자신의 등에서쏟아져 내리는 것을 모르는 시크라는 갑자기 슬픈 파장이 느껴지자 잠시 눈물을 찔끔하며 생각했다.

'어떤 드래곤이 또 당했나 보군. 쯧쯧, 불쌍한 것.'

아무튼 가루가 오망성 안으로 떨어지자 푸른빛은 더욱 짙어지면서 오망성 안에서 수십 개의 물체가 튀어나오기 시작했다. 그들은 시크라의 등에서 나오자마자 땅으로 하강하며 제 모습을 찾아가기 시작했는데, 완전히 모습을 갖춘 그들의 모습은 해골로 만들어진 병사, 바로 스켈레톤 병사였다.

십여 분 동안 계속 쏟아져 내려온 스켈레톤 병사들은 어느새 대지를 거의 점령해 버려 대충 보아도 수십 만 기는 돼 보였다.

"저 녀석들이냐?"

"예. 네크로멘서의 스켈레톤 제조 마법을 조금 바꾸어 만들어낸 병사들로 정식으로 만들어낸 녀석들보다 십 분의 일의 힘도 내지 못하지만 겁을 주기에는 충분한 숫자를 만들어낼 수 있으니까요. 주머니 하나의 드래곤 본 가루를 썼으니 대략 20만 정도는 되리라 생각합니다."

"흠, 그래야지. 이 루드웨어님이 사악한 마도사로 나섰으니까 말이야. 칠인회의 실험 마물들은 얼마 정도 소환할 수 있지?"

"스톤 스네이크야 재고량이 조금 있었으니 스무 마리 정도 가능하고 나머지는 열 마리 이상이 불가합니다."

"마물들 품귀 현상이 있나 보군. 뭐, 스켈레톤 병사들이 이 정도 있으면 충분히 가능하겠지. 자, 시크라, 아래로 내려가자고."

"응."

루드웨어가 내려선 곳은 그로인 왕국의 왕성에서 약 5킬로미터 떨어진 곳이었다. 땅으로 내려선 루드웨어는 잠시 시크라는 쳐다보고는 말했다.

"시크라……."

"왜?"

"음… 비늘 다섯 장만 빌려줌 안 될까?"

뭐, 널찍한 가죽에 비늘 숫자는 수십만이 넘으니 문제될 것이 없다고 생각한 시크라는 루드웨어에게 비늘을 던져 주었는데, 비늘을 받은 루드웨어는 눈을 감고 주문을 외우고는 하늘을 향해 비늘을 집어던지며 소리쳤다.

"드래곤 나이트!"

루드웨어가 시동어를 외치자 시크라의 비늘은 강렬한 빛을 뿜으며 변형되기 시작했고, 땅으로 떨어지자 다섯 명의 풀플레이트아머를 입은 기사들이 모습을 드러냈다.

"드래곤 나이트잖아? 원래 드래곤 본하고 하트도 필요한 것 아니냐?"

"간략하게 만들었지 뭐. 어느 정도 지능도 있으니 스켈레톤 병사들을 지휘하게 하려고. 이름하려 루드웨어의 오룡장이라고나 할까? 흐흐흐, 이제부터 시작이다."

루드웨어와 다섯 마법사들이 만들어놓은 군대는 한마디로 겉만 번지르르한 속 알맹이 없는 군대들. 하지만 앞에서 루드웨어와 마법사, 시크라가 약간 힘만 보인다면 이 허장성세의 군대는 다른 이들에게 무섭게 보일 것이 뻔했다.

루드웨어의 사건이 있은 후 두 왕자의 세력은 하나로 힘을 합쳐 왕성에 거대한 방어진을 펼쳤다. 총군사 수는 5만 3천. 원래는 10만이 넘어서야 하는 수였지만, 그동안 전투에서 까먹은 숫자와 두 왕자에게 질려 도망간 병사들이 상당한 숫자였기 때문에 이 정도 모은 것도 다행이라고 할 수 있었다.

"루드웨어란 자가 과연 이곳으로 올까?"

"그런 허접 마도사는 내 검으로 두 동강을 만들어주지!"

두 왕자는 그전에 당한 것도 잊어먹은 듯 루드웨어를 향해 전의를 불태우고 있었다. 그때 한 명의 전령이 급하게 왕자들에게 뛰어왔다.

"무슨 일이냐!"

"왕자마마, 지금 본성의 5킬로미터 앞에서 대군이 몰려오고 있다고 합니다!"

"대군? 흥! 마법사 자식이 많이 모아야 오천 정도겠지. 그래, 숫자는 어느 정도나 되는가?"

"그것이… 레인저들의 말에 따르면… 적어도 이십만은 넘는다고 하옵니다."

"이십만!"

전령에게서 몰려오는 마군들의 숫자를 들은 리데스와 카트러스는 그 숫자를 듣고는 무릎을 꿇고 말았다. 이전까지는 5만의 군대로 마법사 정도야 충분히 막을 수 있다고 생각했지만, 적이 이십만이 넘는 숫자라고는 생각하지 못했다. 거기다가 레드 드래곤에 강한 힘을 지닌 마도사까지 포함되어 있으니, 왕도가 넘어가는 것은 이제 시간문제인 것이다.

"어떡하지……."

"우리 군의 4배가 넘는 숫자라니… 우린 이제 다 죽은 거야. 으헝헝헝~"

방금 전의 기세는 어디로 가고 두 왕자는 서로를 껴안으며 눈물을 흘리기 시작했다. 그것은 두 왕자의 군대의 이인자인 유리스와 하렌트 백작도 마찬가지였다. 가뜩이나 군기가 흐트러진 군대였기에 농성전을 효과적으로 방어하는 것도 불가능했다. 이제 남은 방법은 단 한 가지뿐이었다.

무의미하게 5만이 넘는 병사들을 희생시키느니 루드웨어란 마도사에게 왕성은 넘겨주는 방법밖에 없는 것이다.

지도자라도 카리스마라는 게 있었으면 최후까지 항전이라도 해보겠건만, 이 두 왕자를 보고 있으면 도대체 싸울 의욕이 생기지 않았다.

"어떻게 할 텐가?"

유리스의 물음에 하렌트 백작은 탁자에 놓여 있는 와인을 한 번에 들이키고는 한숨을 내쉬며 말했다.

"나라를 잃는다고는 하지만 백성을 살릴 수 있으니 그것에 만족해야지……."

"동감일세."

두 왕자의 부하치고는 둘 장군 모두 꽤 명망있는 장군들이라는 것이 드러나는 장면이었다. 왕자들이 서로를 부여잡고 통곡을 하는 사이에 두 사람은 항복 문서를 만들기 시작했고, 얼마 지나지 않아 왕성의 주위로 이십만이 넘는 스켈레톤 대군이 진을 치기 시작했다.

성 위에서 루드웨어의 군대를 보는 병사들은 모두 페닉 상태에 빠져 전의를 상실하고 있었기에 유리스는 자신이 직접 항복 문서를 가지고 적진을 향해 말을 몰아갔다.

"어라? 저게 뭐야?"

화살 세례라도 있을 것이라고 생각한 것과는 달리 성문이 열리면서 일단의 기사들이 백기를 들고 나오자 루드웨어는 황당한 듯 말했다.

"본인은 그로인 왕국의 사자인 유리스라 하오!!"

그가 몇 명의 기사들과 함께 본진에 도착하자 루드웨어는 뒤에 있던 멘드로에게 눈짓을 했고, 멘드로는 한숨을 내쉬며 몇 명의 스켈레톤 병사들과 함께 그들에게 다가가 음흉한 웃음을 터뜨리며 소리쳤다.

"쿠헤헤헤헤헤! 본인은 대마도사 루드웨어님의 첫째 제자 멘로드라 한다! 그로인의 사자여, 용건을 말하라!!"

자신의 이름을 약간 바꾼 멘드로는 정말 악당 마도사처럼 소리를 치고는 플라이 마법을 사용하여 그들의 앞에서 몸을 띄웠다.

허공에 몸을 띄운 멘로드라는 마법사를 보며 유리스는 한참을 망설이는 듯하다가 한숨을 내쉬고는 한 장의 양피지를 마법사에게 던져 주며 말했다.

"무의미한 살생은 자제해 주기를 바라오. 당신에게 건네준 것은 그로인 왕국의 항복 문서요. 오늘부터 그로인 왕국은 대마도사 루드웨어의 땅임을 증명하오……."

그렇게 말한 유리스의 눈에선 뜨거운 눈물이 흘러내리고 있었다. 명망있는 장군이 나라를 팔 수밖에 없는 이 상황에서 어찌 눈물이 흐르지 않을 수 있겠는가. 멘드로는 그의 그런 모습을 보며 조금 안쓰러운 마음이 들기는 했지만, 루드웨어에게 거역할 수는 없는지라 웃음을 터뜨리며 말했다.

"크크크크크, 겁쟁이들. 하지만 옳은 선택이구나."

아무튼 아무런 전투 없이 나라를 차지한지라 멘드로는 속으로 안도의 한숨을 내쉬고 있었다. 이렇게 해서 루드웨어는 400여 년의 긴 역사를 가진 왕국인 그로인을 한 방울의 피도 흘리지 않고 손에 넣을 수 있었고, 이제 이 왕국을 중심으로 거대한 제국을 세울 날이 멀지 않았다.

이 무혈의 입성 이후, 악한 마도사에 의해 그로인 왕국이 점령당했다는 소문은 120개 중소 국가 전역으로 퍼져 나가기 시작했다. 과거 공포의 대상이었던 마령의 군대에 이어 또다시 대륙에 밀어닥친 악마의 군대에 대한 소문, 그것은 전 대륙을 떠들썩하게 하기에 충분했다.

대마도사 루드웨어의 소문을 들은 대륙의 마물과 마족들은 점점 그로인 왕국으로 몰려들기 시작했고, 로아냐드 제국에 압정에 대항하던 소국들이 속속들이 루드웨어의 그로인 왕국과 협정을 맺고 동맹을 하기 시작했다. 그리하여 무혈의 입성 후 루드웨어의 군대의 숫자는 허장성세 스켈레톤 군대의 숫자 20만에서 단숨에 40만의 대군으로 변하고 말았으니, 꼼짝없이 대륙에 나타난 마의 지도자가 돼버린 루드웨어로서도 조금 당황하지 않을 수 없었다.

"젠장! 이 미친것아!! 동맹 신청을 받아주면 어떻게 하겠다는 거야!!"

그로인 왕국의 왕좌에서 루드웨어는 한 미친 드래곤을 향하여 소리를 지르고 있었다. 소국들의 동맹을 받아들인 자는 다름 아닌 레드 드래곤 시크라였기 때문이다.

"이왕 할 거면 크게, 다다익선이란 말도 몰라?"

"멍청아! 지금까지는 그냥 유희였지만, 네놈 때문에 정말 악당이 된거란 말이야!!"

어떻게 이 주일도 안 되는 사이에 23개의 소국과 동맹을 맺고 20만의 군대를 늘일 수 있단 말인가? 어떻게 보면 시크라의 뛰어난 수완에 감탄할 노릇이었지만, 이것은 절대로 루드웨어가 바라는 일이 아니었다.

레드 드래곤 시크라, 그는 자신의 머리를 밟은 루드웨어에게 정말 뜨거운 펀치를 먹인 것이다.

시크라의 옆에 서 있던 다섯 명의 마법사들도 난처하기는 마찬가지였다. 그로인 왕국을 점령한 후 알아서 잘하겠지 하고 생각하며 그로인 왕국의 지하실에서 잠시 마법 실험에 열중하고 있었는데, 나와 보니 사태가 이상하게 돌아가고 있었기 때문이다.

그로인 왕국 하나라면 별문제가 없었지만 23개 소국가와 동맹, 40만의 군사를 거느린 국가가 되었다면 동부의 120개 소국을 속국화시켰다고 할 수 있는 로아냐드 제국이 가만히 있을 리가 없기 때문이다.

"이… 어쩔 수 없다! 이렇게 된 바에야 제국과 한판 붙는다!!"

"예?!"

갑작스런 루드웨어의 결정에 멘드로는 놀라지 않을 수 없었다. 일이 이렇게 됐으니 적당히 몸을 감추고 사라질 것이라 예상했는데 루드웨어는 제국과의 한판 승부를 공언한 것이다.

"말도 안 됩니다!"

"말도 안 되긴 뭐가 안 돼! 이렇게 물러서는 건 내 자존심이 용서치 않아! 그리고 시크라!!"

"왜?"

제국과 한판 붙는다는 말에 조금 가슴이 떨린 시크라였지만 모르는 척 조금 시큰둥하게 반응하는 그였다.

"흐흐흐, 네 녀석이 일을 이렇게 만들었으니 중간에 도망갈 생각은 꿈도 꾸지 마라."

"흥!"

"스켈레톤 군의 총사령관 직을 레드 드래곤 시크라에게 내린다. 그대에게 우리의 뜻을 거부한 서부 3개 국 말라드, 이크라샤, 프로이의 침공을 명한다. 기한은 3주. 그 안에 세 나라에게서 항복 문서를 받아내지 못하면 드래곤 구이로 만들어 버리겠다."

"미친!"

이 정도면 유회를 그만둘 줄 알았기에 일을 크게 벌인 시크라는 난데없는 그의 명령에 황당해할 수밖에 없었다.

'실수다. 저 녀석 지는 것은 절대 못 참는다는 걸 진작에 깨달았어야 하는데… 젠장!'

드래곤의 좀 높은 자존심에 녀석에게 한 방 먹이려다가 자신까지 말려든 시크라는 후회하고 있었지만, 루드웨어는 충분히 자신을 드래곤 구이로 만들어 버릴 녀석이기에 어쩔 수 없이 그 일을 받아들일 수밖에 없었다.

"쿠헤헤헤헤헤! 날 악마로 만들어 버리다니! 시크라! 좋다! 이렇게 된 바에야 대륙의 역사에 획을 긋는 악당 마도사로 이름을 남겨주지! 쿠헤헤헤헤헤!!"

로노와르가 사라진 후 스트레스를 받고 있던 루드웨어가 이제 광기로 흐르고 있었다. 아! 누가 이런 루드웨어를 막을 수 있단 말인가……

한편 이런 대륙의 흐름을 감지한 후 회심의 미소를 짓는 무리들이 있었다.

"예상치도 못한 때에 적당한 인물이 또다시 나타나줬군요."

짙은 어둠 속에 모습을 감춘 이들은 루드웨어란 마도사가 그로인 왕

국을 점령해 세력을 확장시키고 있다는 소문을 듣고는 자신들의 때가
왔음을 감지했다.

"제국의 루드니아란 계집과 루드웨어란 마도사, 둘을 이용해서 전란
을 일으킨다면 우리들의 계획은 십 년은 더 앞당겨지리라 생각합니
다."

"흐흐흐흐."

과연 이 어둠의 무리들의 정체란 무엇인가? 대륙적으로 뻗어 나가는
루드웨어와 로노와르의 부부 싸움. 그 끝은 어디로 향해 가는가?

한편 그로인 왕국이 완전히 루드웨어란 마도사의 손에 들어갔다는
소식을 들은 그리드는 심장이 무너지는 듯한 느낌이 들었다.

설마 했지만 나라는 악의 소용돌이에 빠져들고 만 것이다.

"상당한 세력이 그에게 몰려들고 있다더군."

"그에게 접근하기가 더 어려워졌군요."

콜리드의 말에 실레이드는 어깨를 늘어뜨리고 있었다. 실레이드와
콜리드는 이 예상치 못한 사건에 어안이 벙벙할 지경이었다.

애초의 계획대로라면 단순히 그로인 왕국을 손에 넣는 식으로 연극
을 할 예정이었지만, 수십만이 그로인 왕국으로 몰려들면서 이건 대전
쟁을 예고하는 서막으로 변하고 있었기 때문이다.

[도대체 루드웨어가 무슨 생각을 하고 있는지 모르겠군.]

[제국과 한판 붙어볼 기세니… 들자하니 몇몇 나라에 군대까지 파견
했다더군. 이거, 점점 초특급 블록버스터가 되는 것 같은데…….]

[음…….]

"지금의 힘으로는 루드웨어란 자를 막을 수 없네. 그리드 군, 아무래

도 제국으로 가야 할 것 같군."

"제국이요?"

차원도사는 한참을 생각에 잠겨 있다가 그리드에게 제국으로 갈 것을 제안했고, 그리드는 그 이유를 묻지 않을 수 없었다.

"그렇다네. 이렇게 불어나고 있는 그자의 세력에 대항할 수 있는 곳은 아무래도 로아냐드 제국밖에 없을 것 같군."

"그렇군요… 그럼 제국으로 가겠습니다."

루드웨어의 신 세력과 맞서기 위해 제국으로 향하기로 결심한 그리드는 루드웨어게 잡혀 고통 속의 나날을 보낼 아르키아네스를 생각하며 전의를 불태우고 있었다.

13장 레그르토의 충격 요법

신성기사 대회까지는 앞으로 한 달, 그 한 달 동안 루드니아의 실력을 몇 배는 더 향상시켜야 하기에 레그르토와 게르하인은 정신이 없었다.

물론 루드니아의 실력은 보통 사람에 비해 상상도 못할 정도로 빠르게 늘고는 있었지만, 이런 속도로는 발전한다고 해도 기사 대회의 8강에 들기도 어려웠기 때문에 한숨을 쉴 수밖에 없었다.

"아무래도 이런 식으로는 어렵겠군요."

"휴… 도저히 방법이 없는가?"

레그르토는 한쪽에서 열심히 검을 휘두르며 훈련하는 루드니아를 보며 고개를 저으며 말했고, 게르하인도 고개를 끄덕이며 동조했다. 한 달 정도면 자신과 비슷한 정도의 실력까지는 오를 정도로 빠른 속도로 실력이 늘고는 있었지만, 목표는 기사 대회의 우승이기 때문에 그 정도로는 어림도 없었다.

필살의 기술이라는 그리처 역시 열 번 사용하면 한 번 제대로 될까 말까이기 때문에 기술로서 의미가 사라진 지 오래였다.

레그르토는 한참을 고민에 빠져 있다가 어쩔 수 없다는 듯이 자리에서 일어서고는 게르하인을 보며 말했다.

"게르하인 씨."

"네."

"지금부터 제가 사용할 방법, 절대로 황제 폐하께 아뢰서서는 안 됩니다."

"무슨 방법인지는 모르겠지만, 비밀을 약속드리지요."

"휴… 그렇다면… 사용해 보도록 하지요."

게르하인에게서 비밀을 약속받은 레그르토는 조용히 주문을 외우기 시작했다. 원래 이 방법은 모든 것을 조용히 끝낸 후 사용하려고 했지만, 성기사 대회에서 우승을 하지 못하다면 말짱 도루묵으로 변할 수 있었기 때문에 최후의 방법을 사용하는 것이다.

레그르토가 주문을 외우기 시작하자 조금씩 푸른빛에 감싸여지면서 그의 모습이 변해가기 시작했다.

그리고 모든 주문이 끝났을 때 그의 모습은 다른 인물로 변해 있었다. 푸른색의 머리칼에 1미터 80 정도의 장신에 조금 마른 듯한 인상, 흰색의 로브를 입고 있는 20대 후반의 젊은 청년의 모습을 하고 있었다.

"레그르토… 그 모습은?"

"죄송합니다. 이 인물에 대해 말씀을 드리지는 못하겠군요."

레그르토가 폴리모프로 변한 모습, 그것은 바로 그의 기억 속에 남아 있는 아버지, 바로 루드웨어의 모습이었다.

원래는 기억을 상실한 루드니아의 기억을 살릴 목적으로 두 사람이 만났던 순간을 연극할 계획이었지만, 지금은 루드니아의 힘을 향상시킬 목적으로 사용하는 것이다.

레그르토는 열심히 검을 휘두르고 있는 루드니아에게 다가가서는 음성 변조 마법을 사용하여 루드웨어의 목소리로 말했다.

"루드니아······."

그 순간, 루드니아는 휘두르던 검을 멈추고 말았다. 가슴속에 깊이 남아 있던 무엇인가가 터져 나올 것 같은 느낌··· 목소리가 들린 쪽으로 시선을 돌리자 그것은 더욱 크게 터져 나오기 시작했다.

"루··· 루······."

그 사람의 모습을 보며 무엇인가를 말하고 싶었지만, 깨질 것 같은 두통이 밀려올 뿐이었다.

"파이어 볼!"

그때 레그르토의 입에서 파이어 볼의 스펠이 터져 나오면서 루드니아를 공격했고, 루드니아는 폭음과 함께 날려가 버렸다.

"콜록콜록······."

파이어 볼의 충격에 간신히 정신을 차리며 기침을 하던 루드니아는 고통스러운 표정으로 그를 쳐다보았다.

눈에선 눈물이 흘러내리고 있었다.

"다, 당신은 도대체 누구예요······."

"흐흐흐흐······."

루드니아의 물음에도 그의 입에선 음침한 웃음소리만 나올 뿐이었다. 그리고 또다시 파이어 볼이 터져 나오곤 루드니아의 몸을 강타했고, 루드니아는 외마디 비명과 함께 십여 미터를 튕겨 나간 후 나가떨어졌다.

"흐흐흐흐……."

고통스러워하는 루드니아에게 그는 또다시 웃음소리를 내며 다가왔고, 루드니아는 급히 자신의 검이 있는 곳으로 뛰어가 검을 잡고는 다가오는 그를 향해 휘두르려고 했지만 검이 그의 몸에 닿기도 전에 온몸에 힘이 빠져 버리고 말았다.

무슨 이유인지 루드니아는 그에게 검을 휘두를 수가 없었다. 하지만 그런 그녀를 그는 사정없이 머리채를 잡아당기고는 복부에 마나가 담긴 주먹을 먹였다. 루드니아는 피를 토하며 복부를 움켜잡고는 쓰러져 뒹굴었다.

"끄으윽… 으어엉……."

루드니아는 머리를 땅에 박은 채 고통 속에 신음하다 눈물을 쏟으며 울기 시작했다. 게르하인은 레그르토가 무슨 일을 하는지 몰랐기 때문에 그냥 지켜보고 있었으나, 레그르토의 주먹에 맞아 고통 속에 신음하는 그녀를 보자 더 이상 참을 수 없어서 뛰어나와 레그르토의 어깨를 잡고 소리쳤다.

"이게 무슨 짓인가!"

"비켜라! 매직 미사일!!"

"쿠억!!"

레그르토는 자신을 말리려고 하는 게르하인에게 매직 미사일을 날려 쓰러뜨리고는 고통 속에 울고 있는 루드니아를 발로 걷어찼고, 또다시 루드니아는 연병장의 한구석으로 몸이 날려갔다.

"끅… 으앙!!! 앙!! 때리지 마… 으헝헝헝!!"

"호호호호호! 죽어라!!"

울부짖으며 소리치는 루드니아였지만, 레그르토는 봐주는 것도 없었다. 머리를 손으로 감싸며 울고 있는 루드니아를 발로 짓밟기 시작한 그의 입에선 희열의 웃음이 터져 나왔고, 그녀는 울부짖으며 고통의 신음을 내지를 뿐이었다.

"이, 이 자식이!!"

매직 미사일에 맞아 나둥그러져 있던 게르하인은 온몸을 움츠리고 있는 루드니아를 발로 짓밟고 있는 레그르토를 보며 분노가 터져 나왔다.

허리에 있던 검을 뽑아 든 게르하인은 뛰어가 레그르토를 일검에 두 동강 낼 기세로 휘둘렀지만 레그르토에게 그런 검은 통하지 않았다.

"실드!"

순식간에 실드가 생겨 게르하인의 검을 막아버렸던 것이다. 레그르토는 실드로 그가 들어오는 것을 막아선 후 또다시 루드니아를 때리기 시작했고, 루드니아는 눈물을 흘리며 신음을 내지르고 있었다.

그러기를 몇십 분 후에야 레그르토는 실드를 푼 후 아무 일도 없다는 듯이 그녀의 곁에서 걸어나왔고 게르하인은 분노에 그의 멱살을 잡고는 소리쳤다.

"이 자식아! 이게 무슨 짓이야!!"

"충격 요법입니다."

"충격 요법?"

게르하인은 담담하게 말하는 레그르토의 충격 요법이란 소릴 듣고는 되물을 수밖에 없었다.

"그녀는 원래 당신이 상상도 하지 못할 정도의 힘을 소유하고 있던 사람입니다. 기억을 잃음과 동시에 그 힘도 거의 모두를 상실해 버린 것이죠. 그래서 충격 요법으로 그 힘을 끌어내려 하는 것입니다."

"개자식! 이게 충격 요법이란 말이냐!! 이런 것인 줄 알았으면 허락 하지도 않았다구!!"

연병장의 한구석에서 쪼그리고 앉아 울고 있는 루드니아, 그녀의 눈이 흐리멍덩하게 흐려져 있었다.

"때리지 마… 때리지 마……."

흡사 부모에게 맞아 공포에 떨고 있는 아이처럼 루드니아는 한구석에 쪼그리고 앉아 두 무릎을 잡고는 눈물을 흘리며 중얼거리고 있었다.

게르하인은 그녀의 모습을 보며 뭐라 말할 수 없는 심정이었다. 레그르토, 그가 냉막한 마법사라는 것은 알고 있었지만 이건 아니었다.

게르하인은 그녀에게 다가가 뭐라 말해 주고 싶었지만, 게르하인이 다가서자 루드니아는 흠칫 놀라며 뒤로 황급히 물러서고는 눈물을 흘리며 근처에 있던 나뭇가지를 들고는 다가오지 못하게 흔들며 소리쳤다.

"으아앙! 때리지 마… 내가 잘못했어! 으어어어엉~ 다시는 레어에서 안 나갈 테니까 이젠 때리지 마… 으아아앙~!"

그녀의 그런 모습에 도저히 다가갈 수 없는 게르하인은 한숨을 내쉬고는 분노 어린 눈으로 레그르토를 째려봤는데, 레그르토는 그녀가 뱉는 말을 듣고는 만족한 웃음을 짓고 있었다.

"어느 정도 기억을 되찾아가는 것 같군요."

"뭐?!"

"후후후후, 이젠 몇 가지 환각 마법을 사용하면 그 힘의 어느 정도 끌어낼 수 있을 것 같군요."

"이 자식이 도대체 무슨 말을 하는 거야!!"

불효 자식 레그르토. 과연 그가 노리고 있는 것은 무엇일까? 아무튼 루드니아는 이제 완전히 자폐증에 빠진 아이처럼 변해가는 것 같았다.

그 후로 며칠. 레그르토의 학대는 계속 이어져 갔다. 물론 루드웨어의 모습으로 폴리모프를 한 후였다. 게르하인은 몇 번이고 그가 하는 것을 막아서려고 했지만, 매번 그의 강력한 마법에 접근조차 못했기에 분통만을 터뜨릴 뿐이었다.

그러기를 일주일. 그날도 루드니아는 레그르토에게 학대를 당하며 맞고 있었고, 고통 속에서 울부짖고 있었다.

"레그르토, 이 자식아!! 실드를 풀란 말이야!!"

게르하인은 주먹이 피투성이가 될 때까지 실드를 쳐대며 맞고 있는 루드니아를 구해내려고 했지만 소용이 없었다.

눈앞에선 레그르토에게 맞고 있는 루드니아가 울부짖는데 자신은 아무것도 할 수 없다는 것이 고통스러울 뿐이었다.

일주일 간 레그르토의 마법 감옥에 갇혀 있던 게르하인은 연병장이 아닌 성안 깊숙한 곳의 지하실에서 일이 자행되고 있는 것을 지켜보고 있었던 것이다.

드미트리에게라도 이 일을 알려 멈추게 하고 싶었지만, 자신의 실력으로는 이 실드를 깰 방법이 없었다. 보통의 실드라면 모르겠지만 몇 겹의 실드를 강화하여 친 이 실드는 아무리 마나를 사용한 검으로 쳐대도 금도 가지 않았다.

그리고 얼마 후 거의 체념에 빠진 게르하인이 통한의 눈물을 흘리며 무릎을 꿇을 때 엄청난 일이 벌어졌다.

"때리지 마!"

레그르토의 발길질에 채이던 루드니아가 갑자기 소리치자 엄청난 마나의 폭풍이 일어나며 일대를 순식간에 쓸어버린 것이다.

레그르토는 폭풍에 날려 약간 밀려나긴 했지만, 마법을 사용하여 몸을 고정시키고는 자세를 유지했고, 부서진 벽의 돌 가루가 가라앉으면서 루드니아의 모습이 드러났다.

분노에 가득한 눈을 한 그녀는 레그르토를 무섭게 노려보고 있었다.

"저리 꺼지란 말이야!!"

그녀의 손에는 검이 없었음에도 손을 내젓자 그리처의 엄청난 빛 덩어리가 형성되더니 자세를 잡고 있던 레그르토를 향해 날아갔다.

"끄아악!!"

레그르토는 그 엄청난 그리처의 위력을 견디지 못하고 외마디 비명과 함께 튕겨져 날아가 지하실의 벽에 박혔고, 그리처의 영향으로 사방은 큰 폭음과 함께 무너져 가기 시작했다.

하지만 루드니아는 그리처를 사용하고는 그대로 기절해 버렸다.

"젠장!!"

게르하인은 조금만 지체했다가는 무너지는 지하실에 루드니아가 묻혀 버릴까 걱정되어 다시 실드를 깨기 시작했지만, 강한 실드는 좀처럼 부서질 기미를 보이지 않았다.

"으아!!"

게르하인에게 보이는 것이라곤 쓰러져 있는 루드니아의 모습뿐이었기에 괴성을 지르며 오른쪽 팔이 부러져 나가면서까지 실드를 깨기 위해 검을 휘둘렀다.

"디스펠!!"

그때 한 사람의 목소리가 들리더니 게르하인을 가두어두었던 실드를 해제했다.

"레그르토?"

실드를 해제한 사람은 바로 루드니아의 그리처에 맞고 벽에 박혔던 레그르토였다. 입에서 연신 피를 흘리며 가까스로 서 있는 듯한 레그르토는 루드니아를 손가락으로 가리키며 말했다.

"큭! 빨리 루드니아님을……."

그제야 루드니아가 기절해 있다는 것을 깨달은 게르하인은 기절한 루드니아를 어깨에 들쳐 멘 후 지상으로 나가는 계단 쪽으로 뛰어가려고 했지만 엄청난 소리와 함께 돌이 무너져 내리면서 지상으로 가는 계단은 막히고 말았다.

"젠장!"

게르하인은 부러진 오른팔의 아픔을 참으며 돌을 치우려 했지만 좀처럼 힘을 사용할 수가 없었다. 그런 그의 뒤로 휘청거리는 레그르토가 걸어왔다.

레그르토는 힘겨운 몸짓으로 게르하인의 팔을 잡고는 말했다.

"루… 루드니아님의 힘은… 이제… 열 배 이상으로 강해졌소…….

이제부턴… 당신의 일… 부탁하오……."

"레그르토?"

게르하인은 도대체 레그르토가 하는 일을 이해할 수가 없었다.

"자… 떠나시오……. 텔레포트… 아더……."

순간 게르하인과 루드니아는 푸른색의 빛에 감싸이며 조금씩 사라져 가기 시작했다.

"레그르토!"

게르하인은 텔레포트의 주문을 마치고 쓰러져 가는 레그르로의 이름을 불렀지만, 순식간에 눈앞이 빛으로 감싸여졌고 그 빛이 사라졌을 땐 어느새 전에 훈련하고 있던 연병장에 서 있었다.

"레그르토!!"

하지만 게르하인의 외침을 레그르토는 들을 수 없었다. 자신과 루드니아에게 마지막 마나를 사용하여 텔레포트를 시키고는 자신은 지하실에서 죽음을 맞이한 레그르토를 생각하며 게르하인은 허무함에 무릎을 꿇을 수밖에 없었다.

사라토 산맥의 다원소 드래곤 로노와르의 레어, 그곳에서 한 사내가 입에서 흐르는 피를 닦고는 허리를 비틀고 있는 모습이 드러났다.

몇 기의 고렘이 그에게 간단한 세면 도구를 가져다 주고 있었는데, 피투성이의 로브를 입은 채 입가에 미소를 짓고 있는 사내, 그는 바로 레그르토였다.

"아! 뻐근하다. 역시 그리처는 무섭구나."

[씻을 물을 가져왔습니다.]

"고마워."

레그르토, 그는 어떻게 여기 있는 것일까?

'흐흐흐흐, 일단은 충격 요법으로 힘은 늘려놨으니 기사 대회는 별 문제없겠지?'

사실 그는 충격 요법을 사용함으로써 루드니아의 기억을 약간 되찾아 준 것이다. 물론 아버지 루드웨어에 대한 적대감을 키워줌으로써 완전한 기억은 찾지 못하게 함과 동시에 힘만을 늘리게 한 레그르토는 만약의 경우를 생각해 죽음을 위장한 후 레어로 도망 온 것이다. 평상시 그녀의 성질을 잘 알고 있는 레그르토가 그곳에 그냥 남아 화를 자초할 위인은 아니었기 때문이다.

'일단은 곁에서 구경하다가 위험하면 조금 도와주면 되겠지. 게르하인, 열심히 해보라고. 흐흐흐흐.'

간만에 찾아오는 휴식을 즐겁게 지내려는 생각을 하는 레그르토였다. 하지만 불효 자식이 잘되는 꼴이 있을 것인가?

험한 일을 겪은 후 루드니아는 얼마 지나지 않아 정신을 차릴 수 있었다. 하지만 그녀는 그때까지 있었던 일을 전혀 기억하지 못하고 있는 것 같았다.

"내가 왜 여기에 누워 있지? 한참 검술 연습하고 있었는데?"

게르하인은 그녀의 그런 모습을 보며 한숨을 쉬었다. 아무래도 레그르토가 충격 요법을 사용한 그 시점부터 지금까지의 기억이 사라진 듯했다.

"훈련이 조금 힘들었나 보지요? 기절까지 하는 걸 보면 말입니다."

"엥? 내가?"

게르하인은 그녀의 말에 고개를 끄덕여 주었다. 안 좋은 기억이라면 차라리 말하지 않는 게 낫다고 생각했기 때문이다.

"앙~ 그런데 너무 머리가 아프다."

"잔말 말고 훈련 나갈 준비나 하십시오."

"일어난 지 얼마나 됐다고 훈련이야! 게르하인, 하루만 쉬자."

"안 됩니다."

자신을 강제로 일으키는 게르하인의 행동을 보며 루드니아는 한숨을 쉬며 자리에서 일어나 훈련 준비를 하며 자신의 검을 들고는 힘없이 걸어나왔다.

"그런데 레그르토는 어딨어?"

"…잠시… 음… 잠시 마법 재료를 구할 게 있어서 여행을 간다고 하더군요."

"그래? 에이, 책임감도 없는 마법사."

게르하인은 차마 레그르토가 죽었다는 말은 하지 못하고, 단순히 마법 재료를 구하기 위해 여행을 떠났다는 말로 거짓말을 할 수밖에 없었다. 지금까지의 내용을 전혀 알지 못한 루드니아는 죽은 레그르토를 욕하며 검을 들고는 연병장으로 향했다.

연병장에는 몇 명의 레드 나이트가 검술 대련을 하고 있었기에 게르하인은 연습하고 있던 기사 한 명을 불렀다.

"그로웬."

"왜요, 대장?"

그로웬이라 불린 20대 후반의 기사는 게르하인이 부르자 귀찮다는 표시를 역력히 내며 걸어왔다.

"별거 아니고 루드니아와 대련이나 한번 해봐라."

"질 게 뻔하잖아요."

"닥치고 하라면 좀 해보라고."

"쳇."

그로웬은 게르하인의 명령에 할 수 없다는 듯 연병장 한가운데로 향했고, 루드니아는 즐거운 미소를 지으며 그의 앞에 섰다.

게르하인이 갑자기 루드니아에게 대련을 시키는 것은 이유가 있었다. 레그르토의 일련의 행동은 루드니아의 잃어버린 힘을 되찾아주기 위한 것이었기에 과연 루드니아의 실력이 얼마나 늘었는지 확인하고 싶었다.

그로웬은 게르하인을 원망스러운 눈으로 보고는 레드 나이트 특유의 예의로 검을 한 바퀴 회전시키고는 왼손을 이마에 댄 채 오른손을 뻗어 수직으로 검을 세웠고, 루드니아는 거대한 검을 오른쪽 머리 위로 올리며 자세를 잡았다.

"자! 갑니다, 아가씨."

"응."

그로웬은 간다는 소리와 함께 앞으로 뛰어나갔고, 루드니아는 그로웬의 공격이 닿기도 전에 거대한 검을 수직으로 내리꽂았다.

"헉!"

그 순간 그로웬은 헛바람 소리와 함께 달려가던 것을 멈추고는 옆으로 몸을 던질 수밖에 없었는데, 수직으로 검을 내리꽂은 루드니아의 검에서 갑자기 엄청난 기세의 검풍이 몰려왔기 때문이다.

검풍은 순식간에 연병장 바닥을 부수어 나가면서 앞에 있던 바위를 산산조각으로 박살 내버렸다.

"젠장! 아무리 내가 조금 잘생겼다고 해도 너무한 거 아니야! 도대체 소드 마스터의 경지까지 오른 아가씨를 내가 어떻게 상대하라는 거야! 날 죽이려고 작정했수?!"

그로웬은 루드니아의 실력에 멍한 얼굴을 하고 있다가 게르하인에게 분통을 터뜨렸다. 놀란 것은 게르하인도 마찬가지였다. 분명 멀리서 보았을 때는 단순히 검을 강하게 밑으로 내리꽂는 것에 불과했는데, 강한 마나와 함께 검풍이 밀려 나가 버린 것이다.

물론 게르하인과 마찬가지로 검풍을 사용한 당사자인 루드니아도 멍한 것은 마찬가지였다. 잠시 자고 일어났더니 갑자기 실력이 부쩍 늘었는데 어찌 놀라지 않을 수 있겠는가?

"우와! 게르하인, 나 봐! 엄청 세졌나 봐!"

루드니아의 말에 게르하인은 고개만을 끄덕일 뿐이었다. 이 정도로 쉽게 마나를 사용할 수 있다면 이제 충분히 그리처를 결정기로 사용할 수 있는 수준이었기에 조금 안심이 되는 순간이었다.

'레그르토, 너의 죽음이 헛되지 않았구나…….'

레그르토가 조금 험하게(?) 루드니아에게 충격 요법을 사용한 것은 사실이었지만, 어쨌든 그 결과로 루드니아의 실력이 엄청나게 향상되었기에 그의 살신성인을 칭찬해 줄 수밖에 없었다.

"자, 이제부턴 그리처 백 회입니다!"

"알았어!!"

자신의 실력이 늘어난 것 때문에 기분이 좋아진 루드니아는 평소에는 투덜거리며 하던 연습을 기쁜 목소리로 하기 시작했다.

이제 얼마 남지 않은 성기사 대회. 과연 루드니아는 대회에서 우승할 수 있을까? 게르하인은 그 생각을 하며 조금은 자신감이 생겨나기 시작했다.

검풍을 쉽게 만들어낼 정도의 실력이라면 적어도 4강 안에는 들 수 있는 실력이라는 믿음이 있었기 때문이다.

레그르토가 없는 훈련이 조금 싱거워지긴 했지만, 루드니아는 게르하인이 정해준 훈련 양을 소화해 나가며 실력을 쌓아갔고, 고대하던 성기사 대회는 이제 삼 일 앞으로 다가왔다.

드미트리는 성기사 대회가 다가오자 안절부절못하며 루드니아의 훈련을 지켜보고 있다가 게르하인에게 물었다.

"게르하인, 루드니아가 우승할 수 있겠는가?"

드미트리는 간절함이 가득한 얼굴을 하며 제발 거짓말이라도 우승할 수 있다고 말해 줘란 표시를 역력히 드러내고 있었지만, 게르하인은 단호하게 고개를 저으며 말했다.

"잘하면 결승전까지야 오를 수 있겠지. 하지만 결승전의 상대가 레비나 아디스라고 한다면 절대 우승은 불가능해. 뭐, 준우승 정도라면 네가 알아서 처리할 수 있지 않나?"

"흠……."

베르도 남작은 우승하는 것을 말하기는 했지만, 대륙에서 강한 자들이 모이기로 유명한 성기사 대회에서 준우승 역시 상당한 능력의 소유자라는 것을 입증하고 있기 때문에, 그 정도면 괜찮다고 생각했다. 여차하면 황제의 권력으로 밀어붙이면 되지 않겠는가.

"그 정도면… 어쨌든 준우승 이하는 안 된다는 것은 알지?"

"어떻게든 해보지. 열심히 응원이나 하라구."

"응."

드미트리는 게르하인의 응원하라는 말에 크게 고개를 끄덕이며 멀리서 검을 휘두르는 루드니아의 모습을 보며 멍한 얼굴로 열심히 침을 흘렸다.

하지만 이것을 바라보고 있는 한 소년이 있었으니, 그는 바로 드미트르의 아들이자 현재 제국의 황태자인 스베안이었다.

한 여자에게 빠져 멍청한 얼굴로 변하는 아버지를 보며 분동을 삼키며 고뇌하던 스베안은 사라진 레그르토의 빈자리를 생각했다. 비밀로 감추려고는 했지만, 스승 같던 레그르토가 루드니아란 여자에 의해 살해됐다는 소문이 공공연하게 퍼지고 있는 이때에 어찌 루드니아를 좋게 볼 수 있겠는가?

'스승님, 꼭 저 사악한 마녀를 죽여 스승님의 복수를 하겠습니다!'

'황태자님, 훌륭하십니다.'

가슴속에서 자신의 이 복수의 맹세를 칭찬하고 있는 레그르토의 모습을 어설프게 만들어내며 스베안은 결의의 주먹을 쥐었다.

그녀를 죽일 수 있는 기회는 단 하나, 성기사 대회뿐이라는 생각을 한 스베안은 암암리에 한 사람과 비밀 거래를 트고 있었다.

잠시 드미트리 황제의 무너져 가는 모습을 보고 있던 스베안 황태자는 곁에 있던 시종과 함께 황궁의 외부인 대기실로 향했다.

외부인 대기실은 외부인이 황궁으로 들어가기 위해 신분 조회를 하는 곳이었는데, 이곳에서 외부의 사람들과 황궁의 사람들이 만나기도 하는 장소였다. 보통 황궁 시녀와 외부의 젊은 청년의 데이트 장소로 애용되고 있는 이곳은 황제가 지정한 시녀 전용 데이트 장소였지만 가끔 공주나 왕자도 이곳에서 기사들이나 귀족 아가씨들과 밀애를 즐기곤 한다고 한다.

하지만 이곳에서 예상을 뒤엎는 한 커플이 비밀스러운 만남을 하고 있었으니, 그들은 모두 80세가 넘는 남녀라는 것이 상당히 이색적이었다.

"이스트……."

"헤레나……."

80이 넘는 나이임에도 사람의 사랑이라는 것은 늙지 않는 것인지 두 사람은 서로의 손을 잡으며 상대방을 그윽한 눈으로 바라보고 있었다.

"아… 사랑하는 헤레나, 당신을 성기사 대회가 있는 해에만 볼 수 있다니……."

"어쩔 수 없잖아요, 이스트. 전 이곳을 떠나선 살 수 없어요."

"왜 당신의 그런 사정을 모르겠소. 부디 죽는 날은 함께였으면 하오."

"이스트······."

헤레나라 불리는 노파는 백발의 노인의 품에 안겼고, 근처에 있던 커플들은 이 닭살 커플에 잔잔한 감동의 눈길을 보내고 있었다. 한데 사랑에는 역시나 역경이 따르는 법. 이내 방해자가 나타났다.

"헤레나 할멈, 적당히 하라고. 닭살 돋잖아."

"에구머니나! 황태자마마."

두 사람은 갑작스럽게 나타난 스베안 황태자의 모습을 보고는 서둘러 떼어지고는 옷매무새를 다듬고 있었다. 스베안은 둘의 모습을 보며 잠시 한숨을 내쉬고는 이스트를 보며 물었다.

"할멈이 말하던 사람이 저잔가?"

"예."

"음······."

헤레나 할멈은 드미트리 황제의 친구로 스베안의 친할머니와 같은 역할을 하고 있었다. 스베안은 그녀가 자신이 만나고자 하는 자와 안면이 있다는 말을 듣고 그 사람을 이곳으로 불러오게 한 것이다. 헤레나 할멈의 말에 스베안 황태자는 잠시 이스트라 불리는 노인을 흘겨보다가 말했다.

"당신이 작년도 우승자인 레비나 아디스의 매니저인가?"

"매니저라면야··· 매니저일 수도 있군요. 정확하게는 레비나 아디스의 숙부지만 말입니다."

"음··· 좋아."

스베안이 옆에 있던 시종에게 손짓을 하자 한 개의 주머니와 함께 사파이어 반지를 하나 이스트 노인에게 건네주었다. 이스트는 주머니를 흔들어보고는 만족한 표정을 짓고는 말했다.

"허허, 이 정도 돈이면 충분한데, 일 회의 면죄부라 할 수 있는 왕가의 반지까지 주시다니. 그래, 의뢰는 무엇입니까?"

"성기사 대회에서 한 여자를 죽여주면 좋겠어."

"음… 암살이군요. 휴……."

암살이란 말에 이스트는 돈과 반지를 건네주면서 한숨을 내쉬며 말했다.

"죄송하지만, 받지 못하겠군요. 조카딸인 레비나는 절대 사람을 죽이지 않는답니다."

"그래? 그럼 어쩔 수 없지."

그때 이스트는 주머니를 채갈려고 하는 시종의 손을 덥석 붙잡고는 조용히 말했다.

"반만 죽이면 안 될까요?"

"반만?"

"예. 엄청 패달라고만 부탁하면 그렇게는 할 겁니다."

"음……."

스베안은 잠시 생각에 잠겼다. 만약 루드니아라는 여자가 준우승에 올라간다고 해도 레비나에게 잡혀 엉망으로 망가진다면, 그런 자를 어찌 등용할 수 있겠느냐는 생각을 하며 고개를 끄덕일 수 있었다.

"좋다."

"에구, 감사합니다."

이스트는 행여 뺏기기라도 할까 봐 돈과 반지를 재빨리 챙겨 넣고는 미소를 지었다. 스베안은 잠시 그런 이스트의 얼굴을 보고 있다가 뒤로 돌면서 헤레나 할멈에게 말했다.

"할멈, 인생은 육십부터라고는 하지만, 돈만 밝히는 사람은 안 돼.

내가 멋진 귀족 늙은이 소개해 줄 테니 이 늙은이는 잊으라고.”

“헉!”

이스트는 황태자의 말에 큰 충격을 받고는 가슴을 부여쥐고 쓰러졌다.

“이스트!”

깜짝 놀란 헤레나 할멈은 쓰러진 이스트 노인을 안고는 흔들기 시작했고, 이스트는 간신히 눈을 뜨며 더듬거리는 목소리로 말했다.

“헤, 헤레나 할멈… 우, 우리… 저승에선… 꼭… 함께… 있읍시다……”

“이스트 할아범, 날 버리고 가면 어떻게 해……”

헤레나는 천천히 눈을 감으며 숨을 멈추는 이스트 할아범의 모습을 보며 눈물을 흘리고 있었는데, 스베안은 한숨을 쉬며 천천히 마법의 주문을 외웠다.

“스파크!”

“끄악!”

스파크 마법에 감전된 이스트는 비명과 함께 벌떡 일어섰고, 헤레나는 이스트가 일어나자 환한 미소를 지으며 기쁨의 눈물을 흘리기 시작했다.

멎은 심장을 뛰게 하기 위해 스파크 마법으로 전기 쇼크를 잠시 준 것이었다.

“괜히 돈 받고 튈 생각 하지 말고 잘 처리하는 게 좋을 거야, 이스트 할아범.”

“예, 예, 여부가 있겠습니까.”

“흥.”

스베안이 사라지자 이스트는 작은 한숨을 쉬고는 자신을 안고 있는 헤레나의 손을 쥐고는 말했다.

"당신 같은 아름다운 할멈이 저런 악한 황태자에게 잡혀 있다니 눈물이 나는구려."

"이스트……."

"스파크."

"끄억!"

괜히 한마디 했다가 마지막으로 전기 쇼크에 맞아 침을 질질 흘리는 이스트 할아범이었다.

14장 성기사 대회의 시작

성기사 대회. 그 대회는 제국 초대 황제에서부터 시작되었다. 아라시아 성교회의 이름으로 제국을 건설한 제국의 초대 황제는 실력은 없고 타락했던 성기사들의 예를 접한 적이 있었던지라 성기사들의 권위와 위치를 높이기 위해 많은 양의 황금과 함께 큰 명예를 안겨줄 수 있는 대회를 만들어내었다.

대회에 걸린 총상금액은 이천만 골드. 그중 우승자가 가지게 되는 상금이 천만 골드리는 것은 엄청난 상금액이라 할 수 있지만, 대륙 곳곳에 은거하고 있는 실력자들을 불러 모으기에는 돈이라는 것은 약한 유혹에 불과했다.

이 때문에 초대 황제는 한 가지의 명예를 우승자에게 더 안겨주었는데, 그것은 성검의 패였다. 당시의 교황과의 협의 하에서 발행된 이 성검의 패는 제국과 동부 120개 중소 국가 전역에 한하여 일 년 간의 탈법권이 주어진다.

즉, 제국에 대한 반란과 살인, 이단 이외에는 어떠한 범죄도 성검의 패를 가진 이에게는 통용되지 않는다는 것이다. 또한 성검의 패에는 탈법권 이외에 세금의 면제, 아라시아성교의 제1성기사 자격과 함께 성검의 패와 교환한다면 남작까지의 귀족 작위가 주어지기 때문에 이 것을 노리는 수많은 대륙의 무사들이 성기사 대회에 참여해 왔다.

하지만 현재에 와서는 이 성기사 대회는 성기사를 뽑는 대회가 아닌 제국의 축제와 비슷한 것으로 변질되어 버렸고, 이 대회의 우승자 역시 성기사의 자격만이 주어질 뿐 성기사로서의 어떠한 일도 강요받지 않게 되었다.

즉, 하나의 큰 무술 대회로 자리 잡은 것이다. 물론 아직까지도 초대 황제가 말한 성검의 패와 황금은 변하지 않았기 때문에 이 대회는 매회 대륙의 거의 모든 강자를 불러들이고 있었다.

성기사 대회가 열리는 곳은 로아냐드 제국의 황도에 위치한 검투장이다. 매년 평균 참가 인원은 약 3,000명 정도로, 대륙에서 많은 사람들이 모여들었다. 올해의 성기사 대회에서도 2,930명이라는 대인원이 참가 신청을 하면서 성기사 대회장이 있는 황도에는 수많은 인파들이 모여들고 있었다.

"우와!"

루드니아는 드미트리의 황실 마차를 타고 예선전이 열리는 경기장으로 향하고 있었다.

황성에 온 후 처음으로 많은 사람들이 모여 있는 곳에 나서게 되었지만 루드니아는 처음 하는 시합에 대한 두려움도 없는지 황실 마차의 창문으로 머리를 내밀고는 북새통을 이룬 황도의 거리를 구경하기에 정신이 없었다.

그런 루드니아의 옆에서 황제 드미트리와 레드 나이트의 기사대장 게르하인은 걱정이 태산 같은지 아무 말도 못하고 고민에 잠겨 있었다.

"어떤가, 게르하인. 루드니아가 잘 해낼 것 같나?"

"…전에도 말한 것처럼 결승까지는 어렵게 오를 수 있을 것 같다. 물론 대전의 경험이 적은 루드니아로서는 마이너스 요소가 있으니, 어쩌면 결승조차 진출할 수 없을지도 모르지."

"그런…….."

"어차피 지금 말할 수 있는 것은 예상뿐이다. 확실한 것을 알려면 루드니아의 싸움이 끝나봐야 아는 것이니 우리가 할 수 있는 것은 여기에서 응원하는 일밖에 없어."

"음…….."

게르하인의 말이 틀린 것은 아니었지만 걱정이 되지 않는다면 그것이 더욱 이상한 일이었다.

두 사람의 고민으로 어두운 분위기의 황실의 마차를 뒤따르고 있는 또 하나의 마차가 있었는데, 바로 루드니아를 눈엣가시처럼 생각하는 스베안 황태자의 마차였다. 황태자의 마차 안에는 스베안과 베르도 남작, 헤레나, 그리고 그의 의뢰를 받아들인 레비나 아디스의 매니저라는 이스드가 타고 있었다.

이스트와 헤레나가 노년에도 불구하고 열렬한 사랑에 눈초리를 마주치고 있었기에 스베안은 눈 둘 곳이 없어 마차의 창문 밖으로 사람들의 모습을 지켜보고 있었다.

황태자의 모습을 확인한 수많은 여인들이 스베안의 이름을 외치고 있었기에 스베안은 가끔씩 그녀들에게 손을 흔들어주는 것을 잊지 않았다.

스베안, 그가 다소 어린 나이기는 하지만 황실의 가족으로서 해야 할 일은 다 하는, 드미트리 황제와는 조금 다른 건실한 소년이었던 것이다.

"베르도 남작, 당신도 어느 정도 손을 썼겠지요?"

스베안 황태자는 자신의 옆에서 조용히 책을 읽고 있는 베르도 남작에게 넌지시 물었다. 자신을 앞세우고 루드니아라는 여자를 쫓아내려 하는 베르도 남작이 이런 좋은 기회를 놓칠 리는 없다고 생각했기 때문이다.

"물론입니다. 대전표에 약간 손을 봐주고, 몇 명의 전사들을 참가시켰습니다."

"음… 조심하게. 레그르토 스승님을 함정에 빠뜨려 지하실에 매장시킬 정도로 간악한 여자이니 무슨 방법을 쓸지 모르네."

레그르토와 루드니아의 사이에서 있었던 일은 게르하인이 황제에게만 말하고 비밀로 감추어두고 있는 상황이었기 때문에 스베안 황태자와 베르도 남작은 루드니아가 게르하인들을 이용하여 레그르토를 암살한 것으로 알고 있었다.

"예. 이미 만약의 경우를 대비해서 그녀의 주변에 수십 명의 첩자들을 심어두었습니다."

"잘했네."

루드니아 때문에 탈선 황태자의 길을 걸어가려 하는 스베안이었다.

한편 성기사 대회가 열리는 이 황도에 예측할 수 없는 인물들이 당도하고 있었다.

엘프와 드워프, 기사와 신관 등 로맨스 소설의 기본의 파티 구성을 하고 있는 이 일단의 모험가들은 성기사 대회의 출전서를 제출하고는 예선

전을 치르기 위해 수많은 인파들을 헤치며 검투장으로 향하고 있었다.

"우욱!"

날아서라도 가면 좋겠지만 그것이 안 되는 고로 이리저리 밀리며 일행의 뒤를 쫓아가려는 준호. 하지만 우주선만을 타고 다니던 준호는 기초 체력이 너무나 모자랐는지 리안나도 쉽게 뚫고 나가는 인파들 사이에 갇혀 점점 더 일행에게서 멀어지고 있었다.

"리안나!"

"준호 씨!"

눈물 찔끔 나는 멜로 드라마의 한 장면처럼 서로를 향해 손을 내밀며 안간힘을 쓰는 두 사람은 예정된 스토리에 맞추어 원하지 않는 이별을 하고 있었다.

많은 사람들에게 떠밀려 서로 멀어지고 있는 두 사람, 준호는 리안나의 손이 점점 멀어지는 것을 보며 눈물을 흘릴 수밖에 없었다.

"헹… 나 미아됐다."

준호가 이곳으로 온 이유는 점점 세력을 확장하고 있는 루드웨어의 군대에 대항하기 위해서 그리드가 제국에 도움을 요청하기 위함이었다. 하지만 성기사 대회로 인해 제국의 황도는 많은 사람들로 북적거렸고, 황제조차 만나기가 어려웠기에 방향을 선회, 성기사 대회에 출전해서 관전하고 있는 황제에게 부탁하기 위해 참가 신청과 함께 예선 경기장으로 향하고 있었는데, 불행하게도 인파들에게 떠밀려 바라지도 않은 일행과의 이별을 하고 만 것이다.

졸지에 미아의 신세가 되어버린 준호는 황도의 지리라고는 눈곱만치도 모르는 데다가 우주선을 불러올 수도 없는 터라 어쩔 수 없이 여기저기 돌아다니며 일행을 찾을 수밖에 없었다.

물론 목적지는 성기사 대회의 예선 경기장으로 정해져 있기는 하지만, 좀처럼 인파를 뚫을 수 없어 점점 멀어지고 있는 것이었다.

이때 한 사람의 구원자가 다가오고 있었니……

"길을 비켜라, 황제 폐하 행차시다!"

루드니아를 성기사 대회의 예선장으로 공수하기 위해 직접 드미트리 황제의 황궁 마차가 인파들을 제치며 가고 있었고, 그 앞에는 영문도 모르는 준호가 겁도 없이 황제의 마차를 막으며 멀뚱히 서 있었다.

"네 이놈! 황제 폐하의 마차가 지나가는데 길을 막아서다니!!"

"에……?"

이미 다른 사람들은 멀찍이 물러서 길을 열어주고 있었고, 준호 혼자만이 열려진 넓은 길에 남아 있었기에 황제의 마차를 호위하고 있던 기사들이 호통을 치며 준호의 주위를 감싸기 시작했다.

"멈춰라."

황성 기사대가 준호를 공격하려고 할 때 마차 안에서 준엄한 목소리가 들려왔는데, 그 목소리의 주인은 다름 아닌 제국의 황제인 드미트리였다.

"옷차림을 보아하니 다른 나라에서 기사 대회에 참여하기 위해 온 것 같구나. 처음으로 이곳에 온 것이라면 사정을 모르는 것도 당연할 터, 그냥 보내주도록 하여라."

"예, 폐하."

황제의 명이 떨어지자 황궁 기사들은 다시 열을 맞추어 제자리로 향했고, 위기를 간신히 넘긴 준호는 안도의 한숨을 내쉬었다.

"휴~"

"본 적이 없는 옷차림이구나. 자네는 어디서 왔는가?"

드미트리 황제는 준호가 입고 있는 옷이 상당히 특이하다는 것을 알고는 흥미가 생기는지 준호를 보며 물었다.

"예. 멀리 동방에서 온 준호라고 합니다."

"호! 동방이라."

흔히 동방이라 함은 대륙의 끝을 말하지만, 드미트리 황제는 동방에는 앞에 있는 젊은이가 입고 있는 옷이 없다는 것을 알고 있기 때문에 그의 말이 이 땅의 동쪽이 아닌 바다 건너 동쪽에 있다는 미지의 대륙이란 것을 알 수 있었다.

물론 준호가 말한 것은 옷을 바꾸어 입지 않으려는 준호에게 대충 둘러대라고 가르쳐 준 말이었다. 드미트리 황제는 준호가 미지의 대륙에서 왔다는 이야기를 듣고는 궁금증이 동해 그냥 보내줄 수가 없었다.

"그렇다면 이곳에 처음 온 것이겠군. 성기사 대회를 구경하기 위해 온 것인가?"

"예."

"하하하, 잘됐군. 짐도 성기사 대회장에 일이 있어 가는 중인데 일이 없다면 짐과 같이 이 마차를 타고 가세나."

다른 사람 같으면 거절이라도 했을 법하지만 일행과 헤어지고, 인파에 밀려 여기저기 떠돌던 준호로서는 반가운 말이 아닐 수 없었기에 얼굴 가득히 미소를 지으며 고개를 끄덕였다.

"그렇게만 해주신다면 저로서는 영광입니다. 헤헤헤."

비굴한 웃음을 띠며 마차에 재빠르게 올라타는 준호를 보며 놈의 뻔뻔함에 조금은 두려운 맘이 드는 드미트리였다. 하지만 동방의 미지의 대륙이란 호기심이 그런 두려움을 꾹 참게 만들었다.

마차 안으로 들어선 준호는 널찍한 공간에 만족감을 느끼면서 적당한 자리를 물색하기 위해 두리번거렸는데, 그 순간 두 눈을 의심할 수밖에 없는 일이 일어나고 말았다.

이 세계에 들어선 후 많은 여인들을 보아왔지만, 자신이 푹 빠진 리안나보다 아름다운 여인은 좀처럼 구경하기 힘들었는데 지금 이 순간 리안나조차 땅에 붙은 껍딱지 취급을 받을 정도의 미녀가 자신의 앞에 모습을 드러내고 있었기 때문이다.

"오우!"

차마 말을 못하고 늑대 울음소리로 대사를 대신한 준호는 뒤에 앉아 있는 황제가 무엇인가를 말하기도 전에 잽싸게 그녀의 곁으로 가 앉았다.

은색의 미쓰릴 갑옷을 입고 있는 그녀의 모습은 마치 전쟁의 여신과도 같았기에 준호는 멍한 두 눈을 이동할 생각도 못하고 그녀의 얼굴 쪽만을 바라보고 있었다.

초록색의 머리칼이 마차 창문으로 불어닥치는 바람에 날려 자신의 얼굴에 닿자, 준호는 온몸에 전율이 이는 것을 느낄 수 있었다.

"음……."

미지의 대륙의 궁금함으로 그를 불러들이기는 했지만, 루드니아를 보며 정신을 차리지 못하자 조금 후회가 되는 드미트리였다.

"흠흠……."

드미트리는 그런 그의 정신을 돌리고자 헛기침을 몇 번 했고, 대여섯 번의 헛기침에서야 준호는 간신히 정신을 차릴 수 있었다.

드미트리의 성질이 날 것 같은 눈을 볼 수 있었던 준호는 등에서 흐르는 식은땀을 비싼 비단으로 만들어진 마차 의자 등받이에 대충 닦으며 정신을 가다듬을 수 있었다.

"하하하, 제가 조금 실례를 한 것 같군요."

"…뭐, 흔히 있는 일이니 괜찮네."

"죄송할 따름입니다."

검과 마법이 난무하는 이계에서 황제라는 직위의 인물에게 무례했다는 사실을 깨달은 준호는 목숨을 보전하기 위해 연신 죄송하다는 말을 되풀이했고, 그 탓에 황제의 노기도 조금 가라앉을 수 있었다.

자신을 뚫어지게 쳐다보는 이 예의없는 젊은이를 외면하고 있던 루드니아는 어색한 미소를 지으며 연신 드미트리에게 사과를 하고 있는 그의 모습이 웃겨 미소를 지으며 말했다.

"호호호, 준호라고 했나요? 참 재미있는 분이네요. 미지의 대륙에서 왔다고 들었는데, 미지의 대륙은 어떤 곳인가요?"

황제에게 사과하고 있던 준호는 갑작스런 아름다운 여인의 질문에 당황하고 말았다. 실레이드가 대충 얼버무리라고 동방의 미지의 대륙이 출신지라 말하긴 했지만, 미지의 대륙을 그가 어떻게 안단 말인가?

한참을 대답에 대해 골머리를 앓던 준호는 어쩔 수 없이 자신이 살고 있던 세계를 이야기해 주기 시작했다.

"하하하… 미지의 대륙이라고 해서 그렇게 다른 곳은 아니랍니다. 다만 조금 다른 것이 있다면 그곳은 제국처럼 황제 폐하가 다스리는 곳이 아니라 상인들이 지배하는 곳이랍니다."

"상인이요?"

준호는 자신의 말에 흥미를 느끼는 루드니아를 보며 자신이 살고 있는 이계의 세상에 대해서 설명해 주기 시작했다.

"예. 과거에는 제국처럼 나라를 이루며 살아갔지만, 사람이 살 수 있는 땅이 많아지면서 나라의 정치라는 것은 흐지부지하게 변하게 되었답니다. 적은 수의 관리들이 넓은 영토를 관리할 수 없었기 때문이지요. 물론 각 지역마다 중앙에서 파견되어 온 관리들이 있었지만, 그들의 힘은 변방에서는 그리 힘을 쓰지 못했답니다. 그렇게 해서 힘을 가지게 된 것이 상인들이지요. 그들은 각자의 재력으로 사설 군대를 만들고는 자신의 땅에 흩어져 살며, 자신들과 같은 상인들과의 교역을 통해 나라를 발전시켜 나갔지요. 그렇게 시간이 지나자 각 지역은 거대 상인의 손에 들어가게 되었고, 지금에 와서는 상인들이 나라의 정치를 담당하고 있답니다."

"음……."

루드니아는 준호의 말을 좀처럼 믿을 수가 없었다. 나라의 정치라는 것은 잘 모르지만, 어떻게 상인이 나라를 다스리며 살아갈 수 있단 말인가.

그런 그녀의 의문을 알기라도 한 듯 준호는 재차 설명을 하기 시작했다.

"옛날에는 각 나라마다 왕이나 제후 등이 있었지만, 여러 이념이 변화를 하면서 정치 체계는 변화하기 시작했습니다. 전제주의, 파시즘, 나치즘, 군국주의, 민족주의, 공산주의, 국가주의, 민주주의 등 여러 가지 이념들은 많은 정치 체계를 낳으며 세계를 변화시켜 나갔지만, 어떠한 정치 이념도 역사에서 단 한 번의 성공도 거두지 못했습니다. 사람들을 다스리는 이런 정치 이념들은 같을 수 없는 생각을 가지고 있는 사람들을 모두 만족시키지 못했으며, 나라를 움직이는 거대 정치가가 등장할 때마다 몇 번이고 나라의 사람들의 바램과는 달리 변해가기를 반복한 것이지요. 또한 이런 정치 이념들은 체계에 속해 있는 사람들을 위한 정치 체계일 뿐 다른 체계에 속한 사람들의 배려는 없기 때문에, 수많은 전쟁이 사람들을 죽여갔습니다. 인간의 욕심, 종교 문제, 빈부 문제 그런 문제들은 전쟁을 더욱 부추겨 나갔지요. 암울한 세계의 연속이었고, 산업이 발전하면서 자연이 파괴되고, 불어난 인구들을 먹여 살릴 식량도 부족하게 변해갔지요. 전쟁 속에 수많은 이념이 생겨나고, 나라가 생기며, 새로운 정치 체계가 등장하는 것을 반복하면서 세상은 더욱 어지럽게 변해갔습니다. 그러던 와중에 사람들은 보다 먼 세계로 나갈 수 있는 방법을 알게 됐고, 수많은 사람들이 이 지긋지긋한 세상을 벗어나 먼 세상으로 사라졌습니다. 상인들은 이러한 사람들과 같이 떠나 다른 세계에서 살면서 부족한 물자들을 무역을 통해 공급해 왔고, 그런 것을 바탕으로 나라를 다스리게 된 것입니다. 어떠한 정치 이념도 없이 정당한 상행위를 중시하는 상인들이 나라의 주축을 이룬 것에 어느 정도 만족하며 사람들이 살아가게 된 것이지요."

"음… 모르겠다."

준호가 하는 말을 하나도 알아듣지 못한 루드니아는 이내 미지의 세계에 대한 흥미가 사라지고 말았는데, 정작 그의 말에 흥미를 느낀 사람은 제국의 황제 드미트리였다.

"재밌는 세계로군. 하지만 어떻게 보면 자네가 말한 상인들의 집단 역시 또 하나의 정치 체계가 아닌가?"

"그렇습니다. 상도를 바탕으로 한 정치 이념이 만들진 셈이지요. 제가 속한 김가일맥의 상인 집단 역시 하나의 나라를 다스리고 있습니다."

"김가일맥?"

"예. 저희 대륙에서 동방의 한 나라에 살고 있는 사람들 중 같은 성을 가지고 있는 사람들이 모여 연합한 상인 집단입니다."

마차 안에 있는 사람들이 준호가 해주는 미지의 세계에 대한 이야기를 듣고 있던 사이에 어느새 마차는 성기사 대회의 예선 경기장에 도착했다.

루드니아는 마차가 예선 경기장에 도착하자 부푼 마음에 마차 문을 열고는 뛰어나갔다. 황실의 마차가 도착하자 고개를 숙이고 있었던 사람들은 갑자기 초록색의 긴 머리를 휘날리는 아름다운 여인이 마차 안에서 뛰어내리자 놀라며 루드니아의 얼굴을 쳐다보기 시작했다.

루드니아는 자신을 보고 있는 많은 사람들을 보며 살짝 미소를 지으며 손을 흔들어주었고, 그 순간 경기를 보러 온 많은 사람들은 황홀감에 사로잡혔다.

그만큼 루드니아의 미모는 놀라운 것이었다.

드미트리는 루드니아의 활기 찬 모습에 미소를 짓고는 뒤를 이어 마차에서 내려왔고, 그가 땅에 발을 내딛자 사람들의 함성이 터져 나왔다.

"황제 폐하 만세!"

자신을 보며 소리를 지르는 군중을 보며 드미트리는 루드니아처럼 살짝 손을 들어 올리고는 그들의 함성에 답했다.

본선이면 모를까 예선에서 황제가 모습을 보이는 일은 드물기 때문에 사람들은 마차에서 먼저 내린 루드니아를 보며 그녀가 소문의 여인이라는 것을 알 수 있었다.

제국은 황제를 홀린 미녀로 한창 소란스러웠기 때문이다.

황제의 뒤를 이어 내린 사람은 레드 나이트의 단장 게르하인이었다. 황제의 최측근의 한 사람으로 알려져 있는 인물이 바로 게르하인이었기 때문에 사람들의 눈은 대외적으로 별로 얼굴을 드러내지 않는 게르하인의 모습을 보기 위해 몰려들었다.

게르하인의 뒤를 이어 마차에서 내린 사람은 준호였다.

"저 사람은 누구지?"

"이상한 옷차림이네."

"황제 폐하께서 새로 측근에 들여온 사람인가?"

준호를 보며 이런저런 이야기가 나오고 있을 때 루드니아는 마차의 지붕에서 한 자루의 검을 꺼내 들었다. 그녀가 꺼낸 검은 바로 멀티엘레멘트 소드. 정장 3미터를 넘어서는 검을 여리게 보이는 루드니아가 꺼내 들자 사람들은 탄성을 지르기 시작했다.

나무로 만든 가짜 검이라고 해도 전장 3미터가 넘는 크기라면 족히 20킬로그램은 넘을 터인데, 그런 검을 루드니아는 너무나 손쉽게 들고 있었기 때문이다.

"그거 진짜 검인가요?"

준호 역시 검의 크기에 놀라 루드니아를 보며 물어볼 수밖에 없었다.

"예. 한번 들어볼래요?"

루드니아는 준호를 놀려줄 생각으로 자신의 검을 준호에게 던져 주었고, 준호는 아무 생각 없이 검을 받았는데, 그 순간 가슴팍에서 밀려오는 엄청난 무게를 견디다 못한 준호는 외마디 비명과 함께 나자빠지고 말았다.

"끄악!"

다행히 그의 옆에 있던 게르하인이 검을 잡아주었기에 다행이지, 그대로 검과 함께 자빠졌다면 준호의 갈비뼈는 성하지 못했을 것이다.

"괴, 굉장한 무게다!"

자신은 일 초도 들 수 없을 것 같은 검을 장난감 다루듯이 휘두르는 루드니아를 보며 준호는 성기사 대회의 수준을 엿볼 수 있었다.

실레이드의 요청에 의해 어쩔 수 없이 예선에 신청을 해놓기는 했지만, 이런 식이라면 예선 통과는커녕 망신은 톡톡히 당할 것 같아 불안해진 준호였다.

어쨌든 리안나 앞에서 약속했던 준호였는지라 패배를 예상하며 쓴맛을 다시고는 루드니아의 뒤를 따라 예선 경기장 안으로 걸어 들어갔다.

경기장의 입구에는 성기사단에 속해 있는 병사들이 예선 참가자의 표를 확인하고 있었다.

루드니아와 함께 드미트리 황제의 얼굴이 보이자 병사들은 깜짝 놀란 얼굴을 하며 경례를 했고, 드미트리는 손을 내저으며 간단히 답한 후 말했다.

"통관 검사를 하게나."

"옛."

병사들은 루드니아와 준호의 손에서 참가표를 받고 식은땀을 흘리며 급히 명단을 확인하고는 말했다.

"확인했습니다. 안으로 드십시오."

"그럼."

루드니아는 확인했다는 말에 병사에게 살짝 윙크를 해주고는 안으로 들어갔다. 넓은 경기장 안에는 예선을 치르기 위해 많은 사람들이 도착해 있었다.

성기사 대회는 많은 수의 전사들이 참여하기 때문에 예선은 경기가 아닌 몇 개의 시험으로 치러진다. 참가자들은 열 개의 시험 중에서 다섯 개를 통과해야만 본선으로 진출할 수 있는 자격을 얻을 수 있는데, 이 열 개의 시험은 하나같이 쉬운 것이 없었다. 그렇기에 대다수의 인원들이 이 예선 시험에서 떨어지곤 한다.

선착순으로 400명이 본선에 출전할 수 있기 때문에 한시라도 빨리 시험을 치르기 위해서 많은 사람들이 모이지만, 실상 실력자들은 예선 3일의 기간 중 마지막 시간에 모여든다. 매년 겪는 것이지만 3,000명이 넘는 사람이 와서 본선에 나서는 수는 300명이 채 되지 않을 정도로 적은 숫자였기에 경험이 많은 그들은 천천히 시험을 치르는 것이다.

하지만 그것을 모르는 루드니아와 준호는 예선 첫날 일찍 예선 시험장에 도착했기 때문에 눈에 띌 만한 강자들은 찾아볼 수가 없었다.

"실레이드! 콜리드!"

준호는 여기저기를 둘러보던 중 일행의 모습을 확인하고는 소리쳤고, 실레이드는 자신을 부르는 소리에 뒤를 돌아보고는 준호를 발견하자 일행들에게 말하고는 준호 쪽으로 걸어왔다.

"멈춰라!"

일단의 수상한 무리들이 황제의 곁으로 다가오자 호위하고 있던 황궁 기사단들은 검을 빼 들고는 그들을 막아섰다.

준호는 난처해져 황제에게 말했다.

"폐하, 저들은 제가 기다리고 있던 저의 일행입니다."

"호, 준호 군의 일행인가? 호위단장, 저들을 이곳으로 데려오게."

"예."

호위 단장은 드미트리의 명령을 받고는 그들을 드미트리 앞으로 데리고 온 후 말했다.

"너희들의 앞에 계시는 분은 신성 로아냐드 제국의 황제 폐하이시다."

황제란 소리를 들은 일행들은 정중하게 무릎을 꿇고는 인사를 하는

데, 실레이드와 콜리드만이 황제에 대한 인사를 거부하며 뻣뻣하게 서 있자 호위단장은 노기를 띠며 소리쳤다.

"네 이놈들! 황제 폐하께 알현 인사를 드리지 못할까!"

"흥! 우린 종족이 다르다. 인간의 황제에게 무엇 하러 인사를 한단 말이냐!"

"이 녀석들을……!"

호위단장과 기사들이 노기에 검을 뽑아 들어 실레이드와 콜리드를 베어버리려고 하자, 드미트리는 손을 들어 올려 그들의 행동을 막고는 말했다.

"고귀한 엘프 일족과 위대한 장인인 드워프 일족이다. 그들의 행동은 당연한 것, 호위단장은 노기를 풀라."

"하오나……."

"되었다."

드미트리는 그들의 무례를 별로 신경 쓰지 않는 듯 호위단장을 진정시키고는 말했다.

"엘프 일족과 드워프 일족의 전사가 성기사 대회에 나온 것은 초대 황제 폐하 이후 처음 있는 일이오. 본 제국의 황제 드미트리는 당신들을 환영하오."

인간들 중 최고의 자리에 있다는 황제가 환영의 인사를 하자 실레이드와 콜리드 역시 뻣뻣하게만 있을 수는 없는지라 정중하게 말했다.

"태양신 아라시아님의 축제에 참여할 수 있게 해주신 것에 감사드립니다."

"아라시아님의 은총이 이어지길 빌겠습니다."

황제의 환영 인사에 정중하게 답하는 콜리드와 실레이드를 보며 안도의 한숨을 쉰 준호였는데, 그 순간 한 자루의 검이 빠른 속도로 두 사람에게 밀어닥쳤다.

"헛!"

"탓!"

카강!

실레이드와 콜리드는 자신들에게 날아오는 거대한 검을 확인하고는 들고 있던 병장기를 재빠르게 휘둘러 일검을 간신히 막을 수 있었는데, 강한 힘과 함께 밀려오는 마나의 기운에 손이 저릴 지경이 되어버렸다.

분노를 터뜨리며 둘은 자신들에게 검을 휘두른 자를 응징하려고 쳐다보았는데, 그 순간 멍한 얼굴이 되어버렸다.

자신들에게 검을 휘두른 사람은 어린 인간 여자였기 때문이다.

검을 막을 때 느꼈던 압박감으론 적어도 서른 이상의 숙련된 기사라고 여겼는데, 그 힘이 어린 여자에게서 느껴지자 두 사람은 황당함을 느끼지 않을 수 없었다.

"어머, 예선을 치르기 전에 연습 좀 하려고 한 것이 실수를 했네요. 미안해요."

살짝 윙크를 하며 자신의 실수였다고 말하는 그녀를 보며 두 사람은 조금 노기가 치솟기는 했지만, 성스럽기까지 한 그녀의 미소에 자신들도 모르게 노기가 사라지고 있었다.

"별말씀을……."

"그 정도의 실수야 있을 수 있지요."

처음 생각과는 달리 검을 휘두른 괴력, 그리고 미모의 여인 루드니아에게 멍한 웃음을 보이며 손을 내젓는 두 사람이었다.

루드니아는 두 사람을 보며 살짝 손을 흔들어주고는 드미트리의 곁으로 가서는 미소를 지어 보였고, 그는 그녀의 머리를 만족한 미소를 지으며 쓰다듬어 주었다.

루드니아는 실레이드와 콜리드가 드미트리 앞에서 건방지게 굴자 잠깐 혼내줄 요량으로 검을 휘둘렀던 것이다.

만약 둘이 그녀의 검을 막지 못했다면, 두 동강이 나서 땅에 처박혔을 것이다. 루드니아는 사람을 죽인다는 데에 죄책감을 느끼지 못했고, 설사 죽였다 해도 황족의 일원이 아니라면 간단히 용서받을 수 있었기 때문에 앞으로도 사람을 죽인다는 데에 거리낌은 들지 않을 것이 분명했다.

게르하인은 드미트리의 이런 모습을 보며 조금 불만스러웠다.

많은 사람을 죽일 수 있는 루드니아를 이렇게 두었다가는 제국의 역사에 남을 대살성으로 만들 수도 있기 때문이다.

제4권 끝